うちの捕虜だった聖騎士様の執着が怖いんですが自業自得ですか？

Tatsushi Akiyama

秋山龍央

Ruby collection

Contents

Character
登場人物
紹介
introduction
アドニス
カイネン王国の聖騎士だが、
《魔眼持ち》として虐げられて育つ。
敵国の拷問吏ながら、
初めて人として向き合ってくれる
リョウに出会い、これまで
感じえなかった感情を知り…？
リョウ
レガノス帝国の戦奴で前世は
平凡な会社員。
縁あって砦の拷問吏の
助手兼世話役へと異動になるが、
敵国の聖騎士・アドニスが捕虜として
やってきたことで運命が狂い始める。

イェール
リョウの元同僚で、
歩兵隊にいるときからリョウのことを
目の敵にしていた。
その心中は複雑で…？
隊長
歩兵第七分隊の隊長でリョウの
元上司。アドニスを捕らえてリョウに
拷問を依頼するが、拷問中のリョウの
手管に刺激されてしまう。
アルビス・ドラン
カイネン王国の伯爵で
アドニスの伯父。国内外に天才魔術
師としての名を轟かせ、その研究への
執着は卓越したものをもつ。
ラウロ
レガノス帝国の拷問吏でリョウの上司。
容姿にコンプレックスを持っていたが、
分け隔てなく接してくれる
リョウに出会って友人として慕う。

うちの捕虜だった聖騎士様の執着が怖いんですが自業自得ですか？

1

「――へぇ、あんたがカイネン王国の聖騎士様か？」

じめじめと湿気のこもる部屋は、どこか汗のすえたような臭いが漂っていた。

きっと、壁にも床にも、かつてここに囚《とら》われていた者たちの汗や血、体液がたっぷり染みついているからだろう。

部屋の中は薄暗く、入り口の左手に置かれた蠟燭《ろうそく》と、扉につけられた小さな格子窓から差し込む明かりによって、なんとか奥にいる男の姿が確認できた。

男は天井から吊《つ》るされた鎖、その先の手錠によって万歳をするような恰好《かっこう》で両手を拘束されている。しかし、そんな恰好でもいまだに戦意は衰えていないようで、眉《まゆ》を吊り上げ、気丈な表情でおれを睨《にら》みつけてきた。おれはそんな男に向かって、肩をすくめてみせる。

「なかなか男前じゃないか。まぁ、涼しい顔をしていられるのも今のうちだろうがな」

鼻で笑いながらそう告げたものの、お世辞ではなく、男はかなり整った顔立ちをしていた。

艶《つや》やかな黒髪に、ルビーのような赤い瞳《ひとみ》。よく日に灼《や》けた肌は健康的な小麦色で、それでいて、なおきめ細かさを失っていない。

シャツの上からでも、しなやかな身体《からだ》に均等に筋肉がついているのが見てとれた。

その服の下の腹筋はきれいにシックスパックになってるんだろうなぁと思いつつ相手を見ていると、その本人はおれを憎々しげに睨みつけてきた。

そして、こちらに向かってペッと唾《つば》を飛ばす。

「ハッ、拷問でもなんでもやってみろ！　俺は絶対に何も喋《しゃべ》らんぞ！」

そう叫び、手枷《てかせ》で拘束された両腕をがしゃがしゃと動かす。

ここに来るまでに帝国軍の兵士に殴られ、小突かれて、甲冑《かっちゅう》と剣はとりあげられ、服はボロボロで痣《あざ》だらけ。

その上、帝国軍の捕虜となり、こうして地下牢《ちかろう》に囚われているにもかかわらず、いまだに心は折れていないようだ。

「ふ……威勢のいいことだ。その元気がいつまで保つかな？」

そんな元気いっぱいな捕虜くんに向かって、おれは腕組みをして胸を張った。

そして、先ほどと同じように、できるだけ強気に聞こえるような口調を装う。

……とは言ったものの、本当にどうしよう……

あー、もう！　ワンチャン、強気っぽい口調でそれっぽいことを言ってれば、相手がびびって、王国側の情報漏らしてくれないかなぁと思ってたんだけどなぁ……！

その作戦もこの調子じゃ無理そうだ。

はぁ……おれの人生、どうしてこんなことになったんだ？

2

おれの名前は、河崎良太《かわさきりょうた》。

とはいっても、これは〝今〟のおれの名前じゃない。

これは、いわゆる〝前世〟の時のおれの名前で、今は、前世の名前をもじってリョウと名乗っている。

そう——おれには、前世の記憶があった。

というより、前世の河崎良太の自我が、このリョウに成り代わったというのだろうか。

このおれは、レガノス帝国にあるさびれた農村の出身だった。そこで、七人兄弟の末っ子として生まれ、十二歳になった時、両親によって戦奴《せんど》として帝国軍に売られた。

そりゃあ、うちは和気藹々《わきあいあい》とした仲のいい家族というわけではなかったが、だからといって、さすがに実の両親に金で売られたのはショックだった。

その衝撃が引き金となったのか——おれは唐突に、前世の記憶を思い出した。

それは、こことは異なる世界——日本という国で生きていた、河崎良太という平凡な会社員の記憶。

職場では上司や同僚と良好な関係を築き、プライベートでも友人はそれなりにいた。恋人はついぞいなかったものの、それなりに充実した日々を過ごしていた。

だが、そんな平凡な男の人生は、信号無視のトラックにはねられることによって、あっけなく終わってしまった。

その男の魂が生まれ変わり、新たな人間として生をうけたのが、今のおれだった。

地球の歴史から見れば、ここは〝異世界〟というのだろうか。

科学ではなく魔法が発達したこの世界は、しかし、二十一世紀を迎えた地球から見ればまだまだ文明が遅れているといっていいだろう。

地球の歴史から見て、おおよそ十七世紀から十八世紀頃の発達具合じゃなかろうか。

水は井戸からくみ、洗濯物は洗濯板を使用して手洗い。飛行技術はまるで発達しておらず、魔法をのぞけば、剣と槍《やり》を手に持ち、甲冑を身にまとって戦争を行っている——そう、戦争。

つまりここは、農村から子どもを買い取って戦《いくさ》用の奴隷とするなんていう横暴が、許容されている時代と国なのだ。まじで最悪。

まぁ、とはいっても、おれもすぐに戦線に放り込まれたわけじゃない。

おれが十二歳の頃は、まだそこまで戦は本格化しておらず、国境沿いでドンパチしていただけだ。

十六歳になった頃でも、帝国軍の馬の世話や武器の手入れ、隊舎の掃除なんかがおれの主な仕事だった。

しかし、その年に、隣国のカイネン王国との戦いに連続して帝国軍が敗退し、そこから一気に雲行きがあやしくなった。

瞬く間に王国との戦争は激化し、同じ戦奴仲間だった友人たちは、次々に前線に送り込まれたが、誰一人帰ってくることはなかった。

そして、最後におれもここへと送り込まれたのである。

敵国・カイネン王国との国境から街道沿いにそびえる砦《とりで》——アンルー砦である。

「……リョ、リョウ。おめぇ、ごれ食うか？」

ふいに名前を呼ばれ、おれは声のする方向へ顔を向けた。

おれは仕事用の道具を磨いている最中だった。磨きながら、過去のことを振り返り、いつの間にか手が止まってしまっていたらしい。

とはいっても、ここにある道具はおれのものではない。

洋ナシのような形をした鉄器具。刃の部分にミゾの入ったナイフ。黒々とした鉄ばさみ。

これらはすべて、おれの上司兼相方のものである。

「もらってもいいのか？　ありがとう、ラウロ」

ラウロから差し出された薄桃色のスモモを受け取り、指先で皮をむく。

熟しきった果実は、ナイフを使わずとも、するりと簡単に皮がむけた。

「ん、うまいな」

「へ、へへ……リョウが好きだろうど思って、厨房《ちゅうぼう》からくすねてきたんだぁ」

そう言ってラウロは笑うと、ポケットからもう一つスモモを取り出した。

そして、皮もむかずにそのままがぶりとかぶりつく。そして、もう一度おれの方へ顔を向けると

「うめぇなぁ」と言って笑った。

ラウロの容姿は非常に特徴的だ。

鼻が低く、のっぺりとした顔立ちで異様に背が低い。生まれつき右手の関節が強張《こわば》っており自由がきかず、半身の皮膚はひきつれている。そんな彼が顔をくしゃくしゃにして笑う様は、なかなか愛嬌《あいきょう》があって可愛い。

さて、改めて、彼の名前はラウロという。名字があるかどうかは分からない。

彼こそ、この帝国軍でのおれの上司であり、相方であり、そしてたった一本の命綱だ。ラウロがいなければ、おれは今頃、前線でむざんな死体となっていたことだろう。

彼は、このアンルー砦における拷問吏だ。

拷問吏というのは、まぁ、読んで字のごとく、捕虜に拷問をする人のことだ。捕虜となった王国側の兵士を拷問・尋問し、帝国にとって有利な情報を引き出すことが任務である。

正式な役職名は問責吏というのだそうだが、敵味方含め、ほとんど誰もそうは呼ばない。おれもまさか自分が、拷問を職業としている方と友人になるとは思ってもみなかった。

ラウロと初めて出会ったのは、半年前だ。おれは最初からラウロと知り合いだったわけではなく、元々は前線で戦う一般兵士だった。

その日も戦場から、命からがらアンルー砦へ戻ったところだった。敵と味方の血や汗やらしょんべんやらで臭う身体や防具を洗おうと、砦内にある洗い場に行った時に、たまたまラウロと出くわしたのだ。

ラウロは、不自由な手で一生懸命に洗濯をしていた。

最初は彼の容貌《ようぼう》に驚いたが、着ているものから味方側の人間だと分かったので、「おれが洗おうか？」と声をかけたのが始まりである。

おれに話しかけられて、ラウロはめちゃくちゃビックリしていた。

なんでも、ここアンルー砦の人間は、みんな彼の容姿を恐がって遠巻きにしていたらしい。話しかけてくる人間がいたとしても、それは彼の容姿を馬鹿にするようなものだったり、言いがかりに近い罵倒《ばとう》だったそうだ。「おいらに優しい言葉をかけてくれた人間は、リョウが初めてだったぁ」と彼は語った。

お互い肩身の狭い思いをしている者同士、おれとラウロはすぐに仲良くなった。

その後、おれはちょっとした空き時間ができると、ラウロの住む小さな掘っ立て小屋に顔を出した。ラウロは右手が不自由なため、洗濯物や食器などの洗い物、小屋の中の掃除に苦労しており、おれはそんな彼の手伝いをするようになった。

ほんのささやかな手伝いだったが、ラウロはすごく感謝してくれた。次第に心を開いてくれた彼は、色々な話をしてくれた。

ラウロの右手や、皮膚のひきつれは、生まれつきのものだそうだ。その容姿に、彼を産んだ母親は心を病んでしまい、父親によって戦奴として軍に売られてしまったらしい。

そして、ラウロを買い取った軍の人間が問責吏であり、そいつによって尋問・拷問の術《すべ》をしこまれたそうだ。だが、ラウロを買い取った軍人は五年前に病死してしまったため、今では彼がその人の任を引き継いでいるという。

ラウロが自身のことを話してくれたので、おれも自分の過去を打ちあけた。

十二歳になった時に親に売られたこと。戦奴として連れていかれた先で帝国軍の兵士に犯されかけたこと。

その時に助けてくれた戦奴がいて、そいつと友達になったこと。その友達も、一年前に前線に送られてしまったこと。聞いたところによると、そいつの送られたところは王国にボロ負けしたところで、戦奴の生き残りは一人もいないらしいということ。

実の親に売られた、という共通点を持っていたことが分かり、おれとラウロはますます親近感を覚え、気の置けない友人同士になった。

だから、おれはついつい感傷的になった。

「はぁ……明日が来るのが嫌だ。今日はなんとか生き残れたけれど、明日はどうなるか分からないし……おれもラウロみたいに何か技術があれば、前線に送られずにすんだのになぁ……」

「リョウ……」

「なぁ、もしも王国がこの砦まで攻め込んできたら、ラウロはすぐ逃げてくれよ。もう友達が死ぬのはいやなんだ」

「…………」

おれの言葉に、ラウロは珍しく何か考え込むような顔をしていた。

その翌日――自身の所属する歩兵第七分隊の隊長に朝から呼び出されたのである。

隊長は今年四十四歳になる男性で、がっちりとした身体《からだ》と、丸太のように太い足をしている。髪と瞳《ひとみ》の色は黄土色で、顎《あご》先に生やしたヒゲがチャーミングだ。

「――異動、ですか？」

「ああ。貴様も、このアンルー砦にいる、拷問吏の醜男《ぶおとこ》を知っているだろう？　そいつが前より助手兼世話役を欲しがっていてな、あのような身体だから、何かと不自由しているらしい。ただ、なかなかなり手がいなくてな。しばらく保留にしていたのだが、向こうの方から貴様を指名してきたのだ」

　そう言うと、隊長はおれに同情的な視線を向けてきた。

「どうしてあのような醜男に気に入られてしまったのかは知らんが……残念ながらこれは命令だ。貴様に拒否権はない」

「ハッ、承知いたしました！　隊長、今までお世話になりました」

「ああ、頑張れよ」

　隊長は最後まで、哀れみの表情でおれを見ていた。

　だが、彼が去って、すっかり姿が見えなくなると、おれは嬉《うれ》しさのあまりその場でぴょんぴょんと飛び跳ねた。

「やったー！　今日から前線に出なくてもいいんだ〜！」

　夢に見た、念願の後方勤務！

　戦奴の立場のおれには絶対に手に入らないと思っていた地位が、まさか、ここにきて手に入るなんて！

「おれの愚痴を聞いて、ラウロが気を利かせてくれたんだな……なんていい奴《やつ》なんだ！」

隊長はどうしてか同情的だったが、絶対に戦場に出たくないおれには、願ってもない辞令だ。

まぁ、ラウロの話から察するに、隊長や他の兵士たちは、ラウロと関わり合いになるのを避けているんだろう。

あとはそれに加えて、問責吏なんて仕事を好んでやりたい人間もいなかったに違いない。

なんていっても問責吏は、王国側の捕虜にたいして拷問などで身体的苦痛を与えたり、自白剤を投与して強制的に情報を引き出すのが仕事だ。人によっては、そんな仕事をするくらいなら、前線に出て戦った方がマシと感じる者もいるんじゃないだろうか。

でも、おれは違う。

もう前線に出て戦うのはいやだった。

もう、王国の兵士と血みどろ泥まみれの殺し合いをするのはいやだ！

剣や弓矢でできた傷が化膿《かのう》して一週間うんうん唸《うな》り続けるのもいやだ！

こんなところで――何も楽しいことがないまま、死にたくない！

それならラウロの尋問を手伝う方が百倍いい！

「よーし、さっそくラウロのところに行こう！　彼にお礼も言わないとな」

3

――そういう経緯で、おれはラウロの同僚兼部下になったわけだ。

とはいえ、もちろん最初は不安だった。さすがに楽天家なおれでも、拷問なんてやったり見たりすれば心を病むのではと思ったが、幸いにもそれは杞憂《きゆう》に終わった。

帝国軍の方が劣勢すぎて、そもそも王国側の人間を捕虜にすることができなかったためである。

まぁ、何度かは王国側の歩兵を捕虜にして引き渡されることもあったが、この頃には両陣営の衝突も激しく、歩兵程度が知っている情報を引き出したところで何の意味もなかった。

というか、そもそもおれの仕事はラウロの身の回りの世話がほとんどだった。

彼の不自由な手の代わりに、身体を拭《ふ》いてあげたりとか、洗濯をしたりとか、食事を取りに行ったりとか、前世の記憶を頼りにおやつを作ってみたりとか、それが主な仕事だった。

たまには、地下牢《ちかろう》の掃除とか、拷問器具の手入れを任されることもあったけれど……ラウロはあまり、おれを尋問の場に立ち会わせようとはしなかった。

多分、ラウロはそもそもおれを戦力として当てにはしていなかったんだろう。

おれの泣き言を聞いて同情し、友人のよしみとして、自分と同じ後方勤務の問責吏になれるように手配してくれたに違いない。

だから――

「王国の聖騎士を捕虜に……？」

「ああ。味方のために、殿《しんがり》を務めていた聖騎士を捕虜とすることに成功してな！」

かつて、おれにラウロの元へ行くように命じた歩兵第七分隊の隊長が、胸を張って高らかにそう言った。

そして、自慢気な笑みをおれに向ける。

「とうとう一般騎士ではなく、王国聖騎士団の聖騎士を捕らえることに成功したのだ。部下が先ほど地下牢へと連行した。貴様にはそやつの尋問を行い、王国側の情報を引き出して欲しい」

「お、お待ちください。その、今はラウロが別の砦に行っておりまして……」

そう。タイミングの悪いことに――三日前にラウロは別の砦へと向かい、おれが留守を任されたところだったのである。

経緯としては、そこの砦で王国聖騎士団の上級騎士を数名、捕虜とすることに成功したのが発端だ。しかし、その砦にいた問責吏が、尋問中に捕虜に抵抗されて怪我《けが》をしてしまったため、その代役としてラウロが派遣されたのだ。

最近はアンルー砦に送りこまれてくる捕虜は、一般兵ばかりで大した情報を持っていなかった。そのため、上はアンルー砦でラウロを遊ばせておくよりは、他の砦に派遣して仕事をさせようと考えたのである。

おれも一緒について行きたかったけれど、招集命令はラウロ一人に下されたものだった。戦奴《せんど》の立場では上申することもできず、泣く泣く彼の背中を見送ったのだった。

それなのに、まさか、こんなタイミングで聖騎士が捕虜になるとは……！

「何を言っている、貴様がいるではないか」

「へっ？」

隊長は鼻孔を膨らませて、朗々とした声で告げた。

「貴様が我が隊から異動し、拷問吏となってからだいぶ経《た》つ。拷問や尋問のやり方など、とっくに身に付いた頃合いだろう。貴様の尋問に我が国の未来がかかっているといっても過言ではない」

「え。あ、いや、そのー……」

露骨に目が泳いでしまう。途端、隊長の視線がギロリと険しいものへと変わった。

「なんだ？　まさか、尋問も拷問もできないと言うのではなかろうな？」

「い、いや、その、なんと言いますか……」

「おい！　貴様が拷問吏へ異動となってから、六ヶ月以上の月日が経っているのだぞ!?　それなのに、何も出来ないというのか!?」

上背のある隊長に凄《すご》まれて、思わずビビッて後ずさりをする。

しかし、隊長はますます視線を険しくし、大きなため息を吐《つ》いた。

「……もしも貴様が尋問も拷問もできないと言うのであれば、配置を元に戻さねばならんな」

「っ!?」

苛立《いらだ》ち混じりの隊長の声音に、びくりとおれの背筋が震えた。

は、配置を戻すということは、つまり——また前線に戻されるってことか!?

「当然であろう？　我が軍には、今、穀潰《ごくつぶ》しを飼う余裕や、役立たずを遊ばせておく余裕などないのだ。半年以上も後方の拷問吏として勤めておきながら、何一つできないというのであれば、拷問吏としての職を退いて貰《もら》うのは当然のこと。明日にでも貴様の配置を我が元へと戻し、早急にあの男を呼び戻——」

「お待ちください、隊長！」

いきなり声を張り上げたおれに、隊長は驚いて目を見開いた。

そんな彼に、おれはさらに声を張る。

「おれは既に、ラウロから尋問の術を教授されています！　ただ、やはり熟練の問責吏である彼には遠く及びませんから……尻込《しりご》みをしてしまい、言葉を濁してしまいました。隊長をご混乱させてしまい、申し訳ございません！」

「お、おお、そうだったか！　では、聖騎士の尋問を引き受けてくれるな？」

「ハッ、お任せください！　栄えある帝国軍の一人として、我が祖国を守るため——その聖騎士とやらから、我が軍に有利な情報をきっと手に入れてみせましょう！」

4

「我が軍に有利な情報をきっと手に入れてみせましょう……じゃないんだよ、自分！」

誰もいない石造りの廊下の、ある鉄製の扉の前で、おれは頭を抱えていた。

先ほど、隊長に告げた自分の言葉を思い返していたのである。

「うわぁ……なんであんなこと言っちゃったんだろ。拷問や尋問どころか、自白剤の作り方すらラウロから教わってないのに……」

でも、ああでも答えなければ、おれは明日から再びあの地獄の前線へと送りこまれていただろう。

現在、ここから一番近い戦線は、二国の国境を分断している大河である。王国によって展開された大規模な氷結魔法により、大河は凍らされ、そこから王国騎士団が侵攻を始めているのだ。

現在に至るまで、その地では激しい戦いが繰り広げられており、先日とうとう大河沿いにあった商業都市が完全に占拠されてしまったと聞いている。今や、我が軍はかなり劣勢とのこと。

そんなところに送りこまれたら、絶対に死んでしまう！

しかもおれの立場、戦奴だし。うちの隊長はまだマトモな人だけど、中には、戦奴なんて使い捨ての道具以下にしか思ってない連中もいるし。

火薬と油瓶を持って特攻しろって言われかねない。

おれは、もう二度と！　絶対に！　前線には行きたくない！

だから、おれはあの場では隊長に啖呵《たんか》を切ってみせるしかなかった、んだけれど……。

「もうちょっと上手《うま》い感じに答えておけばよかったなぁ……あの言い方じゃ、なにか成果を出さないと納得してもらえないじゃんか！　ああ、もう、おれのバカ！」

はぁ、とため息を吐く。

しかし、ため息を何十回吐いたところで、状況が変わるわけではない。

いくら頑張っても戦奴の立場は変わらないし、戦争は終わらない。

この砦《とりで》から逃げ出したところで、行く当てもないし、戦奴のおれには身分証明書も金もないため他国へ逃げることもできない。

ああ……せめて、もうちょっとマイルドな言い方をすればよかった。

例えば「できるだけ頑張ってやってみますけど、あまり期待はしないでくださいね！」とか。

でも、そんな風に言ったら、やっぱり前線に戻されてたかなぁ……。

「……ひとまず、捕虜になった聖騎士の人の様子を見て決めよう」

そうだよ。もしかすると、めちゃくちゃ気が弱い人かもしれないし！

強気な態度で「拷問にかけられたくなければ、王国側の情報を言え！」って言えば、ビビって情報を言ってくれるかも！　そうだったらおれがめちゃくちゃ嬉しい！

「よーし！　とりあえず頑張って尋問やってみるぞ！」

おれはぐっと拳《こぶし》を握って気力をこめると、顔を上げて、目の前の扉を見つめた。

厳《いかめ》しい鉄製の扉には、格子のついた小さな窓がある。その扉に付けられた南京錠を外すと、閂《かんぬき》を横にずらした。そして、ゆっくりと深呼吸した後に、扉を開ける。

扉を開けた瞬間、すえたような汗の臭いが鼻をついた。地下牢の中はじめじめとした湿気がこもっており、一歩足を踏み入れただけで、じわりと額に汗をかき始めた。

部屋の中は薄暗く、入り口の左手に置かれた蠟燭《ろうそく》と、扉につけられた小さな格子窓から差し込む明かりによって、なんとか奥にいる男の姿が確認できた。

おれは今すぐ回れ右をして戻りたい気持ちを抑えながら、強気な笑みを浮かべた。

「――へぇ、あんたがカイネン王国の聖騎士様か？」

鼻で笑いながらそう告げたものの、内心ではかなり驚いていた。薄闇の中に見えた男は、思っていた以上に年若かったからだ。二十代前半といったところだろうか。

聖騎士というのは、王国騎士団の中でいちばん地位の高い騎士だと聞いていた。だから、てっきり隊長と同世代か、もっと年上の男性だろうと思っていたのだ。

でも、二十代そこそこなら拷問をすると脅せば、ビビって情報を吐いてくれるかもしれない。おれは俄然《がぜん》やる気が湧いてきた。そして、なるべく拷問など手慣れていると見えるように余裕のある態度をとる。

「なかなか男前じゃないか。まぁ、涼しい顔をしていられるのも今のうちだろうがな」

再び鼻で笑いながらそう告げたものの、男はかなり整った顔立ちをしていた。

これだけ容姿が整っていて、王国騎士団の聖騎士ともなればさぞやモテモテだろう。きっと王国

では可愛い女の子を侍《はべ》らせまくっていたに違いない。容姿も地位も、戦奴のおれとは月とスッポンだ。でもスッポンってよく見ると目がかわいいよね。

そんなことを考えていたら、突然、男がこちらに向かってペッと唾《つば》を飛ばす。

えっ、なに？

「ハッ、拷問でもなんでもやってみろ！　俺は絶対に何も喋《しゃべ》らんぞ！」

そう叫び、手枷《てかせ》で拘束された両腕をがしゃがしゃと動かす。

その怒声に、おれは完全にビビって、ヒュッと息を呑《の》んで立ち竦《すく》んだ。

こ、こわっ！

っていうか、敵軍の捕虜になったっていうのに、元気だなこの人！

ここに来るまでの間に、帝国軍の兵士に殴られ、小突かれて、甲冑《かっちゅう》と剣はとりあげられ、服はボロボロで痣《あざ》だらけ。なのに、いまだに戦意は失っていないらしい。

赤い瞳《ひとみ》にぎらついた殺意を宿して、おれを睨《にら》みつけている。不用意に近づいたら、唾を吐きかけられるどころか噛《か》みつかれそうだ。

「ふ……威勢のいいことだ。その元気がいつまで保つかな？」

そんな元気いっぱいな捕虜くんに向かって、おれは腕組みをして胸を張り、先ほどと同じように、できるだけ強気に聞こえるような口調を装った。

……とは言ったものの、本当にどうしよう……。

くそっ。強気っぽい口調でそれっぽいことを言ってれば、相手がびびって「ひええ～！　なんでも喋りますから拷問は勘弁してください！」「よしよし、大人しく情報を吐けば何もしないぞ」という展開にならないかなぁと目論《もくろ》んでいたのだが……この調子だとおれが「ひええ〜！　何もしないので勘弁してください！」と逃げ出すはめになりそうだ。おれの作戦は完全に破綻《はたん》した。

そういや隊長が、味方を逃がすために殿《しんがり》になったところを捕まえた、とか言ってたっけ？

よくよく考えれば、味方のためにそんな勇気のある行動をとれる人間が、おれのハッタリくらいで王国の情報をもらすわけもなかった。

せっかく尋問吏用の衣装も拝借して着てきたんだけど、これじゃ無駄っぽいなー。

ちなみにおれの今の服は、いつもの簡素なシャツとズボンではなく、ラウロの部屋にあった尋問吏用の黒一色の制服を拝借している。

ラウロが普段使っているものではなく、予備用なのか、おれにぴったりなサイズだった。隊長と別れた後、ラウロの部屋に行って、この服に着替えてきたのである。

なぜ尋問用の服があるのかと聞いた時は、相手に威圧感を与えるためだとラウロは言っていた。その時はなるほどなーと思ったのだが、残念ながらこの聖騎士さん相手には今のところあんまり効果はでてないっぽい。

なお、ラウロの部屋に行った時に「困った時の拷問のやり方」とか「初心者のための尋問のやり方」とか、そういうマニュアルがないかなと探してみたけれど、残念なことに何もなかった。

どうしたものかと考えていた時、男が口を開いた。

「お前は、レガノス帝国の拷問吏か？」

「ふ、それ以外の何に見えるというんだ？」

質問を質問で返してみる。と、捕虜のイケメン聖騎士さんは、嘲《あざけ》るような笑みを向けてきた。

「俺から我が国の情報を聞き出すつもりなら、それは無駄骨だ。たとえ爪を剝《は》がされ、四肢を切り落とされようとも何も喋るつもりはない」

「……ふ、ふん。祖国思いなことだな」

こ、怖い想像をさせないで欲しいんですけど!?

爪を剝がすとか、四肢を切断とか……こ、怖ぁ！

この人の想像力めっちゃ怖っ！　っていうか、よくそんな怖いこと口に出せるな!?

うわぁ……想像するだけで胃が重くなってきた。

うう……や、やっぱりおれには拷問は無理だ。想像するだけで冷や汗がでてきたもん。

でも、自白剤なんて調合できないしなぁ……。

うーん。拷問ができないとなると、精神的苦痛を与えるとかそういう方向性か？　家族の話を引き合いに出してみるとか？

「ふっ……聖騎士の貴様が我が国の捕虜となって、今ごろ王国の者どもはやきもきしているだろう。本国のご家族だってさぞかしご心配されてるだろうな」

「…………」

相手が黙り込んだ。そして、眉根《まゆね》を寄せておれを睨んでくる。

お、これは効いたか？

「……国に身代金でも請求するつもりか？　だが、忌み者である俺を気にかける者など、我が国にいるはずがない。残念だったな」

「いみもの？」

こちらを小馬鹿にするような、けれど、どこか自嘲《じちょう》するような笑みだった。

そんな男の言葉に、おれはきょとんと首を傾《かし》げる。

忌み者って……読んで字のごとくの意味でいいんだよな？

口調からして、なにかの比喩《ひゆ》ではないようだ。

でも、なんでこの人が忌み者なんだ？

しかも、自分の出身である王国から忌み者って言われてるのか……？

「忌み者ってのはどういう意味だ？」

そう尋ねたら、逆に相手から怪訝《けげん》そうな顔をされた。

「？　俺のように、虹彩《こうさい》に金が混じっている〝魔眼持ち〟は、王国では忌み者として扱われている。帝国だって同じだろう？」

「虹彩に金……？」

よく分からないので、顔を近づけて相手の顔を覗《のぞ》き込《こ》む。

目の前の男の体勢は、両腕に手枷をはめられ、万歳をする恰好《かっこう》で天井から吊《つ》り下《さ》げられている。

その手枷が繋《つな》がっている天井の棒は、部屋の壁にとりつけられたレバーを上げ下げすることで操作可能だ。

今は、男の爪先がようやく床につく程度の高さで吊るされているが、一番上まで上げれば完全に空中に身体《からだ》が浮く高さまで吊り上げることも可能である。

ラウロにレバーの操作方法を習っておいてよかったー。

さて。話を戻して、彼の瞳の話だ。

薄暗い室内なので目をこらし、顔を覗き込んでみる。

じっくりと見てみると、確かに、彼のルビーのような瞳には金色が入り混じっていた。

まるでスタールビーのようだ。

前世で一度、営業にいった先の女社長がでっかいスタールビーの指輪を嵌《は》めていたのを見せてもらったことがある。酸化チタンという内包物によって生み出される、シルキーカラーの六方星形の星が紅に刻まれた宝石は、男のおれから見ても見事なものだった。

目の前の男の瞳は、紅に金の光が散らばって、とてもきれいだった。

ふーむ……おれから見れば美しい瞳だと感じるんだけど、これも文化の違いかな？

前世の知識があるおれから見たら、まるで宝石のような瞳だと感じるが、この世界の価値観では異様なものとして映るのだろう。

そして、男の話を聞く限り、王国でも帝国でも、このような金の混じった瞳を持っている者は〝忌み者〟として扱われているらしい。

ふむ……さっき隊長と話をした時には、この男が〝忌み者〟なんて説明はされなかったけどな。

意図的に隠していたのか、それとも、隊長も気づいていなかったのか。虹彩なんて、こうやって注意深く見ないと分からないもんな。

どちらにせよ、この男が〝忌み者〟ということが分かってよかった。この情報を知っているか知らないかで、この後の隊長への報告の内容が変わってくるからな。

おれは男から離れると、腕組みをした。

そして、余裕たっぷりに見えるように意識しながら、もったいぶった口調で話しかける。

「さて、お前が〝忌み者〟というのは分かった。だが、忌み者とて聖騎士に変わりはない。王国騎士団の情報を喋ってもらうぞ」

「…………」

男は沈黙したまま、おれを睨みつけた。

いや、黙らないで欲しいんだけど？　もしかしてよく聞こえなかったのかな？

「最後に、もう一度言うぞ。お前の知る情報を、今ここで洗いざらい話せ。どうせ拷問でなにもかも話すはめになるんだ。痛い思いはしたくないだろう？」

「断る」

が、おれの精一杯の脅しは、一秒と保たずに一蹴《いっしゅう》されてしまった。

「……全部話さなくてもいいぞ？　例えば、聖騎士団の構成とか、なんかこう、王国騎士団の得意な魔法とか……」

「断る。お前に話すことなど何一つない」

そう言って、ふいっと顔を背けられてしまった。

って、おいおいおい！　それじゃおれが困るんだって！

そっちは拷問される覚悟が決まってるのかもしれないけれど、おれの方はそんな覚悟ぜんぜん決まってないんだから！

「なんかこう、話しても話さなくても戦線に影響のないような、そんなちょびっとした情報でもいいんだぞ？」

「そんな口車にのるものか。俺は絶対になにも喋らない」

「そ、そっかー……」

取り付く島もなかった。

くっそぅ。どうやら『それっぽい脅し文句を言ってみれば、相手がびびって情報を漏らしてくれるかも作戦』は完全に失敗したようだ。

でも、それじゃあおれが困るんだよ！

だって尋問でこいつから情報を引き出せなければ、最終的におれは役立たずな問責吏として、歩兵へと逆戻りだ。

前線送りはぜったいに嫌だ！

かといって、拷問なんて絶対やりたくないし！

どうしよう……相手がビビってくれないかな作戦が失敗した以上は、新たな尋問方法を考えなければならない。

うーん……。

「……ふっ。ひとまず、今日一日考える時間をやろう。明日の朝また来る。それまでに、身の振り方を考えておくんだな」

「…………」

そう言うと、おれは男に背を向けて扉へ向かって歩き出した。部屋を出る前に、レバーを引いて、男の身体を下におろした。手錠を外してやることは出来ないが、これで、万歳の恰好で吊るされていた男の足は完全に床の上についた。それを目視で確認した後、おれは部屋の扉を閉めて閂《かんぬき》をおろした。

うん！　いいアイディアが思いつかないので、とりあえず明日に持ちこそう！

隊長には「あの男には今日一日、考える時間をやりました。明日以降には拷問に怖《お》じ気《け》づいて情報を吐くでしょう」って説明しよう。うん。もう今日はそれでいいや。

はぁ……まったく、今日はなんて散々な日なんだ。

まさか、こんなことになるなんて。これなら自白剤の用法・用量ぐらいラウロからちゃんと学んでおけばよかったよ……。

がっくりと肩を落としつつ、おれは地下牢《ちかろう》を出て、地上へ続く階段を上り始めた。

なお、あの聖騎士の捕虜が閉じ込められていたのは、砦《とりで》にある地下牢だ。拷問部屋とも呼ばれている。

このアンルー砦は国境から近い砦とあって、内部はかなり複雑な構造となっている。なんでも、敵が砦の内部に攻め込んできた時に、容易に攻略されないためだとか。

アンルー砦は石を積み上げた城壁に囲まれており、城壁にそって見張り台が設けられている。

また、城壁の外側には空堀が掘られており、正門につづくはね橋を上げてしまえば、敵がここを攻めるのはたやすいことではなくなるだろう。

城壁の中心部には城館があり、その周りにもいくつかの建物がある。

今、おれがいるのはその内の一つで、ここには資材置き場と、地下牢が設けられている。

あの聖騎士以外にも捕縛された王国の下級騎士や兵士は何人かいたが、彼らは大した情報をもっていなかったので、地下牢とは別の建物の牢へと放り込まれている。

ラウロいわく、捕虜はあまり大人数を一緒の場所に収容しておくと、集団で脱走する可能性があるため、分けておいた方がいいそうだ。

あの聖騎士も、向こうの牢にはいれずに、しばらく地下牢に入れておこう。

そして、この地下牢がある建物の裏手に、ラウロとおれの部屋があった。

部屋というか、掘っ立て小屋といった方がいいだろう。以前は山羊《やぎ》の出産部屋だったそうだが、そこを改修して、ラウロのための小屋にしたんだそうだ。

というのも、最初はラウロも城館にある兵士用の宿舎で寝泊まりしていたそうだが、容姿のせいで周りの人間から気味悪がられてしまい、彼一人だけがこの掘っ立て小屋に移されたらしい。

薄暗い階段を上がって廊下に出ると、日の光が目に痛かった。最近はじめじめとした蒸し暑い日が続くが、石造りの建物の中はひんやりとして心地いい。

そうして建物を抜け、掘っ立て小屋まで戻ろうと歩いていたところで、ばったりと隊長と出くわした。出くわしてしまった。

「げっ」

「ああ、貴様か。ちょうどよかった、今、進捗《しんちょく》を聞きにいこうとしていたところだったのだ」

思わず小さなうめき声が出てしまったので、慌てて口を閉じる。幸い、隊長にはおれの声は聞こえていなかったようだ。

「あの男の様子はどうだ？　王国側の情報は何か分かったか？」

「え、えーっと……」

どうしよう、こんなタイミングで隊長に会うとは思っていなかったので、頭が真っ白になってしまったぞ。確か、あの男が言っていたのは……。

「残念ですが……あの聖騎士は〝魔眼持ち〟の忌み者のようです。今日の尋問の反応を見る限りは、あまり大したことは知らないかもしれませんね。本格的な尋問にはこれからかけようと思いますが」

「魔眼持ち!?」

隊長は目を見開いてぎょっとした表情で、ずざざざっとおれから距離をとった。

おや？　これは予想以上の反応だ。

あの男は、帝国側でも〝魔眼持ち〟は忌み嫌われている存在だということを言っていたが、まさかこれほどとは。

「ええ。あの男の目をよく見ると、虹彩に金が混じっていました。本人も、自分は〝魔眼持ち〟の忌み者であると認めました」

「そ、そうであったか……」

やはり帝国側でも〝魔眼持ち〟っていうのは忌避される存在で間違いないようだ。

心なしか、隊長はがっくりと肩を落としている。

先ほどはいくばくかの期待に満ちていた顔も、眉《まゆ》を八の字に下げた暗い面持ちへと変わっている。

これは……いい傾向じゃないか!?

このままどうにか、「あの聖騎士を尋問してもなんの情報も聞き出せないでしょう、なにせ魔眼持ちですから！　いやはや残念ですねぇ！」という雰囲気に持ち込めないだろうか。

「隊長のお話だと、確か、あの男は他の騎士を守るため、みずから殿《しんがり》を務めたというお話でしたが……彼が忌み者であればまた話が変わってくるのでは？」

「……忌み者だから、退却のための捨て駒として利用されたと？」

おれの言葉に、隊長は指先で自身の髭《ひげ》をさわりつつ、しかめ面で唸《うな》った。

「しかし、〝魔眼持ち〟が聖騎士になれるものなのか？」

「その辺の事情までは分かりませんが……まぁ、王国の奴《やつ》らが何をやろうが、今さら驚くこともないでしょう？　なにせ、このような馬鹿げた戦争を仕掛けてきた連中なんですから」

肩をすくめると、隊長は苦笑いを浮かべた。

「まぁ、そうだな。王国の猿どもの考えは我々には理解の及ぶところではないか」

「ええ、まったくです」

「とはいえ、あの聖騎士が捨て駒扱いだったのか、そうではなかったのか、まだ我々には分からない。たとえ捨て駒だったとしても、数少ない聖騎士の一人なのだから、一般兵が知らない情報も知っているだろう」

隊長はそう言って手を伸ばし、おれの肩をぽんぽんと二回叩《たた》いた。

「貴様には引き続き、あの聖騎士の尋問を頼む。今日一日で、これだけの情報を手に入れることが出来たのだ。貴様なら、きっと帝国の利益となる情報を引き出すことが出来るだろう」

あ、あれぇ!?

おれの予定では、『あの聖騎士は〝魔眼持ち〟らしいんで、尋問してもこれ以上は無駄っぽいですね！』『そっか、それならしょうがないね！』となる流れの予定だったのに……！

な、なぜか逆に隊長を期待させてしまったっぽいぞ!?

しかし、どれほど後悔しようとも、もはや自分の言った言葉を引っ込めることはできなかった。

「……ハッ！　お任せください！」

「うむ、期待しているぞ」

おれは心の中で泣きながら、敬礼して元気よく返事をすると、去り行く隊長の背中を見送った。

お、おかしい。なんでこうなるんだ？

いっそ、「拷問もしたし自白剤も使いましたが、〝魔眼持ち〟は忌み者扱いだったので、何も知らされていませんでした！」って断言した方がよかったのか？

いや、でもそれだとラウロが帰ってきて、ちゃんとした尋問を始めた時に、ボロが出るもんなぁ。

はぁ……本当にどうしよう。
あの男、今日の調子じゃ何も喋《しゃべ》ってくれないだろうし……。
あー、もう！　ラウロ、早く帰ってきてくれよ〜〜！

5

「はぁ……」

あくる日の朝、おれはどんよりとした気分で目を覚ました。

昨夜はあまり眠れなかった。あの捕虜の聖騎士とかわした会話や、隊長に言われたことが、ぐるぐると頭の中を占めて、目をつむってもなかなか寝付けなかったのである。

そのせいで、いつもよりも遅い時間に目を覚ました。

本来なら、だいたい空が白み始める頃合いに起きる。その後は、井戸で水をくんで小屋にもどり、顔や口を洗う。その後、城館の裏手にある厨房《ちゅうぼう》へ一日分の飯をもらいにいって、ラウロと二人で食べる。

けれども今日は、太陽が山の向こうから顔を出し始めた頃に目を覚ました。

その後も、なんだか身体《からだ》を起こす気になれなくて、しばらく毛布の上でゴロゴロしていた。

「……あー、ずっとこうしてたい」

ぽつりと口に出して呟《つぶや》いてみる。

けれど、そんなことができないのは、自分が一番よく分かっていた。

三十分くらい経《た》った頃に、おれはようやくのそのそと身体を起こした。

　小屋にあるやかんから盥《たらい》に水を注ぎ、かんたんに顔と身体を洗って、服を着替える。そして、この砦の中心部にある城館、その厨房へと向かった。

　この砦の中心部にあるのは、砦を治める貴族や、兵士、使用人たちの住む城館である。

　城館の周りには小さな礼拝堂や鍛冶《かじ》場、鳩小屋、火薬庫、武器庫、厠《かわや》棟や井戸が設けられている。

　そのため、城館に近づくにつれて、すれ違う兵士や使用人たちが増えてきた。

　鶏小屋で卵をとっている者や、礼拝堂で祈りを捧《ささ》げる者。井戸で水をくんで洗濯を始める者――すれ違いざま、彼らの表情を横目で見やる。

　見たところ、使用人はともかく、兵士たちの中におれの知り合いはいなかった。彼らの表情に、どこか緊張と怯《おび》えの色が見えるのは、現在の帝国軍の戦況が芳しくないからだろう。

　広場を抜けて、城館にたどり着くと、おれは裏手に回った。

　建物の裏を回り、鶏小屋の横にある脇道を抜けると、城館の裏手へとたどり着いた。

　裏手の扉はすでに開いていたので、そこから顔を覗《のぞ》かせて、中に声をかける。

「すみませーん」

　厨房の中では、料理人と使用人たちがどたばたとせわしなく動き回っていた。そのうちの一人のおじさんがおれと目が合うなり、「そこに置いてある！」と怒鳴って、扉近くの壁際を顎《あご》でぐいっと示した。

　見れば、確かに箱の上に、布にくるまれた小さな鍋《なべ》とおわん、そして黒パンがあった。

　おじさんに礼を言って、それらを両手で抱える。

二人分、それぞれ二食分の量があるので、けっこう重い。

それを抱えてよたよたと小屋へ向かっている途中、進行方向から、五人組の一般兵たちがやってくるのが見えた。

道をゆずるため、おれはさっと壁際によける。

彼らは談笑しながら、おれの前をゆうゆうと歩いて行ったが、すれ違う直前に、一人の兵士がちらりとこちらに視線を向けると、爪先でがつんとおれの脛《すね》を蹴《け》り飛ばしてきた。

「っ……！」

なにするんだこのヤロウ！　もう少しで鍋を落とすところだろうが！

しかし、そうは思っても口には出さず、じっと耐える。

相手は五人組だし、おれは戦奴《せんど》だし、勝ち目はない。見れば、おれの足を蹴り飛ばしてきた男は、以前、おれが隊長のもとで歩兵として戦っていた時の隊の仲間だった。

明るい空色の瞳《ひとみ》の青年は、その時から、なにかとおれに絡んできた嫌なヤツだ。

今回も、空色の瞳の男はせせら笑いを浮かべると、そのまま仲間たちと共に歩き去ってしまった。

「いってー……」

じんじんと痛む脛に顔をしかめる。

この分だと、きっと青痣《あおあざ》になっているだろう。

ラウロの下につくようになって、最近は他の兵士に絡まれることがなかったから、油断してたな。

隊長の下について前線で戦っていた頃は、他の兵士たちと一緒に食事をとることもあったけれど……今みたいに蹴られたり、小突かれたりすることはしょっちゅうだった。

だから、厨房から小屋までの距離があったとしても、今の方が気が楽だったりする。

まぁ、気楽な気持ちでいられたのは、悲しいかな昨日までの話なんだけれど。

ため息を吐《っ》きつつ、掘っ立て小屋に到着すると、中へ入る。

中には部屋は一つしかなく、部屋の中はボロ布のカーテンで半分に仕切られている。片方がラウロのスペースで、もう片方がおれのスペースである。部屋と呼べるほどのものではないが、今生のおれにとっては、ここが初めての自分の個室だ。

自分の部屋に入ると、そのまま床に食事を置く。

「いただきまーす」

床に座ると、鍋からおわんにスープをよそい、黒パンをひたして食べ始めた。

幸いにもスープはまだ温かく、再度温める必要はなかった。

この鍋と黒パンが今日一日分の食事だ。昼食はなく、夕食の分を食べ終わったら、洗い場に行って鍋を洗って厨房へと返す。

鍋にはクズ野菜と豆に、肉の切れ端が入っていた。黒パンはかなり固いが、スープにひたして食べるとそこそこ美味《うま》い。

「ごちそうさまでした」

量の少ない簡素な食事のため、あっという間に食べ終える。

食事を終えると、おれはラウロの居住スペースへ移動し、昨日と同じようにラウロの黒い服を拝借した。

そして、もう一人分のスープをおわんによそい、黒パンを一つ持って、再び小屋を出る。

「はぁ……めちゃくちゃ気が重いけど、やるしかないか」

気も重いし、足取りも重い。

とはいえ、このまま何も仕事をしなければ、隊長によって再び前線送りだ。

「……よーし！　ひとまず、今日も強気に行ってみるか！　日付が変わって、あいつの気も変わってるかもしれないしな！」

気合を込めて、スープと黒パンを抱えているのとは反対の手を、ぐっと握りしめる。

……はぁ。そうは言っても、やっぱり気が重いなぁ……。

6

再び、おれは尋問室を訪れた。

片手にスープの入ったおわんと黒パンを抱え、もう片方の手で重い鉄扉を開ける。蝶番《ちょうつがい》が錆《さ》びているのか、ギィギィと鉄のこすれる嫌な音が響いた。

机にスープと黒パンを置き、部屋の奥で鎖につながれている男に近寄る。

昨日、手錠につながる鎖をおろしてやったので、男は牢《ろう》の壁に背をあずけて眠っていた。

寝息をたてていた男は、おれが近づくとゆっくりと目を開いた。

「よう、気分はどうだ？」

「…………」

男は何も返事をしなかった。ただ、おれの姿をみとめると、上体を起こしてあぐらの体勢となり、こちらを見上げてきた。

相変わらず、紅に金の混じった虹彩《こうさい》がきれいだ。

ふと視線を下にやると、相手の股間《こかん》がズボン越しにわずかに盛り上がっているのに気が付いた。

朝勃《あさだ》ちしているらしい。若いというか、なんというか……まぁ、生理現象だから仕方がないか。

なんとなくそこをジロジロ見ているのも気が咎《とが》めて、さりげなく視線をそらす。

そして、机の上に置いた食事をとると、相手の目の前に置いた。

「ほら、食えよ」

「…………」

どうぞ召し上がれー、なんて言うのも状況にそぐわない気がして、適当に言ったら、なんかめちゃくちゃえらそうな言い方になってしまった。

もしもラウロにこんな言い方したら、めっちゃショック受けるだろうな……。

「…………」

しかし、男は目の前に置かれた食事と、おれの顔を交互に見つめるだけで、食事に手をつけようとしない。

「どうした？　毒も自白剤も入ってないぞ。あんたにはまだ聞きたいことが山ほどあるからな」

なにせ、毒も自白剤も作り方が分からないからな！

この部屋の右手側の壁にある薬品棚にある、いずれかの薬がそうなんだろうけど……イチかバチかで与えるわけにもいかないしなぁ。

だが、男は黙りこくったまま、食事に手をつけようとはしなかった。おれの言葉が信じられないのだろう。

どうしたものかと思っていると、不意に、部屋の中に「くう」と可愛らしい音が響いた。

同時に、男がさっと顔を赤らめ、きまりが悪そうに顔を背ける。

どうやら、今の音はこの男の腹の音だったらしい。

顔に似合わず、可愛らしい腹の音に、思わずふふっと笑ってしまった。

「ほら、腹が減ってるんじゃないか。いいから食べたらどうだ？」

「…………」

ばつの悪そうな顔をしているが、それでもまだ男は手をつけようとしない。

やれやれ。まぁ、この状況では仕方がないか。

おれは床に膝《ひざ》をついた。湿気のこもった地下牢《ちかろう》だが、石造りの床はひんやりと冷たい。

男の前に置いた黒パンに手を伸ばすと、パンを半分に割る。そして、ひと口分を千切《ちぎ》って自分の口に放り込んだ。

そして、おわんに入ったスープも手にとり、スプーンをつかって一口だけ呑《の》む。

「ほら、大丈夫だろう？」

「……あ、ああ」

パンとスープを男に返すと、ようやく今日初めての返事をしてくれた。

ちょっとホッとして、おれは床から立ち上がる。

「ま、聖騎士のあんたから見たら粗末な食事だろうけどな。そんなものでも、食べて体力を保っておかないと、後がきついぞ」

スープを啜《すす》ろうとしていた男の手が、おれの言葉でぴたりと止まった。

そして、おれを横目でジロリと睨《にら》みつける。

「ふん。お前がなにをするつもりか知らんが、昨日も言った通り、俺は何も喋《しゃべ》らないぞ」

そう言って、男はスープを啜り始めた。

……んっ!?　あれ、なんか勘違いされた!?

おれは普通に「ちゃんとご飯を食べておかないと、あとでお腹《なか》がすいてつらいぞ」って意味で言ったんだけど……。

もしかして今のおれの台詞《せりふ》って「この後できつい拷問が待ってるから、今のうちに食べておけよ」って意味に聞こえちゃった？　っていうか絶対そうだよな。思い返すと、どう聞いてもそういう意味にしか聞こえないもん。

……いや、でもどの道、尋問はやんなきゃいけないのか。

なんらかの成果を出して、隊長に報告しないとおれが前線送りにされてしまう。

でも、どうしよう。

一晩考えてみたけど、おれにはやっぱり拷問や尋問なんて無理だよ……。

最初は『前線に戻されるくらいなら、捕虜を尋問する問責吏の方がマシだ』なんて思ってたけど、やっぱりこうして生身の人間を目の前にして、会話までしちゃうと、ダメだ。

っていうか、尋問や拷問ができる程度に肝がすわってるなら、そもそもずっと前線にいるだろうしな！

うーむ、マジでどうしたらいいんだろう。拷問なんてやりたくないし、かといって「なんの成果も得られませんでした！」なんて隊長に報告することもできないし……。

「……さて、どうしてやろうか」

おれの独り言に、男の肩がぴくりと跳ねた。ちらりと視線を向けてきたが、何も言わずにパンとスープを食べ続けた。

そんな彼の食事風景をぼんやりと眺めつつ、歯磨きはさせた方がいいのかどうか考えていると、ガンガンと何かを殴るような音が響いてきた。

なんだなんだと思い、ぱっと後ろを振り向く。見れば、小さな格子窓の向こうに、人影があった。

どうやら、誰かがこの地下牢の前に来て、派手に扉をノックしているらしい。

「お待ちください。今、開けます」

とはいっても、扉に内鍵《うちかぎ》は存在しないので、向こうからでもこちらからでも扉は開けられる。

扉の向こうの相手もそれを知っていたのだろう。おれがそこにたどり着く前に、ギ、ギィーと鉄のきしむ音を立てて、扉が開かれた。

「――リョウ。尋問ははかどっているか？」

「っ!?」

げぇ、と悲鳴が出かけたのを、慌てて掌《てのひら》を口にあてて押さえる。

誰あろう、地下牢に入ってきたのは、この聖騎士に対する尋問を行うように言いつけたご本人――顎《あご》ヒゲがチャーミングな隊長であった。

な、なんで隊長がここに!?

「ど、どうされましたか、隊長？」

声が震えそうになるのをこらえて、恐る恐る問いかける。

隊長は後ろ手に扉を閉めると、おれと、鎖につながれた男の顔を交互に見やった。

「尋問がどの程度進んでいるか確認をしにきたのだ。今は何をしていたのだ？」

今は、彼に朝ごはんをあげてたところです！　……とは、とてもじゃないが言えない。

おれは慌てて、男の前の黒パンとおわんが隊長の視界に入らないように背中で隠しつつ、隊長へと向き直った。

くそ！　なんでこんなに急に来るんだよ～!?

おれは一瞬だけ逡巡《しゅんじゅん》し、そして、覚悟を決めて隊長の顔を正面から見つめ返した。

びびるな自分！　多分、ここが正念場だぞ……！

「今は……食事と共に自白剤を投与していたところです」

「っ!?」

背後で、男がごほごほと咳《せ》き込《こ》んだのが分かった。後頭部に視線が突き刺さるのをひしひしと感じる。

反対に、隊長は目を輝かせて喜色満面になった。

「ほう！　それで、効果はどうだ？」

「残念ですが、おれが与えた自白剤の効き目はないようです。さすが聖騎士、毒物にも一定の耐性があるようですね」

「なんと……!?」

そう言って、背後をちらりと見る。

おれの言葉に、男が「？」とハテナマークをめいっぱい浮かべて首を傾《かし》げていた。

まぁ、そうだよな。もちろん自白剤なんか投与していない。

この男だって、毒物に耐性なんかつけてないだろう。

今、おれが隊長に説明したことはデタラメだ。

男が余計なことを隊長に言わないように祈るばかりである。

「もっと強力な自白剤もあったのですが、それは全てラウロが持っていってしまいまして……申し訳ありません」

「そうであるか。貴様が自白剤を新たに作ることはできないのか？」

「それが、ちょうど材料が尽きたところでして……ラウロが砦《とりで》に帰ってくるときに、それらの材料を一緒に持って帰ってくる予定でした」

「そうだったか。タイミングが悪かったな……」

今、こうして隊長と話している間にも、心臓はばくばくと早鐘を打っている。

頼む！　お願いだから、このまま納得して帰ってくれ！

「しかし、自白剤が効かないとなると……やはり拷問しかないわけか」

隊長は指先で自身の顎ヒゲを撫《な》でつけながら、鎖につながれた男をじろりと睨んだ。

「い、いいえ。自白剤はあとで投与する予定なのです。拷問については、まだ様子を見たいと思っています」

平静を装いながら、必死に言い募る。

自白剤は、外から見ただけでは投与したかどうか真偽のほどは分からない。だが、拷問となると話は別だ。こればかりは嘘《うそ》は吐《つ》けなかった。しかし、今回ばかりは隊長は納得しない表情だ。顔を思い切りしかめたまま、視線を男からおれに移す。

険しい視線に、おれもさすがに気圧《けお》されてしまう。

「手ぬるいのではないか？　今この瞬間にも、前線で同士たちが懸命に戦っているのだぞ。なのに、敵国の人間に猶予を与えるつもりか？」

「そ、そんなつもりはありません！　おれは、帝国のために誠心誠意働いています！」

おれは慌てて首を横に振った。だが、隊長はいまだに気難しい表情のままだ。

いったいどうしたのだろう。

隊長の言うことはもっともなんだけれど……それにしても様子がおかしい。

昨日とはうってかわって、隊長はどこか焦っているような印象を覚える。

おれはそっと隊長に顔を寄せると、声をひそめて話しかけた。

これなら男には聞こえないだろう。

「隊長……何かあったのですか？　もちろんおれは、隊長がやれと仰《おつしや》るならどんな命令にも従います。ただ、昨日といささか話が異なっておりますので、少し困惑しております」

すると、隊長がさっと顔色を変えた。

見れば、その顔にあった険しさが薄れて、なぜか気まずげな表情に変わっている。

しばらく沈黙した後、隊長は大きなため息を一つ吐いて、おれと同じように声をひそめて囁《ささや》いた。

「……大河沿いにある商業都市が、先日、とうとう王国によって完全に占拠されたという話は聞いているな？」

「はい」

「先程、偵察兵から入った情報によると……今朝《けさ》、商業都市の正門の前に首が並んだらしい。領主とその家族のみならず、帝国軍に所属する者たちの首もずらりと並んだそうだ」

「そ、そんな……！　じゃあ、つまり……」

じゃあ、つまり……！　とか言って、隊長に驚いてみせているおれだが、正直、何がそんなにやばいのかはよく分かってない。

領主一家の首が並んだというのは確かにむごたらしいことだとは思うけれど……その程度の残酷でヤバめな話は最近では珍しくもなくないか？　なんか感覚がマヒしてるなー、やだやだ。

しかし、隊長は真剣な表情で、重々しく頷《うなず》いてみせた。

「ああ。普通なら、身代金をとるために名のある貴族は生かしておくものだ。しかし、王国の奴《やつ》らは領主を殺害し、死体を晒《さら》しものにしている。もしかすると……あの商業都市を橋頭堡《きょうとうほ》として使うつもりなのかもしれん」

「橋頭堡、ですか」

「あの商業都市を橋頭堡として使うことができれば、王国の奴らは今以上の大規模攻勢をしかけることも可能だろうからな」

だ、大規模攻勢!?

思った以上にヤバい状況じゃねーか！

帝国が今以上にヤバい状況になるとか、そんなひどいことがあるの？

っていうか、おれの人生どうなっちゃうの？

予想以上に暗い帝国の未来に呆然《ぼうぜん》としていると、隊長は、おれを励ますように肩を叩《たた》いた。

「だからこそ、貴様の働きに帝国の未来がかかっているのだ。もはや悠長なことは言っておられん。すぐにこの聖騎士の尋問を行い、情報を引き出すのだ！」

って、しまった!?

話が尋問のことに戻ってしまった！

しかし、おれが慌てても、もうどうにもならなかった。

隊長はどうやらおれの尋問を見守ることに決めたらしく、部屋の片隅に置いてあった小さな椅子を持ってくると、どさりと腰かけた。

そして、厳しい視線をじっと男に投げかける。

「私のことは気にしなくてよい。貴様の好きなように尋問を始めろ」

「あ、ありがとうございます、隊長……」

好きなように始めろ、じゃないよ！

おれは尋問も拷問も始めたくないんだって！

そんな悲鳴をぐっと喉元《のどもと》でこらえ、おれは手を伸ばして、壁にとりつけられたレバーを上げる。

レバーが上がると同時に、男の手につながっている鎖が上に引き上げられ、男は昨日と同じように、万歳の体勢で無理やり立たされることとなった。

男が立ち上がった時に転がったおわんが、おれの足元に転がってくる。どうやら、男はいつの間にか食事を食べ終わっていたようで、わんの中身はすっかり空になっていた。

おれは爪先で無造作におわんを蹴《け》りとばすと、腕を組んで胸をそらし、男に不敵――に見えるような笑みを向ける。

なお、蹴っ飛ばしたおわんは部屋のすみにコロコロと転がっていって、右手にある薬棚の下に入ったのが見えた。

あー、めんどうな所に入っちゃったな……あとで、ホウキかなんかで取り出さないと。

雰囲気づくりのために蹴っ飛ばしてみたけれど、完全に失敗である。先行きが危ぶまれるなオイ。

心の中でちょっと落ち込みつつ、おれは男を見据えて口を開いた。

「ふっ……さて、どうしてやろうか」

この台詞、なんか今日二回目の気がするな。

しかし、ほんとにどうしよう？

隊長が見ているから、もはや何もしないで終わらせるわけにはいかない。

でも、やっぱりおれには拷問なんてできないし……。

おれは一歩、相手に近づいた。そしてもう一度、男の顔を見る。

男は覚悟を決めたような顔で、唇を一文字にぎゅっと引き結び、睨《にら》みつけてきた。

薄暗い部屋のなかで、金の入り混じったルビーレッドの瞳《ひとみ》に、おれの姿が映っている。

「リョウ、どうかしたか？」

「いえ、何でもありません」

おれが黙ったまま、何もしないのを見て、隊長がいぶかしげに声をかけてきた。

落ち着いて答えるも、頭の中はパニック状態である。

ああもう、マジでどうしよう〜〜!?

拷問をしなくて済んで、それでいて隊長が納得できる方法は何かないのか!?

考えろ、考えろ。

何かをやらないといけないんだ、何か、なにか——。

必死で、思考と視線をめぐらせる。

男の瞳から視線を下へと下げて——ふと、男の下腹部で視線がとまった。

……そういや、さっき朝勃《あさだ》ちしてたなこの人。

若いなーと思いつつ、気づかないフリをしてやり過ごしたけれど……。

その時だった。必死で思考を巡らせていたおれの頭に、ぱっとひらめいたものがあった。

……いや、でも……こんなことで隊長が納得するのか？

こんなことが尋問になるのかって怒られるんじゃ……？

でも、今のところ思いつく手段はこれしかない。一応、ラウロからも、この手の拷問の話は聞いたことがある。

なんにせよ、他に手が思いつかない以上はやるしかない！

おれは決意を胸に、男へと手をのばした。

一瞬、男が身体《からだ》を強張《こわば》らせて身構えたのが分かった。口では、拷問なんて大丈夫だとか言っていたけれど、それでも、本心ではそんなことは嫌なのだろう。まぁ、誰だって拷問なんて嫌だよな。

となれば、お互いのために、この尋問をささっと終わらせよう。

そして、早いところ隊長にはお帰り願おう！

「っ……!?」

男がぎょっとしたように目を真ん丸に見開き、息を呑《の》んだ。

それもそのはずだ。おれは彼のズボンに手をかけ、素早く前開きの釦《ボタン》と紐《ひも》をくつろげると、そのズボンを下着ごとずり下ろしたのだから。

「な、何をしている!?」

困惑と怒りが半々という感じで、男が怒鳴った。

うん。その気持ち、すっごく分かるよ。

おれも、今自分のやっている行動がこれでいいのかいまだに疑問だもん。

そんな相手の言葉にうんうんと同意したいのをこらえ、小馬鹿にするような笑みを浮かべて見せる。

頑張れおれ！　ここが正念場だぞ！

「ふっ。あんたには拷問による肉体的苦痛も、自白剤も効かないようだからな。こういう、屈辱を与えるような尋問の方が効きそうだと思ってね」

「いや、拷問も自白剤もなにも、まだ俺は何もされていな……っ、ぅあっ!?」

余計なことを言うんじゃない！　隊長に聞こえるだろうが！

下着を取り去り、あらわになった陰茎に指で触れると、男は言葉をつまらせた。

そして、困惑と屈辱の入り混じった表情で、おれを睨みつけてくる。

けれども、その顔とは裏腹に、おれの手の中の陰茎はすぐにむくむくと頭をもたげてきた。

その大きさにちょっとビックリして、思わずびくりと肩が震えた。

え、うわ……身体も大きいとは思ってたけど、こっちもすごいなオイ。

王国の人ってみんなこんなにデカいの？

お、おれだって小さくはないし、平均くらいだと思ってたけど、こんなの見るとちょっと自信なくすな……。

思った以上にでかい息子《むすこ》さんに、おっかなびっくり、人差し指でぴくぴくと震えるそれをつつーっとなぞってみる。

すると、男が顔をしかめて、ぐうっと唸《うな》り声《ごえ》をあげた。

それと同時に、陰茎がびくびくと血管を浮き立たせ始めた。

「ふ、ずいぶんと元気だな。溜《た》まってたのか？」

「っ……うるさい……っ！」

必死に快楽に耐えるような表情をする男から視線を外し、そっと、隊長の様子を窺う。

案の定、隊長は目を見開いてびっくりした顔で、まじまじとこちらを見つめていた。

そんな隊長に肩をすくめてみせ、もっともらしい口調で話す。

「この男には肉体的な責めも、自白剤も効果がありませんでした。そのため、こういった精神的、屈辱的な責めの方が効くと判断した次第です」

「お、おお、そうだったか」

——そう。おれは以前、ラウロから聞いたことがあった。

拷問といっても、相手に苦痛を与える手段は、なにも肉体を痛めつけるだけではない——相手の心を痛めつける方法もあるのだと。

例えばそれは、暴言を浴びせる、トイレに行かせずに服を着せたままその場で失禁させる、水をとらせない、無理やりに凌辱《りようじよく》する、対象者が宗教的に禁忌としている食材を無理やりに食べさせる……言葉にするのも躊躇《ためら》われるような、恐ろしくも、多様な手段を教えてくれた。

ただ、ラウロは精神的苦痛を与える尋問は、あまり好んでいなかった。

そんな回りくどい手段をとるよりは、肉体的苦痛を与え、相手が弱り切ったところに自白剤を投与するのが一番手っ取り早い、と言っていた。

けれども——今のおれにとっては、何よりも有効な尋問方法だ！

これなら相手の身体を傷つけたりせずに済むし、隊長には「頑張って尋問してますよ！」アピールができる！

そりゃ、この人にとっては、無理やり服を脱がされて手コキされるのは屈辱的だろうけど、でも拷問されるよりはマシだと思って勘弁してほしい！

それにおれだって、こんな状況じゃなければ同性のイチモツを手コキするとか本当に勘弁だし！

おれも同じく精神的苦痛を味わっているんだから、お互い様ってことにしてくれ。

そんなことを考えつつ、おれはもう一度隊長を振り返った。なるべく気遣わし気な表情を浮かべて見せる。

「このまま隊長にご同席頂いても、おれは一向にかまわないのですが……これより先はお見苦しいものをお見せすることになると思いますので、どうぞご退席なさってください。明日、おれの方から報告をさせて頂きます」

男が男に手コキしてるところなんて、見たくないですよね？　なので、ぜひ「そういえば急に用事を思い出した！」という感じで、今すぐ帰って頂いて結構ですよ！

そんな本音をオブラートで包みつつ、申し訳なさそうな声音で語りかける。

しかし、隊長は首を横に振った。

「いや、こちらのことは気にしなくて構わん。そのまま続けるといい」

「……ありがとうございます」

くっそー、ダメか！

これで部屋を出ていってくれたらよかったんだけどなー……さすがにそう都合よくはいかないか。

まぁ、ひとまずは隊長がこの状況を、おれなりの尋問であると信じてくれたのはよかった。

これで「問責吏の仕事を果たしていないから前線に戻される」という事態は避けられそうだ。

あとは、どうにかこの事態に収拾をつけて、隊長に「頑張って尋問したけれど、何の成果も得られませんでした！　でもそれはおれの責任じゃなくて、こいつが何も知らないのが悪いんです！」って押し通せれば最高だ！

　よーし、頑張れおれ！

　かつて前世で働いていた会社の部長に連れられていった「手コキ＆オナクラ風俗店バナナ☆パラダイス」での記憶を思い出すんだ！

　この手コキにおれの未来がかかっているぞ！

「おいおい、聖騎士様ともあろうものが敵にいいようにされて、勃たせるのか？　とんだ変態だな」

「っ……うるさいっ……ぁ、ぐっ！」

　嘲《あざけ》るような笑みを浮かべながら、男の屈辱感をあおるような言葉を選ぶ。

　男はおれを殺気交じりの表情で睨みつけ、悔しげな声を漏らすが、そんな態度とは裏腹に、男の陰茎は先端からとぷりと透明な汁をこぼし始めた。

　どうやらだいぶ溜まっていたらしい。さらに指先でぐりぐりとえらの張った箇所を扱《しご》いてやると、どんどんと先走りが溢《あふ》れてきた。

　このまま扱けば射精に達するというところで、おれはぱっと手を離す。

「あ、ぅあッ……？」

　唐突に離れていった手に、男が呆然《ぼうぜん》とした表情を浮かべた。

　そんな彼に、おれは肩をすくめてからかうように話しかける。

「おいおい、どうした？　そんなにガッカリした顔をして」

「っ……！　そ、そんな顔はしてない……っ！」

あきらかに嘘《うそ》だった。

その証拠に、男の陰茎はびくびくと激しく脈打っている。

おれは男の正面に立ったまま、腕組みをして、たっぷり三十秒間ほど待った。

そして、男の張り詰めた陰茎の硬度がわずかにゆるんだタイミングを見計らって、再び陰茎を指でつつーっとなぞる。

「ぐっ！　ぁ、ぅあッ……！」

「ふふ、どうだ？　射精する直前で寸止めされるのって、思ったよりキツいだろ？」

「っ、お、お前ッ……！」

「あんたが知ってることを喋《しゃべ》ってくれたら、イかせてやるよ。何も喋らないっていうなら、このままだけどな」

「ぁ、ぐ、ぅっ……お、俺は何も喋らんぞ……っ、ぅあッ！」

必死に喘《あえ》ぎ声《ごえ》を耐え、ルビーの瞳でぎろりとおれを睨みつけてくる男。

しかし、おれが再び陰茎を掌《てのひら》でにゅこにゅこと扱いてやると、目《め》尻《じり》が朱に染まり、熱い吐息をこぼした。

「ぃっ、う、ぁっ……！」

おお、なんか思ったよりも尋問っぽい雰囲気になってきたな！

これなら隊長にもご満足いただけるんじゃないか？

あとはなんでもいいから、この男が王国側の情報を言ってくれればいいんだけど……さすがにそれは無理かなぁ。

それにしても、前世で行った「手コキ＆オナクラ風俗店バナナ☆パラダイス」での経験が、まさかこんなところで活《い》きるとは。

部長と、お店で担当いただいたレミナちゃんには感謝しないといけないな。

特に、あの時のレミナちゃんの寸止め手コキプレイは本当にすごかったもんな……かなり気持ちよかったけれど、その快感にハマっちゃいそうなのが怖くなって、一度行ったきり二度と行かなかったけれど。もう一度くらい行ってみればよかったな、惜しいことをした。

今世の――戦奴《せんど》のおれじゃあ、女の子とお近づきになんてなれないだろうからなぁ……。

「ふっ、ぐ、ぅっ……ぁあっ！」

感傷に浸りつつ、溢れた先走りをぬるぬると陰茎全体にまとわせ、掌全体で扱いてやると、男は甲高い声をこぼした。

思わず顔を見ると、男は慌てたように自分の唇に歯を立ててぎゅっと噛《か》みしめる。

「はは。なんだよ、そんなに気持ちよかったか？」

「ぅ、うるさい……ぐ、ぅぁッ！」

「あんたが王国側の情報を喋ってくれたら、もっとヨくしてやるんだけどな」

「っ、ふ、ぐぅ、ぅあっ……んぅっ！」

わー、今のおれ、めっちゃ尋問っぽい雰囲気出てなかった？

けっこう嬉《うれ》しい～。おれってもしかしてこの仕事向いてるんじゃないか？

最初はちょっとイヤだったけれど、少し慣れてきたのか、男の陰茎に触るのもだんだんと抵抗がなくなってきた。

調子にのって、思わず男の陰茎の根本に手を這《は》わす。そして、指で陰嚢《いんのう》をつつみ込むように触れる。

過去のレミナちゃんの愛撫《あいぶ》を思い出しながら、さわさわとソフトタッチで陰嚢に触れてやると、男がぶるりと身体を震わせて「はぁっ……」と熱っぽい声を漏らした。

同時に、びくびくと陰茎が震え出したので、おれは慌ててパッと手を離す。

あぶないあぶない、イかせるとこだった。

「あっ、ぐぅっ……！」

「おっとっと、あぶなかった……ふふ、そんなにおれの愛撫がよかったのか、聖騎士様？」

二回目の寸止めが成功したことで、調子にのって、小馬鹿にするように相手の頬を指で触れる。

先走りで濡《ぬ》れていた指先で触れたため、男の頬にぬるりと透明な体液がついた。

あ、やべ。ついちゃった……と思っていると、男が今までで一番、これ以上ないってくらいに、殺意をこめておれを睨《にら》みつけてきた。

「っ！　っ、お前……今に見ていろ。ここから出たら、この屈辱は倍にして返してやる……！」

「…………お、おう」

め、めっちゃくちゃ怒ってる～！

やべ、どうしよう!?　ちょっとやり過ぎたかな!?

平静をとりつくろいつつ、内心はめちゃくちゃ焦っているおれに、背後から声がかけられた。

「リョウ、自分も手伝ってやろう」

声をかけてきたのは、おれたちの後ろで椅子に座って、尋問の様子を見ていた隊長であった。

え、手伝うってなにを……？　と思いつつ、ぱっと後ろを振り返る。

すると、見てしまった。

先ほどまで平静な顔をしていた隊長は、今や顔を上気させ、椅子から身体を乗り出していた。

決定的なのが、その股間《こかん》がズボン越しにもっこりと膨れ上がっていることだ。

……わーお！

「て、手伝っていただくには及びません！　隊長の手を煩わせるほどのことではありませんから！」

「そうか？　だが、屈辱的な責めを行うというのであれば、人手が多い方がいいのではないか？」

食い気味に言って、今にも椅子から立ち上がってこちらに来ようとせんとする隊長。

し、しまった～！

隊長って、もしかしてそっち系なんですか!?

ど、どどどどうしよう……！

このままだと尋問どころか、隊長がこの男を犯しかねないぞ!?

拷問も無理だけど、強姦《ごうかん》とかぜったいやだ！

自分がするのはもちろんやだし、誰かがされるとこもするとこも見たくない！

おれは顔を青ざめさせながら、隊長から、つながれた男に視線を移した。部屋の中が薄暗いために、おれの顔色が二人に見えていないのは、幸いとしかいいようがない。

ちらりと男を見れば、さすがに顔が引きつっていた。

彼の位置からでも、隊長が股間をもっこりさせながら、ソワソワとこちらの様子を窺《うかが》っているのが見えたのだろう。

っ……！　くそっ、仕方がない！

この手段は最後の最後にしようと思っていたんだが……！

おれは、顔が触れそうなほどの距離にまで男に近づく。背中で隠しているため、隊長からは、おれが愛撫を続けているように見えているはずだ。

そして、彼の耳元に口を寄せる。ここまで近づいて囁《ささや》けば、隊長に声は届かないはずだ。

「なぁ、取引しないか？」

「なに？」

男が怪訝《けげん》そうな声を出した。

慌てておれは男の身体《からだ》をぺちんと叩《たた》き、声をひそめるように促した後、再びヒソヒソ声で囁いた。

「王国側に影響が及ばない程度でいいから、情報を教えてくれ。そうしてくれたら……隊長がいなくなった後に、おれも帝国軍の情報を適度に教えてやるから」

「なんだと……？」

「ここからの脱走を企《くわだ》てるにしても、仲間の救助を待つにしても、この砦《とりで》や帝国軍の情報があるにこしたことはないだろ？」

男はおれの意思を汲《く》み取ってくれたようで、おれと同じくらいのヒソヒソ声で答えた。

けれども、その顔は不可解な面持ちだ。

「お前は……何を言っている？　そんな戯《ざ》れ言《ごと》を、俺が信じると思うのか」

「そりゃ、まぁ、おれの言葉なんか信じられないだろうとは思うよ。ただ、見ろよ。隊長はヤる気満々だ。あんたが彼に尻《しり》を掘られたいと思ってるなら、この取引には応じなくていい」

「…………」

男は、困惑と疑念、そして葛藤《かっとう》がないまぜになったような表情を浮かべた。

おれの言葉に頷《うなず》きはしなかったものの、今度は否定もしなかった。やっぱり隊長に犯されるのは嫌なようだ。よし、あともう一押し……！

「おれは戦奴なんだ。だから、おれの立場じゃ隊長は止められない。でも、あんたがなにか王国の情報を教えてくれれば、あの人に帰ってもらうように説得することはできる」

……本当なら、こんな取引はやりたくはなかった。

もしも隊長や他の兵士にバレたら、おれの立場が危うくなる。一発で前線送りだ。いや、前線送りならまだしも、使い捨てとして特攻を命じられかねない。

それどころか、この男が趣向返しに「この問責吏に取引を持ち掛けられた」と、隊長にバラさないとも限らないのだ。

でも、それでもおれはこの取引を持ち掛けた。

自分が誰かを傷つけるのも、誰かが傷つけられるところを見るのも、もうまっぴらだったからだ。

そういうのは、戦場で嫌というほど味わった。

そりゃあ最初は、前線で戦うのが嫌だから問責吏の仕事を引き受けたけれどさ……。

でも、誰も傷つかなくてすむ可能性があるなら、おれはそちらを選びたい。たとえ、危ない橋を渡ることになったとしても。

「なぁ、頼むよ。なんでもいいから喋ってくれ。今のおれにはあんたの協力が必要なんだ」

初めは対等な取引の申し出だったのが、最後には、懇願じみた言葉に変わった。

声音がわずかに震えているのが自分でも分かった。

男の顔は見られないが、驚いたのか、かすかに息を呑《の》んだのが伝わってくる。

しばし、沈黙が落ちた。

実際には数秒間だけだったのだろうが、おれの体感では、永遠とも思えるほどの長さだった。

そして、その沈黙を破ったのは、男の方だった。

「俺の名前は……アドニス・レイス。四年前に聖騎士として叙任された」

その言葉に、はっと驚いて、思わず男から一歩距離をとり、彼の顔をまじまじと見つめた。

今まで名前も知らなかったが、彼の名前はアドニスというらしい。

彼は静かな、それでいてはっきりとした声で、おれを透明な眼差《まなざ》しで見つめ返し、言葉を続けた。

「一ヶ月前に……俺たちに新たな作戦がもたらされた。ドラン伯爵《はくしゃく》の魔術をもって、グラン大河を全面的に大凍結させ、それをもって騎士団の全総力をあげて侵攻を行うと」

「なんと!? ドラン伯爵というと……氷魔法と雷魔法を第八階位まで扱えると噂《うわさ》の、天才魔術師か!?」

アドニスの言葉に、悲鳴に近い叫びが背後から上がった。

振り向いてみれば、隊長が顔を青くさせて、淡々と語るアドニスを見ている。

「……俺が知っているのはここまでだ。詳しいことは知らされていない」

そう言って、アドニスは首を横に振ってみせた。

なお、この世界には、魔法が存在している。

だが、魔法は誰でも使えるわけではなく、規定値以上の魔力を持つ、一部の限られた人間にしか使用ができない。

また、魔力があるからといって、どんな魔法でも使用できるわけではない。

魔法には、第一から第十まで階位が設けられており、第一階位が、小さな火をつけたり、水をチョロチョロとか細く出す程度で、そこから数字が増えるごとに強力なものになっていく。

第五階位になると、一度に三十人以上の人間を相手どる攻撃魔法が使えるレベルとなり、これでも充分に強力だが……アドニスの話によると、なんと王国には第八階位の魔法が使用できる大物がいるらしい。

しかも、そんな天才魔術師の力をもって、近々、王国は全総力をもって侵攻を始めるという。

そんな話を聞かされて、隊長はさらに顔を青くさせて椅子から立ち上がった。

見れば、その股間はすっかりモッコリが引っ込んでいる。

「なんということだ……この情報をすぐにでも上へ報告しなければ！」

隊長はぶるりと身体を震わせると、おれに視線を移した。

「リョウ、貴様が聞き出した情報は有用なものであった。ところで……明日も同じ尋問を続けるのか？　私が立ち会ってもかまわないだろうか？」

そして、ソワソワとしながらおれとアドニスの顔を交互に見る。

まだ諦《あきら》めてないのか、元気だな！　早く上層部に報告に行けよ！

そんな期待に満ちた眼差しを向けないでほしい。

ちらっと見れば、さすがのアドニスも顔を引きつらせている。そりゃそうだ。

「この男の様子を見るに、嘘《うそ》を吐《つ》いている態度ではありません。忌み者ですし、きっと本当にこれ以上は何も知らないのでしょう。ですので、明日の尋問は行いません」

「そ、そうなのか？」

「ええ、ラウロから尋問のイロハを教授されたおれには分かります」

そう言って、もっともらしく隊長へ頷いてみせる。

が、もちろん、アドニスが嘘を吐いているのかいないのか、全然分かっちゃいない。

しかし、今は隊長に弱気な態度を見せるわけにはいかない。

そのため、おれは隊長へ自信たっぷりな笑みを向けた。

「もしも尋問を再び行うとしても、今度は深夜や朝方になりますから、今後は結果のみを隊長に報告させていただきます。これ以上、隊長のお手を煩わせるのは申し訳ありませんから」

「なるほど……そうか、分かった」

あからさまに、しぶしぶといった様子で隊長は頷いた。

よっしゃ、やった〜〜！

隊長に納得してもらえたぞ！

あと、お願いだからもう絶対にここには来ないで！

そう思いながら心の中でガッツポーズをしていると、隊長がおれに右手を差し出してきた。

反射的に、おれも手を差し出すと、隊長がおれの手を引き寄せて握手をしてきた。

一応、手を差し出す前に服でふいたけれど……おれ、この手でさっきまでアドニスの手コキしてたんだけど。握手してよかったのか？

「リョウ、貴様の働きはすばらしいものだ。貴様の任務へ対する真摯《しんし》な姿勢は、戦奴《せんど》としておくにはもったいないな」

「過分なお言葉をありがとうございます」

おお、隊長から手放しで褒められたのは初めてだ。

そういや思い返せば、おれが隊長と二人で話していると、あの空色の瞳《ひとみ》の男がやけにおれに突っかかってきたんだよな。

だから、隊長の下で歩兵として働いていた時よりも、むしろ隊長の元を離れた今のほうが、たくさん会話をしている気がする。

「ところで……」

そろそろ握手を終えようとした、その時だった。

隊長がおれの手を握る力をぎゅっと強めた。

「ところで、貴様にはそっちの趣味があるのか？」

「へ？」

隊長の顔をぽかんと見つめる。

隊長は、なんだか熱のこもった瞳でおれを見つめ返してきた。

「先ほどの貴様の手練手管《てれんてくだ》は見事なものだった。もしよければ、今夜、私の部屋に来ないか？」

「…………」

い、一難去ってまた一難〜〜〜！

アドニスにハァハァしてたと思ったら、今度はおれかよ!?

ど、どうする!?

どうにか、隊長のお誘いを波風立てずにかわす方法はないか……!?

おれは必死に灰色の脳細胞をフル回転させる。

必死に考えを巡らせた結果——ふと、先ほど思い出した、空色の瞳の男の存在が浮かんだ。

隊長の率いる歩兵第七分隊に所属する歩兵で、おれがラウロ付きの問責吏となる前の仲間だ。

何が気に食わないのか、顔をあわせるたびに小突いてきたり、蹴とばしてきたりと、おれに対する嫌がらせが多くて辟易《へきえき》していた。

　あいつなら、きっとまだ隊長の下で働いてるよな？

　………。

　………よし！

「隊長からのせっかくのお誘い、お受けしたいのはやまやまなのですが……申し訳ないのですが、おれにはどうしても頷くことができません」

「……ふむ、そうか」

　おれの言葉に、あからさまに隊長が不機嫌な表情へ変わる。

　戦奴ごときに断られたことに、プライドを傷つけられて立腹しているのを隠そうともしていない。

　おれはそんな隊長に、未練があると言わんばかりに彼の手をそっと握り返し、恥じるように目を伏せた。

「おれのような戦奴に目をかけてくださる隊長の優しさには、大変感謝しています。ですので、そのお誘いに頷きたいのはやまやまなのですが……それをすると、おれは数少ない友人の一人を裏切ることになってしまうのです」

「友人？」

　おれが未練がましい様子を見せたためか、話の方向性が変わったためか、隊長の怒りは静まったようだ。

　今度は不思議そうな表情へと変わり、おれに話の続きを促してきた。

「歩兵第七分隊に、空色の瞳の青年がいるでしょう？　ほら、おれと同じ年頃の」

「ああ、あやつか」

「彼には、おれが歩兵第七分隊に所属していた時には本当によくしてもらいました。それはもう、たっぷりと」

配給のパンを横取りされたり、通りすがりに転ばされたり、服を汚されたり破かれたり……それはもう、色んなことをやられたっけ。

「そして、友人である彼に相談されたことがあるのです。彼はどうも隊長のことを恋い慕っているようでして」

「なんと！　そうだったのか？」

「ええ。隊長のお誘いは嬉《うれ》しい限りですが、友人を裏切るわけにはいきません。ただ、もしも隊長が今夜のお相手をお探しでしたら……」

「ああ、みなまで言わなくてもいい」

一転して、隊長は機嫌のよさそうな笑顔でおれの手をパッと離した。

「いいことを聞かせてもらった。貴様は思った以上に見どころのある男だ」

「ありがとうございます！」

「この礼はまた次の機会にしよう、期待しておけ」

そう言うと、隊長はいそいそと地下牢《ちかろう》を出ていった。

アドニスの告げた情報を報告するのもあるだろうが、その顔を見るに、一刻も早くあの空色の瞳の男のところに向かいたいのだろう。

その背中を敬礼して見送りながら、心の中で「よっしゃ〜〜！　なんとか終わったぞ！　もう二度と来ないでくださいね！」と快哉《かいさい》を叫んでいた。

はぁ、どっとつかれた……。

どうにか隊長が出ていってくれてよかったよ。

それに……期待してなかったけれど、アドニスはなかなか有用な情報を教えてくれた。あの調子なら、隊長や上層部が尋問をせっついてくることはしばらくないはず！

あとは、隊長があの空色の瞳の彼に対してどう出るかだけど……まぁいいや！

今まで色んな嫌がらせをしてくれたお返しだ。

あいつだって、おれと同様に隊長に迫られたら、立場的には簡単に突っぱねられないだろう。

ちょっとは苦しめばいいぜ、ふふん。

7

隊長を見送った後、おれは地下牢を出て、建物の外にある井戸に行き、手と顔を洗った。

その後、住まいである掘っ立て小屋から身体を拭《ふ》く用の布と盥《たらい》を持ってくると、盥に水を張り、再び地下牢へと戻った。

周囲に人がいないことを確認してから扉を閉じ、壁のレバーを引いて、吊《つ》るされていたアドニスを床におろす。そして、彼の目の前に持ってきた布と、水の張った盥を置いた。

「これで身体《からだ》を拭いてくれ」

「…………」

アドニスはおれの顔をちらりと見た後、大人しく、受け取った布を水に浸してしぼり、身体と顔を拭き始めた。

彼が身体を清めている間に、おれは壁に立てかけてあった鉄の棒を手にとり、さきほど棚の下に入ってしまったおわんを取り出すことにした。だが、なかなか取れない。

くそっ、ラウロが砦《とりで》に帰ってきたら、棚の下に詰め物をして隙間をうめていいか聞いてみよう。

ああ、もう！　これもぜんぶ隊長のせいだ！

「……おい」

「うん？」

格闘すること数分、ようやく棚の下に入り込んだおわんは取れたものの、おわんも棒の先っちょもホコリまみれになってしまった。

しかもおわんと一緒に大量のホコリが出てきたし……あー、もう！　これも掃除しないと……と思っていると、アドニスが声をかけてきた。

おれはおわんと棒を置いて、彼に向き直る。

見れば、すっかり身体を拭き終えたようだ。布は盥の中に置かれ、おれが中途半端に脱がせた下衣もきちんと着なおしている。先ほどまで勃起《ぼっき》していた股間《こかん》も、今は平静を取り戻していた。

「どうかしたか？」

「さっきの取引の件はどうなったんだ。俺は、お前に有用な情報を教えてやったぞ」

……あ。

そうだ、そういやそんな話してたっけ。

棚の下に入り込んだおわんのことで、頭がいっぱいになってうっかり忘れていた。

「おい、まさか約束を反故《ほご》にする気じゃないだろうな？」

「ふっ……」

怒りの炎を瞳に宿すアドニスに、おれはふてぶてしい笑みを向けた。

「心配するな、ちゃんと約束は守るさ。もちろん取引のことを忘れてたわけじゃない。全然忘れてないぞ、うん」

「…………」

疑わしげな視線が向けられる。

刺さる視線からちょっとだけ顔を逸《そ》らして、話を続ける。

「それにしても、あんたがおれの提案にのってくれるとは思わなかったよ。どういう心境の変化だ？」

「……あの程度であれば、王国の武威が揺らぐことはない。俺が言わずとも、近いうちにお前たちにも伯爵《はくしゃく》が国境入りした知らせがもたらされるだろう」

そう言って、アドニスは視線を床に落とす。

いささか気まずそうな表情だった。もしかすると、自分でも、自分のしたことが正しいことだったのか、迷っているのかもしれない。

おれは少し考えると、男の目の前まで近づき、床にしゃがみこんで視線を合わせた。

「ま、あんたのおかげで助かったよ。これで隊長も当分ここには来ないだろうし……お互いに、自分にとって最善の行動をとったと思えばいいさ。な？」

そう言うと、アドニスは驚いたように目を見開き、まじまじとおれを見つめた。

おれは肩をすくめて、今までの空気を払拭《ふっしょく》して真剣な声で尋ねた。

「それで、あんたは何が知りたいんだ？」

とはいえ、戦奴のおれが知っていることなどたかが知れている。

そういえば、アドニスはおれが戦奴だと知って、よく取引にのってくれたものだ。聖騎士という地位についている彼から見れば、戦奴《せんど》のおれからこうしてタメ口で話しかけられるだけでも噴飯ものだろうに。少なくとも、もしもここにいるのが帝国軍の上層部の人間であれば、戦奴との取引なぞ歯牙《しが》にもかけなかっただろう。

アドニスは再び床に視線を落とすと、しばらく何か考え込んだ後に、顔をあげておれの顔を正面から見つめた。

「この砦にはどれくらいの兵士がいるんだ？」

ちょっと迷って、おれは答えた。

幸い、これならおれでも答えられる質問だ。

「この砦に常駐しているのは、だいたい三百人前後だな。兵士は歩兵だけで、重騎士も魔術師もいない。そういうのはみんな前線に出払ってるよ」

少し考えて、おれは再び口を開いた。

「あと、あんた以外の王国の兵士は、ここじゃない建物の牢に収容されてる。こっちは、あんたみたいな有用な情報を持ってそうな奴《やつ》を尋問するための部屋だからな」

「……なるほど」

アドニスは重々しく頷《うなず》くと、それっきり黙った。

その沈黙に、おれの方がちょっと不安になってしまう。

あれだけでよかったんだろうか。もっと「この牢から逃げるためのルートは？」「武器や食料を備蓄している倉庫はどこにある？　備蓄量はどれくらいだ？」「どうやって逃げれば見つかりにくい？」とか、そういう質問をするつもりはないのか？

　ざわざわする心を抑えつけ、黙ったまま、アドニスの言葉を待つ。

　しばらくしてから、彼は再びおれの顔をじっと見つめてきた。

「名前は？」

「ここの砦の名前はアンルー砦だ」

「いや、そうではなく」

　首を横に振るアドニス。

　なんだろうと首を傾《かし》げていると「お前の名前だ」と言われた。

「お前の名前はリョウでよかったのか？　先ほど、あの髭《ひげ》の男が呼んでいた名前でいいのか？」

「ああ、リョウであってるよ」

　頷いてみせながら、おれは心の中で驚いていた。

　目の前の男が、おれの名前を気にするとは思ってもいなかったのである。

　相手は敵方の人間で、しかも聖騎士様だ。対しておれは、平民でもない戦奴。

　戦奴であるおれの素性よりも、もっと自分の仲間の安否とか気にならないのかな？

「なぜお前は俺を拷問にかけようとしない？　自白剤を使用しようともせずに……しかも、先ほどは俺を庇《かば》うような真似《まね》をして。いったいなにが狙いなんだ？」

　アドニスはこちらを値踏みするような視線で見つめてきた。

　おれは腕組みをしながら、なんと答えようか迷う。

どうやら彼は、先ほどの出来事を「庇われた」と感じているらしい。

まぁ、そういう見方もできるかもしれない。

実際には、おれがただ尋問のイロハすら知らないだけなんだけど。

「……尋問なんて、好きでやってるわけじゃない。誰かが暴行されるのを見るのもまっぴらだ。そんなことをしなくてもすむなら、そうしたいだけだ」

尋問も拷問もやり方が分からないんです、とはさすがに言えない。

そのため、自分の本音を織り交ぜて話す。拷問も暴行も、自分がするのなんて絶対に嫌だし、誰かがされるのを見るのだって嫌だというのは本心だ。

おれの言葉にアドニスは驚いたようだった。

目と口を大きく開けて、ぽかんとした表情をしている。

「……それがお前の本音だというなら、実に甘い考えだな。そもそも、それならなぜ拷問吏なぞやっているんだ?」

信じられないものを見るような目で見られて、居心地が悪い。

おれは舌打ちを一つすると、相手を睨《にら》みつけた。

「ふん。おれがこんな仕事をやってるのは、前線に出て戦うのが嫌だったからだよ。あんたみたいな聖騎士様には、おれみたいな臆病者《おくびょうもの》の気持ちなんて分からないだろうけどさ」

「…………」

こんな口の利き方をすれば、相手の気分を損ねるだろうかと思ったが——意外なことに、彼は何も言わなかった。

ただ、その表情は、おれの言葉を咀嚼《そしゃく》しているような、静かで透明な表情ものに変わった。侮辱された怒りも、悔しさも浮かんでいない。

何かを考えるようにしばらく視線を遠くにやると、再びおれの顔に視線を戻す。

「……戦場が怖くない人間なぞいない。いたとしても、そういう奴は真っ先に死んでいく」

その返答は、おれの予想外のものだった。

今度はおれが彼をまじまじと見つめる番だった。

「じゃあ、聖騎士のあんたでも、戦うのは怖いって思ったことがあるのか？」

「戦場に出るたびにそう思う」

てっきり否定されるだろうと思っていたのに。

相手が素直にこくりと頷いたことで、ますますおれは混乱した。

「嘘吐《うそつ》け。だってあんた、仲間を助けるために殿《しんがり》になったから、帝国軍に捕まって捕虜になったんだろ。それに、戦うのが怖いなら、なんで騎士になったんだ？」

「王国の制度では、魔眼持ちは自動的に国に管理されることになる。俺は生まれた時から、その能力を活《い》かすために王国騎士団に所属することが定められていた」

……え。

じゃあ魔眼持ちの人って、自動的に騎士にさせられるの？

自分が望まなくても？

「そんなの……ひどくないか？　生まれた時から自分の将来が決まってるなんて……あんたはそれでよかったのか？」

そんなの、むしろおれみたいな戦奴よりひどい。

おれは元々は農村の生まれだった。村さえ豊かであったら、あのまま農民として暮らしていただろう。

口減らしのために帝国軍へ売られたから戦奴になっただけであって、生まれた時から戦奴だったわけじゃない。

でも、今の話だと……アドニスは生まれた時から騎士になることが決められていたようなものじゃないか。

そんなの、生まれながらの戦奴みたいなもんだ。

思ってもみなかった相手の境遇に、言葉を失う。

が、アドニスはそんなおれに対し、唇の端を歪《ゆが》めて皮肉気な笑みを浮かべた。

「それをお前が言うのか？」

「え？」

「お前だって俺と一緒だろう」

とげのある言い方で、アドニスは言葉を続けた。

「自分の現状が嫌で嫌でたまらない。だが、自分の居場所がそこ以外に、この世のどこにもないから……だから、仕方がなくそこにいる。俺と同じだろう？」

「…………」

あまりの言いように、反論しようと口を開きかける。

けれど、結局何も言えないまま口を閉ざすことになった。相手の言葉が的を射ているのが分かってしまったからだ。

「……また後で、飯を持ってくる」

何も言えないまま、おれはそれだけを言って会話を打ち切ると、逃げるように相手に背を向けた。

床に置いておいたおわんと鉄の棒、そして盥《たらい》を手に抱え、そのまま扉に向かう。

アドニスは何も言わず、おれを引き留めるようなこともしなかった。そのことに、ちょっとだけほっとしてしまう。

「…………はぁ」

地下牢《ちかろう》を出て扉を閉め、閂《かんぬき》をかける。

そこでようやく、おれは深いため息を吐いた。

アドニスの言葉が耳に痛かった。

そして、これから彼と顔を合わすのがなんとなくきまずくて、気が重い。

「……ラウロ、いつ帰ってくるんだろ」

思わず、泣き言が口をついて出た。

耳に響く自分の声は、なんともたよりない声音だった。

「ラウロが帰ってきてくれたら、尋問をバトンタッチできるのになぁ……」

あちらの砦《とりで》で、上級騎士たちの尋問が終わったらアンルー砦に戻ってくるという話だったが、今日までなんの音《おと》沙汰《さた》もない。今日の様子からして、隊長にもなんの報告も来ていないようだ。

あちらにいる捕虜の尋問は、そんなに苦戦しているのだろうか？

聖騎士を捕らえたという話が向こうに届けば、早めにこちらに帰ってきてくれるんじゃないかと期待していたんだけど……。

……しかし、これから、ラウロが誰かを拷問する時は、おれは平静でいられるんだろうか？

今までおれはラウロが誰かを拷問する場面は見たことがなかった。

だから、今まで「誰かを傷つけるのも、誰かが傷つけられるところも見たくはない」なんていう自分の本音に、気づかずにこられたけれど……そんな自分の本音に気づいてしまったおれは、今まで通りにラウロに接することができるだろうか？

もしかして、今までラウロがおれにそういう場面を見せないようにしていたのも……おれが自分でも気づいていなかった思いに、ラウロが気づいてくれていたからだろうか。

……ラウロがいてくれたら、こんなこと考えないですんだのに。

あんな奴と話さなくてもすんだし――こんなふうに、心がざわつくこともなかったのに。

8

あくる日。おれは再び朝食と、水を張った盥、身体《からだ》を拭《ふ》くための布を持って、地下牢を訪れた。

昨日はあの後、アドニスに食事をとらせるために二度、地下牢に行った。その際も、会話は特にしなかった。

なお、あの地下牢のアドニスのいる壁際には、排泄物《はいせつぶつ》を溜《た》める用の壺《つぼ》と、汚れた部位を拭くための溜め水とスポンジが置いてある。無論、地下牢に収容されている捕虜のためのものだ。そのため、身体を吊《つ》るされていなければ、部屋を出ずとも、捕虜が一人で用を足すことができるようになっている。壺の中身も、部屋の隅にある小さな側溝に流せるようになっている。

下《しも》の面倒を見なくてもいいのは助かるけれど、それでも一日おきくらいには壺の中身を捨てて、掃除をしないといけない。

昨日は、食事を渡した後に掃除を行ったが、アドニスはおれのやることをじっと見ているだけで、声をかけてくることはなかった。だが、逃げるようにして会話を強制終了させた後だったので、気まずいったらありゃしなかった。

だから、アドニスが話しかけてこなかったのはラッキーだったけれど、今日はどうだろうか。

話しかけてきたらどうしよう。昨日のことは気にしてない風を装って対応すればいいのだろうか。

「はぁ……気が重い」

地下牢の鉄扉の前で、おれは重いため息を吐いた。

アドニスのこともそうだけど……帝国の崖《がけ》っぷちな状況が気が重い。

商業都市が占拠されたって話だけでも、ヤベーなうちの国と思ったのに、王国側が近々、全面攻勢をしかけてくるという。うちの国が、思っていた以上にヤバくてヤバい。

やめて、帝国のライフはもうゼロよ！

うう……せめておれが平民だったら、ラウロと一緒によその国に避難したのになぁ。

しかし悲しいかな、戦奴のおれには身分証明書がないので、帝国から出国することはできない。財産もないので、たとえ他の国に行けたとしても物乞《ものご》いでもやるしかないだろう。

身分証明書がなくとも、誰かに身元保証人になってもらえれば出国や、他国への入国も可能だが、おれにはそんな風に頼りにできる者は誰もいない。

ああ、でも、このまま王国に攻め込まれて殺されるくらいなら、イチかバチかで他国に密入国でもする方がいいのか？

「……早いところ、ラウロが帰ってきてくれればいいんだけど」

帝国軍を脱走するにしても、ひとまずはラウロが戻ってくるのを待たないとな。おれ一人で逃げるわけにはいかない。ラウロがアンルー砦に戻ってきた時に、おれ一人で逃げたことを知ったら、彼は裏切られたと感じるだろう。

今のおれにとっては、ラウロだけがたった一人の友達だ。彼を置いてはいけない。

もう少しすれば、きっとラウロもアンルー砦に帰ってきてくれる。それまでの我慢だ。

彼が帰ってきたら、今後、どうするかを二人で話し合おう。もしもよその国へ逃げることが無理でも、帝国の田舎《いなか》に疎開する方法もあるかもしれないしな。

「……よし、ラウロが帰ってくるまでの辛抱だ！　それまでは頑張ろう」

ぐっと拳《こぶし》を握りしめ、気合をいれる。

そして、おれは大きく深呼吸すると、目の前の鉄扉の閂を上げて、ぐっと押し開けた。

ギィ、と鉄のこすれる音が響く。

「──よう。食事を持ってきてやったぞ」

よし、いいぞ自分。

このまま「昨日って何かありましたっけ？」という風を装って、ご飯を渡して部屋の掃除をしたら、さっさと出ていこう。

おれは自分で自分の演技力に感心しながら、アドニスに近づく。

アドニスはすっかり目を覚まして起きており、石壁に背中をあずけて、片方の足を投げ出して座っていた。

おれは彼の目の前に食事を置く。

メニューは昨日と同じく、黒パンと、肉と野菜の切れ端の入ったスープだ。

食事を渡して、さっさと彼から離れようとする。

その時だった。おれの腕を、なにかがガシリと摑《つか》んで引き留めたのである。

「え？」

見れば、いつの間にかアドニスの手がこちらにのび、おれの手首を掴んでいた。

ぎょっとして彼の手と、その顔を交互に見る。

そして気づいた。

なぜアドニスがおれの手を掴むことができているのか――その手首には、彼をつなぎとめているはずの手錠がなかった。

な、なんで!?

「なっ……!?　だ、誰か来てくれ！」

慌てて逃げようとするが、アドニスの掌《てのひら》はびくともしない。

そして、おれが声を張り上げても、誰かが助けにきてくれる気配もなかった。

まぁ、それもそのはずだ。この地下牢は、捕虜のあげる悲鳴が外に漏れないように、また、捕虜が簡単に壁を壊して脱出できないように石造りになっている。

扉の前まで誰かが来てくれれば聞こえるだろうが、建物の外にまでは声は響かないだろう。

そうこうしているうちに、アドニスはおれの身体を床に突き飛ばした。

顔面が冷たい床に思いっきり打ち付けられ、めちゃくちゃ痛い。

「ぐっ……いっ、てぇ……」

じんじんと痛む鼻に触れる。

ぬるりとしたものが手についた。血だ。

折れてはいないようだが、思いっきり鼻をぶつけたせいで、血が出ている。

　手の甲で鼻血を拭《ぬぐ》うと、おれはキッと、身体の上にのしかかってきたアドニスを睨《にら》みつけた。

「くそっ！　いったいどうやって手錠をといたんだ!?」

　ジタバタと手足を振り回すが、アドニスは意に介した様子もなく、おれの着ている麻のシャツを脱がせた。いや、脱がせたというよりは、なかば引き裂かれたような有様だった。そして、無理やりに脱がせた上衣を、さらにビリビリと裂いていく。

　そして、片手でおれの両手首を後ろ手に一つにまとめると、もはやシャツだか雑巾《ぞうきん》だか分からなくなったような布きれで縛りあげた。実に手慣れた仕草だった。

　血が通わないかと思うほどにキツく縛られて、手首がめちゃくちゃ痛い。

　手が動かせなくなったおれを見下ろすと、アドニスはあるものを手にとり、おれに見せつけた。

「お前からもらったこれだ。これで手錠の鍵《かぎ》をあけた」

　アドニスがおれの目の前にかざしたのは、一本の金属製のスプーンだった。

　確かに、それには見覚えがある。

　そう……確か昨日、アドニスに食事を持っていった時に、一緒に渡したスプーンだ。

　ただ、スプーンといっても、おれがかつて前世で日本人だった時に使用していたようなものではない。

　スープを掬《すく》えるように楕円形《だえんけい》にくぼんではいるが、その先は二股《ふたまた》に分かれて鋭く尖《とが》っている。

　日本にあるいちご用スプーンの、先端の尖った部分がもっと長くなったもの、といえば分かりやすいだろうか。

これは、帝国で使用されているカトラリーのひとつだ。

貴族はカトラリー一式をそろえることができるが、庶民にはそんな余裕がない。そのため、このようなスプーンやフォーク、ナイフとしても使える渾然《こんぜん》一体のこのカトラリーが今の帝国の平民たちの主流だった。

……えーっと、つまり。

おれが食事の時に渡したそのスプーンで、手錠の鍵をあけたってこと？

………マジかよ〜〜!?

ど、どどどど、どうしよう!?

おれの渡した食器でアドニスが拘束を逃れたなんて……隊長や他の兵士に知られたら、前線送りなんて処分じゃすまないぞ!? やっべぇ、油断してたー！

この失態……もしかして、そのまま殺処分コースもあるんじゃないのか!?

「く、くそっ、離せ！」

自由になっている足で、なんとかアドニスを蹴《け》っ飛《と》ばそうともがく。

だが、彼はおれの足をがしりと摑むと、今度はおれの足を一まとめにして縛り始めた。

両手両足をしばられては、もはや芋虫のように床に転がるだけしかできない。

そんなおれを見下ろし、アドニスは唇を吊りあげてにやりと笑った。

わあ、すごい悪い笑顔。

「はは、立場逆転だな」

「っ……」

アドニスの言う通り、マジでおれと彼の立場は逆転してしまった。

ど、どうしよう……なんとか思いなおしてくれないかな～!?

「ハッ……この部屋を出たって、砦から無傷で逃げられはしないぞ。この拘束をとけば、今なら何もなかったことにしておいてやる！　よく考えろ」

アドニスがこのまま地下牢《ちかろう》から外に出たら、おれのうっかりミスのせいで彼が逃げたことが、皆にバレてしまうだろう。

それだけはやめてほしい。おれのためによく考えなおしてほしい。

だが、おれの懇願もむなしく、アドニスは強気な笑みを浮かべた。

「そんなことを考えないほど馬鹿じゃない。この砦に連れてこられた時に、大体の構造は把握しているさ」

そ、そうなんだ……記憶力いいね……。

うう、おれの願いもむなしく、アドニスは脱走する気マンマンである。

どうしよう。こうなったら、彼に「脱走してもいいから、おれがうっかりスプーンを渡したことは黙っててください！　スプーンのおかげで手錠の鍵をあけられたってことは誰にも言わないでください！　帝国の情報ならいくらでも売りますから！」って泣いて頼んでみるか？

両手両足が拘束されていなければ、土下座できたんだけれど……あ、こっちの世界じゃ土下座って通じないかな？

ぐるぐると頭を悩ませていると、アドニスがおれの顎《あご》を摑んできた。

そして、残っていた最後の布切れをおれの口に咥《くわ》えさせ、後頭部で端を結ぶ。そう、猿ぐつわである。

両手両足を縛られ、猿ぐつわまでされてしまえば、もはやおれにできることは何もない。このままおれを地下牢に置き去りにするつもりなのだろう……もうおれの人生は終わりだ……と絶望していると、ふわっと身体が持ち上がった。

ぎょっとして、首を動かして今の自分がどうなっているのか確認する。

すると――なんと、おれは今、アドニスの肩に担がれていた。

まるで米俵を担ぐような恰好《かっこう》で、アドニスに担がれているのである。

な、なんだなんだ？

何故《なぜ》おれを担いで部屋の外に行こうとしているんだ、と聞こうにも、猿ぐつわのせいでフガフガとした音にしかならない。

いったい、どういうつもりなんだ？

もしかして……「こいつの命が惜しければ、おれを逃がせ！」的な人質作戦をやるつもりなのか？

だが、おれは戦奴《せんど》だから、そんな作戦は意味がない。おれの命なんて誰も惜しむわけがない。きっと、すぐにアドニスごと殺されるだろう。

恐怖のあまり、ぎゅっと目をつむる。

どうせなら、猿ぐつわだけじゃなくて、目も見えないようにしてくれたらよかったのに。

ギィ、という音で、薄闇の中でも地下牢の扉が開かれたのが分かった。

目を閉じてはいたものの、振動と物音で、アドニスが廊下を進んで建物の外に出たのが分かった。

なんてこった……もうこれでおれの人生もおしまいだ。

きっと三秒後には、アドニスと一緒におれは殺されているだろう。

ううっ、せめて痛みを感じないままササっと死にたい。

ああ、こうしている間にも、帝国軍の兵士とおぼしき怒号と、爆発音が聞こえてきた。

きっとアドニスが脱走したことにみんな気づいたんだろう……。

……って、ん？　爆発音？

おかしいなと思い、恐る恐る目を開け、きょろきょろと辺りを見回す。

そこで、おれの目に飛び込んできたのは——怒鳴り合い、血相を変えている帝国軍の兵士たちだった。

「——どういうことだ！　こんな、いきなり王国がここまで来るなんて……！」

「偵察兵は何をしていた!?」

「今の爆発はいったいなんだ!?　まさか、あれが噂《うわさ》にきく王国の天才魔術師か!?」

「女と使用人たちを連れて、お前たちはすぐにここを離脱しろ！」

「もう駄目だ、ここはもうおしまいだ……！」

どの兵士も、こちらに注意を向ける様子はない。アドニスは建物の陰にかくれて皆の様子を窺《うかが》っているが、それでも目立つ。平時ならばすぐに気づかれていただろう。

しかし、みんな、今はそれどころではないようだ。

兵士たちの会話の内容から察するに、どうやら、王国はとうとうこの砦《とりで》にまで攻め込んできたらしい。

……って、最悪じゃねーか！

あ、あまりにも色々なことが起こりすぎて、ちょっと思考が停止気味だったけれど……王国がこの砦まで攻め込んできたって、最悪にヤバくないか!?　防衛線が突破されたってことだろ!?

アドニスに人質にとられた時はお先真っ暗だと思ったけれど、まさか、それよりも最低最悪の状況があるとは……！

あ。でも、これで隊長やみんなに、おれのうっかりミスのせいでアドニスに脱走されたって知られなくてすむのか？　よっしゃあ、ラッキー……でもないな！

だって、おれを殺すのが帝国軍から王国騎士団に変わっただけだもんな……。

どんよりと落ち込みながら、首をまわして、アドニスの顔を見る。

この襲撃は彼が手引きしたことなのか、もしくはあらかじめ知っていたことなのか——そう思ったのだが、アドニスも目を丸くしていた。

どうやら彼も知らなかったらしい。

だが、すぐにアドニスは冷静さを取り戻したようで、兵士に見つからないように、建物から建物の陰に移動し始めた。そしてかすかに、苦々しい声が耳に聞こえてきた。

「伯父上《おじうえ》がここまでいらっしゃるとはな。それとも、俺の死体をその目で直接確認したかったのか」

伯父上？

誰のことだろう。今、このアンルー砦を攻めている王国騎士団の中の誰かに、アドニスは心当たりがあるんだろうか。

でも、そうだとしたら、『俺の死体をその目で確認したい』というのはどういう意味なんだろう。なんだか物騒な話だ。

彼の苦笑交じりの言葉に首を傾《かし》げていると、ふいに体勢が変わった。地面に足がついたが、両足首を縛られている状態のため、そのまま倒れ込んでしまう。

「っ……！」

芋虫のように地面に転がり、手足をじたばたと動かしていると、アドニスが手を差し伸べて体勢を変えて、座らせてくれた。さらには、おれの足を縛っていた結び目と、猿ぐつわに手をのばして、その二つを外してくれた。いまだに手は縛られたままだが、足と口は自由になった。

驚いてアドニスを見上げた。どうして足と口を自由にしてくれたのだろうか？

だが、彼は何も言わず、無表情のまま、じっとこちらを静かに見下ろすだけだった。おれが疑問を尋ねようと唇を開いた、その瞬間――アドニスの背中に、銀色の刃《やいば》が振るわれた。

「っ！」

アドニスはすんでのところで、自分に向けられた凶刃に気づくと、さっと身をかわした。おれも彼から離れようと慌てて身体《からだ》を転がす。

空中を奔《はし》った刃は、一転して再びアドニスに向かった。素人のおれから見ても分かる、見事な剣さばきだった。まるで鞭《むち》を振るうかのように、長剣を自由自在に操っている。

おれはその人物を見て、驚きに目を見張った。

「リョウ、無事か！」

「隊長……!?」

アドニスに斬りかかった男の正体は、まさかの隊長だった。

「ど、どうして隊長がここに？」

「話はあとだ！　自分がこの男を引き付けている内に、貴様はさっさと逃げよ！」

「に、逃げろと言われても……！」

逃げたいのはやまやまだが、両手が縛られている状態なので、地面から立ち上がることすらできない。だが、隊長にそれを説明することはできなかった。

隊長がおれに意識を向けた一瞬のうちに、アドニスは隊長の腰に佩《は》いていたダガーをさっと奪うと、それでもって隊長に斬りかかったのだ。

「うおおおっ！」

隊長は長剣でアドニスのダガーをはじき、彼のふところに潜り込もうとする。だが、アドニスは華麗なステップでそれを避けて、反対に隊長へ刃を振るった。

隊長は身体をひねってダガーを躱《かわ》したが、その切っ先が胸元をかすめ、服と皮膚が切り裂かれた。

あたりにぱっと朱色が飛び散る。

「ちぃっ！　なかなかやるな、聖騎士！」

「…………」

隊長の悪態を、アドニスは無言のまま受け流した。

しかし、沈黙は一瞬のことだった。一秒後には激しい攻防が始まり、あたりに剣を打ち合う音が響く。

おれは地面に転がったまま、はらはらと二人の剣戟《けんげき》を見つめた。

ど、どうしよう。

だれか、隊長に助太刀《すけだち》できる者はいないのか!?

周囲には仲間の兵士たちがいることにはいるのだが、突然の王国の侵攻にパニックになっている。中には、他の兵士をおしのけて、我先に砦から逃げ出そうとしている者さえいる。

あたりには怒号と悲鳴がこだまし、おれが声を張り上げて、隊長を助けてくれるように叫んでも、誰一人こちらに気づいてくれない。いや、中には気づいた者もいたが、みんな自分が砦から逃げ出すのに必死で、見て見ぬふりをされてしまった。

「っ……隊長！　おれよりも自分のことを優先してください！」

他の兵士に声が届かないのなら、隊長に向かって叫ぶ。

もちろん、本音としては、おれを見捨てないで欲しい。早いところ、この砦からおさらばしたい。

でも、多分……隊長は、おれがアドニスと共にいるのを見て、おれを助けに来てくれたのだ。きっと、おれがアドニスに担がれている光景を見て、なにか誤解したに違いない。

――おれのうっかりミスのせいで、アドニスが脱走したことも知らないで。

さすがのおれも、この自業自得な状況で隊長に「早くおれを助けてください」とは言えない。

アドニスと戦い続ける隊長へ、声をふりしぼって叫ぶ。

だが、隊長はちらりとおれを見ただけで、再びアドニスへ斬りかかった。

「隊長、隊長！　早く逃げてくださ――」

おれは必死に声を張り上げる。その時、不意に、背後から誰かがこちらに近づいてきたと思うと、その人物が剣でおれの手をしばる布を切断してくれたのである。

「あ、ありがとう！」

うつぶせの体勢だったせいで、助けてくれた人物の足しか見えなかったが、おれは心の底からその男に感謝を述べた。臑当《すねあ》てをつけていることから、その人物が、一般兵の男であることだけは分かった。

おれはきつく縛られていた手の布をほどく。見れば、手首と足首は、青紫色の痣《あざ》になっていた。

「ありがとう、おかげで助かっ――」

じんじんとしびれる手足をさすりながら、立ち上がって、助けてくれた男に振り返り、改めて礼を言った。が、途中で言葉が途切れ、ぎしりと身体が固まった。

おれの目の前にいたのは――金色の髪を持った背の高い兵士だった。

鼻筋はすっと通り、顔の線はシャープだ。整った面立ちながら、どこか神経質そうな雰囲気を漂わせる男の瞳《ひとみ》は、明るい空色だった。

げぇっ!?　な、なんでこの嫌がらせ野郎がここに!?

まさか、この騒ぎのどさくさに紛れておれを殺すためにきたんじゃなかろうな!?

思いもかけない人物の出現に、おれは思わず後ずさりをする。

だが、空色の瞳の男はおれの腕を掴《つか》み、自分の方へと引き寄せた。

や、やっぱり、この機会に乗じておれを殺す気なのか!?

「どこへ行く。そっちは危険だぞ」

「え」

思いがけない言葉に、びっくりして、相手の顔をまじまじと見つめる。

すると、男は気まずそうに顔を逸《そ》らせた。

「……今まですまなかった」

「は?」

突然、殊勝な態度をみせた相手に、ぎょっとして固まってしまった。

男はそんなおれと目を合わせようとはせず、後悔に満ちた表情で、ためらいがちに口を開いた。

「隊長から聞かせてもらったんだ。その……貴様が、私と隊長の仲を取り持ってくれたと」

「……へっ?」

おれが、こいつと隊長の仲を取り持った?

なんのこっちゃ?

いったい、何の話をしてるんだこいつは？

……ん？　いや、待てよ。

そういや昨日、隊長に夜のお誘いを受けた時に、それを断るために「あいつが隊長のこと好きみたいですよ！」って言って、こいつのことを引き合いに出したんだった。

おれとしては、いつも小突かれている意趣返しに、口からでまかせを言ったんだけど……。

え、まさかそのことを言ってるのか？

困惑し、おれはまじまじと空色の瞳の男を見つめる。

彼はようやくおれと視線を合わせたかと思うと、いきなりぎゅっと両手でおれの手を握ってきた。

「今までのことを謝罪する。私は……戦奴の分際で、あつかましく隊長に近づく貴様が気にくわなかった。隊長も、貴様のことを気に入っていた。だから……私は、貴様にずっと嫉妬《しっと》していた」

「そ、そうなんだ」

いきなり元同僚から恋バナを打ち明けられて、なんと答えていいか分からなくなる。

っていうか、おれに嫉妬してたって……じゃあ、今までのおれに対する嫌がらせって、ジェラシーだったたってことか？

つまり、この男の中では、おれと隊長とこの男の三角関係だったたってわけ？　魔のトライアングルを勝手に生成しないで欲しい。

今までの嫌がらせの理由が分かり納得できたような気持ちと、知りたくなかった気持ちが半々だ。

「だが、昨夜、隊長から聞いたのだ。貴様が私の気持ちを、隊長に伝えてくれたと。そして、隊長も私のことを憎からず想っていたとおっしゃってくださった。おかげさまで……昨日は素晴らしい夜を過ごすことが出来た」

「そ、そっか。よかったな」

「今まですまなかった。私は貴様を誤解していたようだ」

その隊長殿は、昨日の尋問の時にアドニスに興奮して息子《むすこ》さんをエレクチオンさせてたし、おれにまで夜のお誘いをかけてきたけど……。

い、いや、まぁ、そんな野暮なことは言うまい！

せっかく彼の恋が成就したんだ。おれが水を差すようなことを言っちゃいけないよな、うん！

「なにはともあれ、両想いになれてよかったじゃないか。せっかく恋が実ったんだ。こんなところで死ぬのは馬鹿らしいし、さっさと逃げよう」

「ありがとう。そうだな、貴様の言う通りだ」

まだ気まずそうではあったが、彼はぎこちなく微笑《ほほえ》んで頷《うなず》いた。

うん、おれも大層気まずいよ。

口からでまかせだったのに、まさか本当にこいつが隊長に惚《ほ》れていたとは……。

きっと、この彼がここに来たのも、おれを助けにきたというよりは、隊長への加勢に来たんだろう。その途中でおれが転がっているのに気づいたから、助けてくれたに違いない。

なにはともあれ――この男が隊長に加勢すれば二対一だ！

聖騎士とはいえ、アドニスもそれでは応戦するのは難しいだろう。分が悪いとみれば、これ以上戦うのはやめて逃げ出すはずだ。今なら王国騎士団と合流するのはたやすいのだから、アドニスが隊長と戦い続けるメリットは何もない。

よし。なら、さっそく――。

アドニスに戦いをやめるように声を張り上げようとした時だった。

おれたちのいる場所から見て、砦《とりで》の正門がある方角から、わあっという大きな歓声が響いてきたのだ。

そして、それから間を置かず、血相を変えた帝国軍の兵士たちが逃げてくる。その背中を、青と白を基調としたサーコートを着た兵士たちが追い立てる――。

って、あの青と白のカラーリングと、サーコートに描かれてる意匠……！

あ、あれは王国のものだぞ!?

じゃ、じゃあ、砦の正門が陥とされたってことか!?

「ば、馬鹿な……まさか、こんなに早く……」

見れば、隣の空色の瞳の青年も、顔を青ざめさせている。

この会話をしている間にも、陥とされた正門から、王国の兵士たちがどんどんと侵入してくる。

正門以外にも、裏手の小門から砦近くの小川に逃げることはできる。だが、その門はせまく、多くの人々が通れるようにはなっていない。

そのため、あっという間にそこには大量の帝国軍兵士がなだれ込み、味方同士で押し合いへし合いの状態になってしまった。

また、このアンルー砦は堅牢《けんろう》な城壁に囲まれ、城壁の外は堀で囲まれている。城壁の歩廊から堀に落ちて逃れようとした兵士もいたようだが、すぐに彼らの悲鳴が聞こえてきた。おそらく、周囲に展開している王国の兵士たちに弓で射られてしまったのだろう。

あっという間に、砦の内も外も、阿鼻叫喚《あびきょうかん》という言葉がふさわしい地獄へと変わった。

もはや、この砦から逃げ出すことは不可能だった。

「ぐああっ!?」

それに加えて——アドニスと斬り結んでいた隊長が、どうと地面に倒れた。

はっと見れば、いつの間にか、隊長の身体には無数の切り傷ができていた。その傷からは赤い血が滴っている。

「隊長!?」

空色の瞳の男が、悲痛な叫びをあげた。

しかし、隊長はうめき声を上げて、すぐには立ち上がれないようだった。そして、その正面に立つアドニスは、冷徹な視線を倒れる隊長へと向けていた。

そして、その手に持ったダガーを隊長へ向かって振りかざす——。

「っ!」

反射的に、おれはアドニスへ向かって駆け出していた。

そして、その勢いのままに、アドニスへと体当たりする。突如として横からタックルをうけた形になった彼は、おれの勢いを受け止め切れず、地面に転がった。

おれもまた自分の勢いを殺し切れず、アドニスともつれるようにして地面に転がる。

「リョウ！」

地面に転がったおれは、視界の端で、空色の瞳の男が隊長を助け起こしているのを見た。

おれの名前を呼んだのが、彼だったのか隊長なのかは分からない。

おれは身体を起こして、二人の元に向かおうとした。

が、なぜか起き上がることはできず、がくんと崩れおちた。

見れば、地面に転がったアドニスが両腕でおれの足を摑んでいる。

しかも、その時には、隊長たちのいる反対方向から、青と白を基調とした王国の兵士たちがわっとこちらに駆けてくるのが見えた。

隊長と空色の瞳の男は、一瞬だけ迷うそぶりを見せたものの――次の瞬間には、おれに背を向けて、二人で駆けだした。

どんどんと遠ざかっていく二人の背中に、見捨てられた絶望感で心がいっぱいになる。

けれど、心のちょっとどこか隅の方で、まぁしようがないか、という気持ちもあった。

「はぁ……」

大きくため息を吐《つ》く。見れば、おれの上半身はすり傷だらけだった。アドニスに無理やり服を脱がされた挙句《あげく》に、その後、床に叩《たた》きつけられたり地面に転がったりしたせいだ。

今まで痛くなかったのに、冷静になるとじくじくとした痛みを感じた。ほんと最悪だ、気づかなければよかった。

……一般兵士や貴族なら捕虜として生き延びる道もあるだろうが、おれみたいな戦奴《せんど》はきっとすぐに殺されるだろうな。

ならば、せめて殺される時は、痛みを感じないように殺して欲しい。

それとも、これから「いつ殺されるのか」と怯《おび》えて過ごさないといけないなら、いっそ、ここでアドニスに殺される方がマシなんだろうか……。

とりとめのないことを考えながら、おれの身体を掴む彼に視線を向ける。

アドニスはといえば、地面から身体を起こした後も、おれの腕をがっちりと掴み直していた。離してしまえば、おれが隊長たちのあとを追って逃げ出すと思っているのかもしれない。しかし、この状況では、今から隊長たちを追っても間に合わないだろう。こうしている間にも、砦内にはどんどんと王国の兵士たちが入り込み、逃げそびれた帝国軍の兵士たちを取り囲んで殺していた。おれも、アドニスにこうして確保されていなければ、きっと彼らと同じように殺されていただろう。とはいえ、おれが彼らの後を追うのはそう遠い未来ではない。

アンルー砦は、完全に陥落したのだ。

おれは絶望感に胸がいっぱいになり、がっくりと肩を落とした。

大人しくなったおれをどう思ったのか、アドニスは冷徹な表情で見下ろし——右手を振り上げると首筋に手刀を打ち込んできた。

「っ、ぁ……!?」

「安心しろ、殺しはしない。お前には借りを返さなければならないからな」

突然の一撃をうけて、次第に視界が黒く染まっていく。
ブラックアウトしていく視界の隅で、アドニスの静かな声だけが、遠くから響く。
そして、おれはそれっきり意識を失ったのであった。

9

「う……」

まぶしい。

ゆっくりと目を開けると、窓の隙間からやわらかな光が顔の上に注いでいた。

どうやらそのせいで目を覚ましてしまったらしい。

おれは手の甲で目元をこすりながら、ゆっくりと身体《からだ》を起こす。

そして、はたと気づいた。

「あれ？　ここ……どこだ？」

いつもの掘っ立て小屋じゃない。

きょろきょろと自分のいる場所を見渡す。

眠っていたのは、寝台の上だった。さほど立派とはいえないが、寝台の上で眠ったのは今世では初めての出来事だ。身体にかけられていた古びたブランケットをどける。

恐る恐る周囲を見回すも、今自分がいる場所は、まるで記憶にない部屋だった。

部屋の中には、寝台の他に、中央に簡素な造りのテーブルと椅子が置かれ、壁際にはチェストが置かれている。テーブルの上には、燭台《しょくだい》と陶製の水差し、木製のジョッキと皿が置かれていて、皿の上には食べかけの黒パンがあった。

今さっきまで、おれ以外の誰かこの部屋にいたようだ。

寝台から下りて、試しに外に出ようと木製のドアに手をかけたが、外から鍵《かぎ》がかかっているようで開かなかった。

ドアが開かないので、今度は部屋の中に唯一ある窓のところへ行ってみる。しかし、両開きの木戸はたてつけが悪いようで、どんなに引いても押しても開かなかった。木戸の隙間からはわずかに陽光が差し込み、部屋の中をほのかに照らしている。

うーむ……部屋の造りからして、どうやらここはアンルー砦内にある一室のようだが。

しかし、なんでおれはこんな所にいるんだ？

眠る前に、おれは何をしてたっけ？

「――あ、そうだ」

意識を失う直前に見たもの――おれは、アドニスの手刀を受けて、気絶したんだ。

思い出してきたぞ。確か、このアンルー砦にまで王国騎士団が攻め込んできて……いや、その前に、おれのうっかりミスのせいで、アドニスに脱走されたんだ。

それで、隊長とあの空色の瞳《ひとみ》の男が助けにきてくれて……。

けれど、なんでおれはここで寝かされてたんだろう？

というか、なんでまだ殺されてないんだろう。

どうせ殺されるなら、意識のない時にやってほしかった。

もちろん死にたいわけではない。でも、王国の人間に拷問やら暴行されてから死ぬくらいなら、痛みを感じずに死ぬ方がマシだ。

そういえば、隊長と、あの空色の瞳の青年はどうしただろうか。

まさかあの二人に助けられるなんて思ってもみなかった。人生って分からないもんだ。まぁ、その後は置いてかれたけど、あの状況なら仕方なかっただろう。

そんなことを考えながら、おれは凝り固まった肩と首をゴキゴキとならす。

すると、ふと、首に違和感を感じた。

なんだろうと首に手をやると、なにか硬いものが指先に触れた。

「ん……？　なんだこれ」

包帯ではない。もっと硬く、なめらかな感触だ。

部屋に鏡はないため、首を見ることができないが……感触からして革っぽい何かが、おれの首に巻かれている。

まるで首輪みたい……というより、首輪そのものじゃないだろうか？

どうにか取れないかと引っ張ってもみたが、呼吸が苦しくなってすぐにやめてしまった。

「くそっ」

悪態を吐いて、寝ていたベッドにどさりと座り込む。

今、自分がどういう状況に置かれているか分からなくて、不安に苛《いら》立《だ》ちがつのる。

その時だった。扉の向こうから、かすかに足音が聞こえてきたのである。

どんどんとこちらに近づいてきた足音は、部屋の前でぴたりと止まった。そして、錠を開ける音が響き、軋《きし》んだ音を立てて扉が外側から開いた。

「——ああ、起きていたのか」

「……っ！」

扉を開けたのは、アドニスだった。彼は後ろ手で扉をしめて内鍵をかけると、こちらにやってきた。

おれは驚きのあまり、目を真ん丸に見開いた状態で身体を硬直させた。まさか、この状況から考えるに、おれを寝台に寝かせてくれていたのはアドニスなんだろうか？

しかし、彼は最初に呟《つぶや》いたきり、何も言おうとしなかった。ベッドに腰かけたままたじろぐおれの前までやってくると、無表情でじっと見下ろしてきた。

おれは体中に冷や汗をかきながら、アドニスを見つめ返す。

彼は、おれが意識を失う時に着ていた服から着替え、見違えるようになっていた。真っ白なシャツの上に、金の刺繍《ししゅう》で縁取りのされた上衣とズボンを着て、黒革のブーツを履いている。まるで、おとぎ話に出てくる王子様が、挿絵からそのまま抜け出してきたようだった。

ふと、おれは意識を失う前の自分の恰好《かっこう》について思い返した。昏倒《こんとう》する前は、アドニスに服を脱がされたために上半身裸で、ズボンと下着しか身につけていなかった。だが今は、元々着ていたものとは比べ物にならない質のいい服に着替えさせられていた。下着も真新しいもののようだ。それに、あんなに切り傷や擦り傷だらけだった上半身も、血止め用の軟膏《なんこう》を塗ってくれたのか、完全に痛みがおさまっていた。この着替えと手当は誰がやってくれたのだろう？

疑問は尽きない。なぜこの部屋におれがいるのか、いったい誰が手当してくれたのか。

しかし、その理由と経緯を知るだろう唯一の男は、おれの全身をじろじろと眺めまわした後、黙ったままふいっとテーブルの方へ行ってしまった。

そして、テーブルの上に置かれていた陶製の水差しを手に取ると、その中に残っていた水をジョッキに注いでぐいと飲み干す。

何も言わない彼に、おれは焦《じ》れて口を開いた。

「あんたがそんな恰好でここにいるってことは……アンルー砦《とりで》は王国に占拠されたのか？」

「察しがいいな」

そう言われたが、アドニスは基本が無表情なので褒められているのかよく分からない。

おれは表面上は平静さを保ちながら「そうか……」と答え、内心で頭を抱えた。

そっかー、やっぱりそうだよね……。

あの状況で帝国が逆転できる目なんかないよね……。

出来れば否定してほしかったけれど、やっぱりアンルー砦は王国に占拠されてしまったらしい。

つまり――おれの人生も終わったってことだ。

「じゃあ、これからおれは処刑されるんだな。それとも、あんたがおれを殺すのか？」

アドニスの顔を見ることができない。これからどんな宣告をされるのか、あまりの恐怖に身体が震えだしそうになる。

うつむくおれのすぐ近くで、ぎしりとベッドの軋む音がした。

はっとして見れば、いつの間にかアドニスがおれの隣に座っていた。

……うん？　なんか、距離がめちゃくちゃ近くないか？

アドニスの太股《ふともも》におれの太股がぴったりとくっついているし、顔も、お互いの吐息がかかりそうなほどの近さだ。

え、なにこれ？

近すぎる距離に、思わず身体をひく。

が、アドニスが離れようとするおれの腕をがしりと摑《つか》んできた。

体温が高いのか、彼に摑まれたそこがやけに熱い。

「お前は殺されたかったのか？」

「そんなわけないだろ」

即答する。

嫌みなのかとも思ったが、アドニスの表情はいたって真剣そのものだ。おれをからかったり、嫌がらせで言っているわけではないようだ。

そのルビーレッドの瞳でじっと見つめられ、おれは再び口を開いた。

「大河沿いにあった商業都市じゃ、領主一家が晒《さら》し首《くび》にされたって聞いてるぜ。女だろうが子どもだろうが容赦なく殺すあんたたちが、おれみたいな何の役にも立たない戦奴を生かしておくはずがないだろ」

「……まぁ、そうだな」

自分で言っといてなんだが、そこは否定してほしかった。

だが、アドニスは冷徹な表情で首を縦にふった。

「お前がこの部屋で眠っていた一両日の間に、捕虜となっていた帝国軍の兵士たちの半数以上が処刑された。今、この砦で生き残っている帝国の者は、使用人などを含めても二十名弱というところだな」

げぇっ、半数以上が処刑!?

マジかよ、おれが思ってた以上に最悪なんだけど！

……こうなってみると、ラウロがこのアンルー砦を離れていてくれて、よかった。

昨日までは、ラウロが早く帰ってきてくれないかなんて願っていたけれど……彼の帰りが遅くて本当によかった……。

願わくば、そのまま田舎《いなか》に疎開でもしてくれればいいんだけど。

友人の行く末に思いを馳《は》せていたら、ふいに、アドニスがおれの腕を摑む力を強めた。

い、いたいいたい。ちょっと強すぎるって！

「では、お前は死にたいわけではないんだな？」

「そんなの当たり前だろ」

縛られていた手首の痣《あざ》は消えていたが、これじゃあまた新しい青痣ができるだろう。

アドニスの腕を振り払い、おれは苛立ち混じりに答える。

さっきから、死にたいのかとかそんなことばっかり聞かれて、さすがにイライラしてきた。

いったいアドニスは何を言いたいんだ？

要領を得ない質問に苛つきを堪《こら》えていると、不意に、アドニスがおれの腕を掴み、自分の方に引き寄せる。反対側の腕はおれの腰にまわしてきた。

……？

なんかこの体勢、アドニスに抱き寄せられているみたいじゃないか？

おれの気のせいかな？

「――それなら、俺のものになれ」

「は？」

いやに距離が近いなと思っていると、アドニスがぐっと顔を近づけてきた。

そして、唇が触れそうなほどの近さで、そんなことを言い放った。

意味が分からずに、ぽかんと口をあけた間抜け面でアドニスを見つめ返す。

マジで意味が分からない。

俺のものになれってどういうこと？

困惑するおれに、アドニスは真剣な表情のまま、さらに口を開く。

「帝国とは異なるが、王国にも奴隷制度は存在している。そして、聖騎士は奴隷の所有が認められていて、戦場で拾った捕虜や女を自分の所有奴隷にする騎士も少なくない」

所有奴隷……王国にはそんな制度があるのか。知らなかった。

「お前が俺のものになれば、お前は俺の財産という扱いになり、王国騎士団に処刑されずにすむ」

「なっ……!?」

つまり――帝国の戦奴《せんど》から、このアドニス専用の奴隷になる、ってことか？

そして、そうなれば、おれは殺されずにすむらしい。思いがけない生存への道に、おれはごくりと唾《つば》を飲み込んだ。

でも……どうして彼はおれにこんな提案をしてくるんだ？

「なんで、おれにそんな提案を持ちかけるんだ？　そんなことをしても、あんたには何のメリットもないだろう」

アドニスにおれを助ける義理なんてないはず……あっ！

もしかして――隊長に犯されそうになっていたアドニスを助けたからかな!?

彼はあの出来事に恩義を感じてくれていたんだろうか。

そうだったら、えへへ、ちょっと照れるなぁ～。

しかし予想とは裏腹に、アドニスはくくっと喉《のど》の奥で笑うと、嘲けるような笑みを浮かべた。

そして、おれの顎《あご》をぐっと鷲摑《わしづか》む。

「忘れたのか？　あの牢《ろう》の中で、お前にはさんざん恥辱を味わわされたからな。このまま何もやり返さずに、ただ処刑しては俺の気が晴れない」

「――――」

か……感謝されるどころか、めちゃくちゃ恨まれてる～～！

なんでだよ〜!? そんなに根に持つようなことじゃないだろ!?

敵国の初対面の男に、第三者に見られながら手コキで寸止めプレイをされたのが、そんなに嫌だったのかよ!?

………どう考えても嫌だな。

改めて思い返すと、根に持たれて恨まれてもおかしくない所業だった。

いや、でもあれはしようがなかったじゃん……おれだって好き好んで手コキしたわけじゃないし……。ああしないと、隊長から拷問をしろとか言われかねなかったし……そりゃ途中でちょっと調子にのっちゃったけれど……。

「ハッ……まさか、あの程度のことでそれほど恨まれてるとはな。初めてされたってわけでもないだろ?」

おれだってちょっと調子にのっちゃったけれどさー、でも、アドニスはどうせあの程度のプレイは初めてでもなかったでしょ？ ねっ？

アドニスはイケメンだしさー、聖騎士様なんだし、女の子といっぱいイイことしてんだろ？

ならいいじゃん！ あれくらいの出来事、道に落ちてたガムを踏んじゃったくらいのハプニングだと思って、水に流してくれよ！

そんな懇願を言葉にこめて、アドニスを見つめる。

が、アドニスは眉根《まゆね》を寄せて黙りこくってしまった。なんの返事も返ってこない。

……あれ？

も、もしかして……アドニスさんったら、おれと同じく童貞ですか？

あ。そういや、王国でアドニスは忌み者扱いされてるんだったか。

そう考えると、そりゃ女の子とお近づきになるのは難しいか〜。

ん、んんん？

待てよ、そう考えると……さきほどのおれの台詞《せりふ》はめちゃくちゃアドニスを煽《あお》っていたのでは？

…………。

……しまった――――！

ちょ、ちょっと待って待って！　今のナシ、今のナシ！

ど、どうしよう……！

さっきのアドニスの台詞――『このまま何もやり返さずに、ただ処刑しては俺の気が晴れない』って言葉からして、あの牢での仕返しをおれにするつもりなんだよな？

ど、どうしよう、どうしよう!?

アドニス、無表情のまま何も言わないし、これめっちゃ怒ってるよな!?

今から「なーんてな☆　今のは全部ジョーダンだぜ！」って言えば、許してくれないかな!?

うう、まさかこんな若さで死ぬことになるなんて。前世の時もそうだけど、おれっていつも長生きできないなぁ……。

今世では九十歳まで生きたかった……。

ああ、せめて、なるべく痛みなく死ねますように……。

恐怖のあまり、押し黙ったまま相手の反応を待つ。

が、いつまで経《た》っても、彼が離れていく様子も、先ほどのおれの言葉に怒って暴力をふるおうとする様子もない。アドニスはじっと、おれを見下ろしている。

沈黙がつらい……と思っていた時、アドニスが「ふっ」と笑みをこぼした。

……これからおれを殺すのに、なんでそんなに愉しそうに笑ってるの？

もしかしてサイコパス？　おれをどんな風に殺そうかと考えるのが、楽しくて仕方がない感じ？

恐る恐る彼の様子を窺《うかが》う。

すると、口元に手を当てて、こちらを見つめるルビーレッドの瞳《ひとみ》と視線がかち合った。

アドニスの顔には、まるで新しい玩具《がんぐ》を見つけた子どものような笑みが浮かんでいる。

「ずいぶんな言いようだな。今の自分の立場が分かっているのか？」

「…………」

「それとも、自分の命が惜しくないのか……牢にいた時から思っていたが、戦奴にしてはお前は変わっているな。いや、戦奴としても、帝国人としても変わってると言うべきか」

「そ、そうか？」

それが褒め言葉なのか、それともけなされているのか、微妙に分からない。

表情からして、おれの言葉に怒ってはいないみたいだけれど……。

反応に困っていると、アドニスがおれの肩に手を置いた。

そして、次の瞬間、おれの身体《からだ》はベッドの上に仰向けに引き倒されていた。

あまりの早業に、何が起きたのかまったく分からない。アドニスがおれの身体の上にのしかかり、彼の体重を感じて初めて、押し倒されたのだと気づいた。

「っ、ちょ、なにを……!?」

「だが、俺はもとより初めからお前の同意を得ようとは思っていない」

慌てて起き上がろうとするおれの身体を制して、アドニスの手がのびてくる。

その指先は、おれの首にはまっている首輪に触れてきた。そして、人差し指で、首輪の円環をつつーっとなぞる。

「お前につけた首輪は、王国の奴隷用の簡易魔法拘束具でな。主人の意思によって電流魔法が流れるようになっている。これをつけている限り、お前は主人の元から脱走することはできんし、自殺することもできんぞ」

なっ……!?

そ、そんなものをおれの首に!? いったいなんてことを!

主人の意思によって電流魔法が流れるなんて、そんなの……!

そんなの……?

「えーっと……この場合、主人って誰にあたるんだ?」

「俺だ」

アドニスが自分を指さして頷《うなず》く。

ですよねー。

この状況からそうじゃないかとは思ったけれど、やっぱりアドニスがおれのご主人様にあたるらしい。それがいいことなのか悪いことなのか微妙に判断がつかない。というか、アドニスが何をしたいのかがさっぱり分からない。

困惑して彼を見上げていると、彼の指が首輪から下にさがり、おれの肌に触れてきた。首輪の下にある喉仏《のどぼとけ》をするりとなぞった後、今度は、鎖骨の形をなぞるように指が動いていく。

くすぐるような触り方に、思わず、もぞもぞと身じろぎする。

アドニスはそんなおれを見て口の端を吊《つ》りあげて笑うと、その瞳を爛々《らんらん》と輝かせた。

「ようやく自分の立場が分かったか？　そうやって大人しくしていればひどい扱いはしない」

「っ……」

そうは言われても、おれは恐怖にぎゅっと目をつむって、身を固くしてしまう。

さっきの口ぶりでは、アドニスは先日の件をひどく恨んでいるようだった。

ひどい扱いはしないと言われても、仕返しをされるのは決定事項。

一方的に殴られたり蹴《け》られたりするのは慣れているけれど、痛いものは痛い。願わくば、その痛みの時間が長いものでなければいい。

そう祈って、おれは断罪の時を待った。

だが、どんなに待っても、アドニスからの暴力はない。

どうしたのか——疑問を感じ、恐る恐る、目を開けた時だった。

おれが目を開けるのと同時に、唇に、しっとりとして分厚いものが重なってきたのである。

「んっ……？　ぅ!?」

最初は、おれの唇に重なってきたものがなんなのか分からなかった。

アドニスの紅玉の瞳がやけに間近に見えて——そこでようやく、彼にキスをされていることに気づいた。

はっ!?　ちょっ、なにこれ!?

思わず両手で彼の肩を摑《つか》んで、その身体を押し戻そうとするが、びくとも動かない。それどころか、アドニスの舌がぬるりとおれの唇の上を這《は》った。その感触に、びくりと身体が震える。

「んっ、ぅ、んんッ……！」

いや、マジでこれどういう状況？

なんでおれはアドニスにキスされてるんだ。意味が分からない。

慌てて足をバタバタと動かし、あらん限りの力をこめて、再びアドニスの身体を押し返そうとする。

が、その瞬間、おれの首につけられた首輪からバチンッと電流が奔《はし》った。

一瞬だけではあったが、脳天を突かれるようなその痛みに、思わず摑んだアドニスの肩をぎゅうっと握りしめる。

「いっ……！」

「ああ、少し強すぎたか」

痛みのあまり震える指先で首輪にふれる。

先ほどのアレは、アドニスが操作したものらしい。めちゃくちゃ痛かった。

アドニスは呪文を唱えたり、首輪を操作したりする様子はなかったのに……もしかして、アドニスが念じるだけで電流が流れる仕組みになっているんだろうか。怖すぎる。

痛みの余韻に、恨みがましくアドニスを睨《にら》みつける。

すると、アドニスはその手でおれの首輪に触れてきた。そして、その下の皮膚を覗《のぞ》き込《こ》む。

「ふむ……痕《あと》は残ってないな。まだ痛むか？」

「…………」

電流も痛みも引いたけれど、恐怖は残った。

おれは黙ったまま、首を横に振る。

「悪かったな、初めてのことで加減がよく分からなかった」

「……王国じゃ、奴隷にこんなものを装着させてるのか？」

思ったよりやばい国だな、王国。

帝国の戦奴《せんど》の扱いが人道的に思えてきたぞ、おい。

「帝国の奴隷制度は、王国とは異なる。王国で認められているのは犯罪奴隷のみだ。罪の大きさによって奴隷として使役される期間が定められている」

そう答えたアドニスは、いささか気まずそうな表情だった。

「……まぁ、国が違えば、制度も文化も違うよな」

おれは肩をすくめてアドニスへそう答えた。

こんなところで奴隷制度に関して議論してもしようがない。アドニスに文句をつけたって意味がないし。

王国の奴隷制度に対しては物申したいことは山ほどあるけれど——王国の人たちから見れば、帝国の制度こそ非人道的に見えるかもしれないし。

「まぁ、首輪の件は横に置いておくとして……い、今のキスはどういうつもりなんだ？　おれは初めての——」

「なんだ？」

「いや、なんでもない」

あぶない。あれがおれの初めてのキスだったんだぞ、と言うところだった。

アドニスはいぶかしげな表情をしていたが、それ以上、言葉の続きを求めてくることはなかった。

そして、その指をおれのシャツにかけた。

そういえば、尋ねるタイミングを完全に失ったけれど、おれが着ている服は誰が着替えさせてくれたんだろうか。それに下着まで。今まで着ていた服よりも、今着ているものの方が質がいいことは、肌触りで分かる。

状況的に、この一室はアドニスにあてがわれた部屋のようだ。なら、アドニスが着替えさせてくれたのだろうか？　でも、この男がそんなことをしてなんのメリットがあるんだろう？

おれの疑問をよそに、アドニスはおれのシャツに指をかけると、器用に脱がしていった。今度は無理やりシャツを引き裂こうとはしなかった。

たちまち上半身があらわになると、アドニスは何かを確かめるような手つきで、右手を胸板の上にぺたりと置いた。

アドニスの手は、ごつごつとしていて節くれだっていた。騎士らしく、剣だこやマメが潰《つぶ》れた痕が多くあり、指先の皮膚もちょっとがさついている。

「薄い身体だな」

アドニスはそう言うと、そのかさついた指先で、おれの胸の上の乳首にすり、と触れてきた。

思わずびくんっと身体がふるえた。

「ど、どこ触ってるんだよ……！」

っていうか、アドニスは本当にどういうつもりなんだ!?

さっきのキスといい、今みたいな触り方といい……！

困惑と怒りがない混ぜになりながら、目の前の男を睨みつける。

すると、アドニスは冷笑的な、それでいて獲物を前にして舌なめずりするような薄笑いを浮かべた。

「お前には散々な目にあわされたからな……お前をこのまま処刑しては俺の気が晴れない。牢《ろう》で俺が与えられた以上の恥辱を、お前にたっぷりと与えてやる」

「なっ……！」

えーっと……つまり要約すると……あの時おれに手コキされた仕返しに、これからおれがアドニスに犯されちゃうってこと？

えっ……えっ⁉

「ちょ、ちょっと待て！　あんた、童貞なんだろ⁉　おれなんかに初めてを捧《ささ》げることになっていいのか？」

っていうかそもそもおれに勃起《ぼっき》できるの？　すごいなおい。

「初めてくらい好きな奴《やつ》とやったらどうだ。聖騎士なんだから、国に戻ればいくらでもよりどりみどりだろ⁉」

あわあわと一生懸命にアドニスの身体《からだ》を押し返そうとする。

けれど、先ほどの首輪の恐怖が身に沁《し》みついていて、本気で抵抗できなかった。また電流を流されたらどうしようと思うと、身体がすくみそうになる。

そのため、アドニスはおれの抵抗などものともせずに、おれの服を脱がせてしまう。

あっという間に、おれはベッドの上ですっぽんぽんの状態になってしまった。

アドニスがまだ服を身につけた状態のため、とてつもなく恥ずかしい……！

しかし、アドニスはおれが顔を赤くするのを気にとめる様子もなく、じたばたと抵抗する身体を押さえつけて、自嘲《じちょう》めいた笑みを浮かべた。

「俺のような忌み者を好きになる人間などいるはずもない。それに、これから戦場でいつ死ぬとも分からないしな」

「……つまり、童貞のまま戦場で死ぬくらいなら、仕返しもかねておれで卒業しようってこと？」

「まぁ、分かりやすく言えばそうなるな」

そ、それを言うなら、おれだって同じく童貞なんですけど〜〜!?

初めてのセックスで童貞を失うアドニスはともかく、初めてなのに後ろの処女を失うおれはめちゃくちゃ可哀相《かわいそう》じゃないか!?

が、おれはそんな叫びをぐっと飲み込んだ。

だって、さっきまで「あの程度の性行為くらい気にするなよ！　童貞ってわけでもないんだろ?」とか言って、めちゃくちゃ「おれは童貞じゃない」ムーブかましながらアドニスを煽《あお》っちゃったんだもん……。

このタイミングで「すみません、実はおれも童貞だから考え直してください！」って言ったら、今以上に怒られそう……いや、絶対に怒られるよな……。

「安心しろ、お前が無駄な抵抗をしなければ、ひどいことはしない」

黙りこくるおれに、アドニスは不安がっていると誤解したのか、そんな言葉をかけてきた。

そう言われても、安心できるわけがない。

だっておれ、前世でも童貞だったんだぞ!?　それなのに、今世では童貞のまま処女喪失するとか、ひどすぎる……！

うう、捕虜として処刑されるのは嫌だけれど、だからってこんな……！

……こんな……？　いや、待てよ。

冷静に考えてみれば——この状況、最悪ってわけでもないな？

一番最悪な状況。それは、「アンルー砦《とりで》を占拠した王国騎士団に処刑される」または「見せしめにいたぶられた上で殺される」ことだ。

だが、その状況は、アドニスがおれを自身の奴隷＝財産としたことによって脱することができた。

そして二番目に最悪な状況。

それは「アドニスが今までの仕返しにおれを殺す」または「今までの仕返しに、おれを死んだ方がマシな目に遭わせる」ことだ。

最初、アドニスが仕返しを考えていると聞かされて、てっきり、殴られたり蹴られたり剣で斬られたり、そういった肉体的な暴力をふるわれるのかと思った。

それと比べて考えたら——アドニスに犯される方がマシじゃないか？

そりゃあ、おれだって男としてのプライドはあるし、アドニスに犯されたら尻《しり》は痛いだろうけど……でも、手足を切断されたりとかに比べたらだいぶマシだよな？

それに、思い出せ！　おれは、前世で会社員だった頃に、部長に連れて行ってもらったことがあるじゃないか！

——そう、『～Z革命～前立腺《ぜんりつせん》マッサージ専門風俗店』に！

あの時、風俗嬢ミリカちゃんにされたのは指までで、だいぶソフトなプレイだったけれど……あの延長線と思えば、我慢できるんじゃないか!?

「……分かった、もう抵抗はしない」

覚悟を決めてそう伝えると、アドニスは眉《まゆ》を上下に動かして、けげんそうな表情になった。

「なんだ、ずいぶんと聞き分けがいいじゃないか。いきなりどういう心境の変化だ？」

「どうって……あんたが大人しくしていればひどいようにはしないって言ったから、そうしてるだけだ。いったい何がご不満なんだ？」

「ふむ。抵抗されないならそれにこしたことはないが……もしかして、過去に経験があるのか？」

「……まあ、多少は」

　今世ではないけれど、前世で、部長に連れられて行った『～Z革命～前立腺マッサージ専門風俗店』で、尻に指をいれられたことはある。

　あの時は、腹の奥がむずむずするなと思ったくらいであんまり気持ちいいとは感じなかった。なので、あの店も、あのお試し入店の一回だけしか行ってない。

……改めて思い返すと、部長に連れていかれた風俗店って……受け身系統というか、M系の店が多くないか？

　もしかして部長って……いや、よそう。部長のおかげで、おれは今世での危機を何度も乗り越えられたんだ。それでいいじゃないか、うん。

　部長のおかげで、今この時だって覚悟を決められたわけだしな。

　そう思い、心の中で部長と風俗嬢ミリカちゃんに感謝の念を捧げていると、ふと、アドニスが沈黙しているのに気がついた。

　どうしたのかと思い、見つめる。

　すると、アドニスはなぜか眉間にしわを寄せて苦り切った表情を浮かべていた。

え、それどういう顔？

「……先ほどの言葉を訂正する。ひどくはしないが、たぶん、優しくもできない」

「え？」

――ちょっと待って、それってどういう意味？

そう聞き返そうとしたものの、しかし、言葉になることはなかった。

アドニスが再びおれに覆いかぶさり、唇を重ねてきたからである。

しかも、先ほどの唇を触れ合わせるだけのキスとは違い、開いた唇の隙間から、ぬるりと肉厚の舌が割り入ってきた。

「んっ……！」

アドニスの舌はおれの歯列をぞろりとなぞると、顎《あご》の裏を舌先でくすぐってくる。

かと思えば、今度はおれの舌に肉厚の舌を絡ませる。

思わず舌をひいて逃げると、アドニスの掌《てのひら》がおれの後頭部と寝台の間に入り込んだ。そして、おれの頭を掴《つか》むようにして引き寄せ、口づけがさらに深いものになる。

「ふっ……ぅ」

アドニスの舌が、ぬるぬると舌の上を這《は》う。

舌なんて、自分でもなかなか触らないところなのに。

そんなところを他人の舌に触れられ、つつかれ、這われる感触に、背筋がぞくぞくと震える。

「はっ、ぅ……んっ!?」

キスをしたままおかしな声をあげてしまったのは、突然に胸を触られたからだ。

気づけば、アドニスがもう一方の手をおれの胸にのばし、その指先で乳首に触れていた。かさついた指の腹ですりすりと撫《な》でられる感触に、思わず、彼の身体の下でみじろぎする。

そんなおれを見て、アドニスはルビー色の瞳《ひとみ》をすうっと細めた。そして、唇が離れきる直前、ぺろりとおれの唇を舐《な》めてきた。その感触にびくっと身体が震えてしまう。

「さて……人によって男でもここが感じると聞いたことはあるが、お前はどうなんだ？」

「ふ、ぁ、はっ……は？」

長かったキスのせいでぜえぜえと肩で息をする。その間にも、アドニスの指はおれの胸をいじっていた。

おれの後頭部にやっていた手を離し、両方の手で乳首に触れる。そして、興味深そうな顔でおれの反応をじっと見つめた。

「な、なんだよ……そんなとこ触ったって、楽しくもなんともないだろ……？」

恥ずかしさに、おずおずとアドニスを見上げる。

アドニスが何をしたいのかが、よく分からない。

彼はおれに仕返しをしたいと言っていた。だからきっと乱暴に扱われるだろうと覚悟していたのに、こんなのは完全に予想外だった。

無理やりに突っ込まれて痛い思いをするくらいの覚悟はしていた。

なのに予想に反して、アドニスは今、おれの胸を指先でくりくりといじり続けているだけだ。

正直言って、めちゃくちゃ恥ずかしい。

おれが全裸なのに、アドニスは服を着たままなのも、さらに羞恥《しゅうち》をかきたてている。

こ、これがアドニスの狙いなのか？

確かに、こんな恥ずかしい思いをするくらいなら、もういいから突っ込んで終わらせてくれと言いそうになる。

「んぅっ……！」

その時、不意にぴくんと身体がはねた。

アドニスが、爪を立てて乳首をひっかいたからだ。

その刺激に、思わず鼻にかかったような声まで出てしまった。

ちょっと待って、今のって本当におれの声？

自分の喉《のど》から出た声が信じられなくて、慌てて口を手で押さえる。

すると、アドニスは瞳を細めて、面白くなさそうに鼻を鳴らした。

「おい、その手をどかせ」

「だ、だって……なんか、変な声出るから……」

かぼそい声で、ぼそぼそと呟《つぶや》く。

すると、アドニスはなんだか呆気《あっけ》にとられたような表情で黙り込んでしまった。

なんだ、どうした？　と思っていると、とつぜん彼の分厚い掌がおれの顔にのびてきた。そして、口元を押さえていた手を強引にのけられてしまう。

「ちょっ……？　なんでだよ、おいっ」

「押さえるな、俺はお前の声を聞きたいんだ。その方がお前は嫌なんだろう？」

アドニスはそう言って、ルビーレッドの両眼を爛々《らんらん》と光らせ、意地悪気な笑みを浮かべた。

こ、こいつ……！　性格悪いな、おい！

ひどい言い様にアドニスを睨《にら》みつける。

が、彼は堪《こた》えた様子もなく、再びおれの胸へと両手を這わせ始めた。

「ここは誰かに触らせたことはあるのか？」

「はぁ……？　そ、そんなの、あるわけないだろ……ん、ふぁッ」

ああ、もう！　ま、また変な声が出た……！

再び手で口を押さえようと思ったが、手を動かした瞬間、アドニスがじろりと睨みつけてきた。

その鋭い眼光に、ぴたりと手が止まってしまう。

うう……別におれの声なんか聞かなくてもいいだろ。変な奴。嫌がらせのつもりなら、かなり効果は出てるけど。

あー、でも、おれの喘《あえ》ぎ声《ごえ》を聞いてたら、アドニスだって冷静になって、萎《な》えるかなぁ……？

「ん、ぅっ……ぁ、ふっ」

一縷《いちる》の望みをかけてアドニスを見上げる。

だが、残念ながら、彼の気分がそがれた様子はなかった。

むしろ、おれが吐息混じりの声をもらすたびに、愉《たの》しそうに笑みを深めて、さらに指の力を強める。

「ん、ぅっ……ぁ、くぅっ……ひゃっ!?」

アドニスの指が、不意に、胸の上で尖《とが》り始めた乳首をきゅむっとつまんだ。

そして、そのまま指の腹をすりあわせて、こりこりと揉《も》みしだき始める。

すると、くすぐったさと、じぃん……と痺《しび》れるような感覚が同時に奔《はし》った。

内側から弱火でじりじりと炙《あぶ》られるような、そんな気持ちよさ。

今まで味わったことのない種類の快楽に、おれは自分の手を丸めてぎゅうううっと握りしめた。

な、なんだこれ。

胸とか、自分で触ったことなかったけど、こんな感じになるの?

な、なんかやばいかも……。

「ちょ、ちょっと触るの待って。なんか、そこ、変な感じする……」

心の中でパニックになりかけながら、アドニスに懇願する。

けれど、彼は指を止めてくれなかった。それどころか、指の腹で乳輪のふっくらした部分をすりすりと撫でさすり、かと思えば、再び乳首を指の腹でくにくにと揉みしだく。

「ぁ、やだっ、だから、それだめだって……ぁ、んぅっ!」

「その様子だと、他の男に触らせたことは本当にないんだな。経験があると言っていたが、その時にこっちはいじってもらわなかったのか?」

「は?　なに言って……ぁっ、だ、だから、そこやだって……ひぁっ!」

アドニスが乳首をいじり続けるのに比例して、おれの口から恥ずかしい声が次々に出てしまう。

だが、彼がそれを疎ましく思っている様子はなかった。それどころか、なぜか今までになく機嫌のよさそうな顔で、新しい刺激をどんどん与えられる。

最初は両方の乳首とも、同じタイミングで、同じ愛撫《あいぶ》の仕方でいじられていたのに、今度は左右バラバラに愛撫され始めた。

右の乳首の先端を、爪でカリカリと引っかかれたかと思えば、反対の乳首を指でやさしくやさしくくすぐられる。

かと思えば、今度は右の乳首は乳輪をすりすりとマッサージされて、反対の乳首は指でぎゅうううっと強く押《お》し潰《つぶ》された。

左右でそれぞれ異なる愛撫を与えられるせいで、触れられることにいっこうに慣れない。次第に、身体《からだ》の内側からどんどんと熱っぽくなってきた。まるで、自分の身体が自分のものじゃなくなっていくみたいで、怖くなってくる。

「ひっ、ぁっ、それ、やだっ……んぁっ、ぁっ、あぁッ！」

「ふっ……以前、お前と性行為をしたという男はもったいないことをしたものだな。こんな風によがるお前の姿を見られなかったんだ、損をしたな」

「だっ、だからなに言って……ひゃうっ！」

だいたい、さっきからアドニスは何の話をしてるんだ!?

いじってもらわなかっただとか、男と性行為をしただとか……！

いや、確かにおれは『～Z革命～前立腺マッサージ専門風俗店』で尻に指をいれられた経験はぁるよ。でも、乳首責め風俗店のは経験はな……いや、待てよ？

そういや、おれが死んだ日の前日に、部長から「いい店を見つけたから、今度連れていってやるよ！『乳首倶楽部《クラブ》ビーナス』って店なんだけどさ、もちろんお前も行くよな！」って言われてたな……おれが死んだ後、部長は一人で行ったのだろうか。

しかし、『乳首倶楽部ビーナス』という店名から、てっきり風俗嬢を乳首責めできる風俗店かと思っていたが、もしかして逆だったのか……？

もしもあの日死んでいなかったら、部長に連れられて『乳首倶楽部ビーナス』で乳首責めプレイを受けていたんだろうか。そう思うと惜しい……気はしないな別に。今さら気づいたけれど、部長のおすすめの店って尖りすぎじゃない？

そんなことを悶々《もんもん》と考えていたら、突然、アドニスがおれの胸に顔を寄せてきた。

そして、ぴんと尖りきって真っ赤になった乳首を唇ではみ、そのまま前歯でかしりと甘噛《あまが》みする。

「いっ……！」

思わず、アドニスの頭をぐっと両手で掴んでしまった。

だが、アドニスはかまわず、そのまま乳首を前歯で何度も何度も噛んでくる。あまり力を込めてないのか、痛みは感じない。

「あっ、やだっ、それ、それ、やめっ……ふぁっ、ぁっ」

それは、指で愛撫されるのとは全く異なる感覚だった。勃《た》ちあがった乳首を固い歯で上下からはまれ、甘噛みされ、時には舌がぬるりと這う。もはやおれは、胸への愛撫だけではっきりとした快楽を感じ始めていた。そんな自分が信じられなくて、恥ずかしくてたまらなくて、いやいやと首を横に振って身体をよじる。

そんなおれに、アドニスはゆっくりと唇を胸から離すと、上目遣いで見つめてきた。そして、唇の端を吊《つ》りあげて笑う。

「お前が考え事をしているからだ。そんなに余裕があるなら、もっとひどくしてもいいかと思ってな」

「か、考え事なんて……」

いや、めっちゃ考え事してたわ。

『乳首倶楽部ビーナス』のことをめっちゃ考えてたわ。

が、ここでアドニスに「『乳首倶楽部ビーナス』のことを考えてました」と言っても、多分許してもらえないだろう。なんだったら怒られる気がする。

「…………」

「まぁ、反省したならいい。それよりも、勃ってきたな」

「へ？」

アドニスの視線をおって、自分の下半身を見る。

すると、そこには——いつの間にか頭を持ち上げている自分の息子《むすこ》がいた。

……あらまぁ〜〜〜！

「う、嘘《うそ》だろ……」

信じられない。

アドニスに胸をいじられていただけで、勃起《ぼっき》したのか？　ほんとに？

自分の息子に裏切られたような気持ちだ。だが、何度見ても、マイサンはすっかり屹立《きつりつ》している。

それに加え、視界に入った自分の乳首は、アドニスの指にいじられつづけ、口に含まれたせいで、すっかりいやらしく尖りきって、真っ赤になっていた。唾液《だえき》でてらてらと濡《ぬ》れているところなんか、さらにいやらしい。

どんなに信じたくなくても、現物を目の当たりにして信じないわけにはいかなかった。

アドニスに胸を愛撫されただけで勃起している自分の陰茎に、ちょっと……いや、かなりショックを受けるおれ。
マ、マジかよ!?　こんなことある!?
い、いや、そりゃ確かに、アドニスに胸を触られたのは、思った以上に気持ちよかったけれど!

で、でも、相手はアドニスだぞ!?

数日前に出会ったばかりの相手で、敵国の聖騎士で、元捕虜で、男で、おれよりも断然にイケメンでおれよりも身長が高くて……ああ、もう、自分で何言ってるか分かんなくなってきた!

混乱と困惑でパニックになる。

が、アドニスはおれとは裏腹に、余裕のある満足気な笑みを浮かべていた。

そして、先ほどまで胸の上を這《は》っていた掌《てのひら》が移動し、頭をもたげているおれの陰茎に触れる。

「あ、触るな……ぁっ、ふぁっ」

アドニスは掌で包み込むように陰茎に触れてきた。

そして、その掌を上下に動かして、ぬこぬこと陰茎を扱《しご》き始める。

「っ、く、ぁっ……！　ぁっ、やだ、それっ……んぅっ！」

「お前だって俺のものを触ったじゃないか」

「だ、だって、あの時はそれが仕事だったから……ぁっ、あァッ、ひぅっ」

「なんにせよ、お前のここは嫌とは言ってないぞ？」

アドニスはそう言って、指の腹で裏筋をくりくりといじった。

途端に、下腹部にとてつもない快感が押し寄せ、思わずおれは身体をひねって彼の手から逃れようとした。

が、アドニスの手はびくともしなかった。それどころか、彼はますますおれに体重をかけてきて、ほとんど動けなくなってしまう。

「あっ、ふぅ、ぅ、あッ……ぁ、んぁッ！」

どうしよう。正直言って、とんでもなく気持ちいい。

最近、自家発電すらろくにしてなかったからな〜……。

なにせ、おれとラウロの住《す》み処《か》である掘っ立て小屋は、あちこちに穴や隙間が空いていて、そばを通った人に音や臭いがだだ洩《も》れな造りなのだ。

そのため、おれはあの小屋の中で自慰をする勇気はなかった。そもそも、ラウロが布一枚へだてですぐそばにいるし……。

ラウロが旅立った後、機会がなかったこともないのだが、おれの方があまりその気になれなかった。

だって、エロ本もAVも何もないんだもん……自分の想像力だけで盛り上がるのってなかなかハードル高くない？　時間をかければいけないこともないけど、なんか味気ないというか……。

おれ、昔からなにかオカズがないと駄目なんだよな～。

白米もおかずがないと食べられないタイプだし。

まぁ、そういうわけで、正直言うとおれはけっこう溜《た》まってたわけで……。

しかも、他人にこんなことをしてもらうのは、今世初めての体験なわけで……。

そんな要因が合わさって、アドニスの掌で扱かれるのが、めちゃくちゃ気持ちいい。

彼はもともと体温が高いのか、手の内側がぽかぽかとあったかい。陰茎があたたかい掌で包み込まれるだけでも気持ちいいのに、アドニスは意外にも的確な愛撫を行うのだ。同性だから、どこを触ったら気持ちいいのかはよく分かっているんだろう。

おれはぎゅうっと目をつむって、大人しく、与えられる快楽を享受することにした。裏筋を指でこすられると、先端からどぷりと先走りが溢《あふ》れた。こぼれた先走りを潤滑油代わりに、アドニスは陰茎への愛撫をより強く、激しいものにしていく。

「んっ、ぁ、ふぁっ…………っ、んぅ？」

寝台の上に敷かれたブランケットを両手で掴《つか》み、快楽に身をゆだね、そのまま射精を迎える――が、その直前。

アドニスがぱっと手を離した。

「っ、ぇ……えっ？」

いきなりアドニスの手が離れ、刺激が止《や》んだ。

あっけにとられ、目を開けて、呆然《ぼうぜん》として彼を見上げる。

すると、アドニスはにやりと勝ち誇るように笑った。

「はは、続けて欲しかったか？」

「……っ！」

こ、こいつ……！

おれがあの時やったことを、そのままやり返してきやがった！

「あ、あんた……！　意外と性格悪いな！　聖騎士ってのはもっと清廉潔白を旨《むね》とするもんかと思ってたぞ」

憎々しげにアドニスを睨《にら》みつけると、彼は笑みを浮かべたまま肩をすくめてみせた。

「清廉潔白を旨としてたなら、そもそもこんな風に帝国に攻め込んできていないだろう。だから、品行方正なやり方は俺に期待しないでくれ」

「ぁっ、ちょっ……ふ、ぁっ」

突然放り出されたものの、いまだに硬度を保っていたおれの陰茎に、アドニスは再び指で触れてきた。

先ほどの愛撫によって、鈴口からとろとろと先走りをこぼし続けている陰茎。その透明な露を指ですくいとると、竿《さお》に塗り拡げるようにして、掌で包み込むようにしてぬるぬると扱かれる。

「ひっ、ぁ、うぁっ……ん、ふぅっ」

射精を迎えそうになったばかりの陰茎に、再び与えられる愛撫。

それはあまりにも強すぎる快感で、腰が勝手にびくびくと小さく跳ねてしまう。

そんなおれを見て、アドニスが眉《まゆ》をひそめた。

「おい、大人しくしていろと言っただろう」

「わ、わざと動いてるわけじゃ……ふぅ、うぁっ、あっ」

掌でぬるぬると竿を扱かれ、かと思えば、今度は敏感な亀頭を指ですりすりと撫《な》でられる。

それだけでもかなりの快感なのに、何を考えているのか、アドニスはさらにもう一方の手でおれの胸に触れてきた。片方の手で陰茎を扱かれ、もう一方の手で尖《とが》った乳首をくりくりと指でつままれる。射精直前だったせいで身体が昂《たかぶ》っていたのか、それとも快楽神経が直結したのか、乳首からは先程以上に強い快感が奔《はし》った。

今まで感じたことのない快感が怖くて、首輪のことも忘れて、思わずベッドから逃げ出そうと足が跳ねた。

「ひぅっ、ぁっ、やめっ……！」

けれど、アドニスは逃がさないと言わんばかりに、乳首を摘《つま》む指先に力をこめた。その反動で、おれは自分で自分の胸を引っ張るような形になってしまい、一瞬、あまりに強い快感に眼の前が真っ白になった。

「ぁ、やだ、そこ触るなっ……んぅっ、ぁっ、やめっ……ぁっ！」

アドニスの触れる場所ぜんぶ、燃えるように熱い。

勝手に身体《からだ》がびくびくと震え、目の前でちかちかと星が弾《はじ》ける。

おれは早くも、二度目の射精を迎えそうになった。

今や陰茎は腹につきそうなほど勃ちあがり、おれのへその辺りに、ぽたぽたと先走りが垂れている。

赤く張り詰めた亀頭はふるふると震えているのに、アドニスはそれでも容赦なく扱き続ける。

「ふっ、ぁ、んぁ、ぁ――」

――が。

またしても、おれが射精を迎える直前に、アドニスは両手をぱっと離した。

突如として刺激を取り上げられた陰茎は、射精に至ることができず、切なそうにぴくんぴくんと震えている。

「っ、ぁ……」

「これで二回目だな」

呆然とするおれに、アドニスはくくっと喉《のど》の奥で愉《たの》しげに笑った。

もはや文句を言う気力もなかった。イくことができず、熱くなった下腹部の奥がぐつぐつと疼《うず》く。

どうしても我慢できなくて、腰を寝台に押し付けて揺らしてしまう。あまりにも辛《つら》すぎて、アドニスの前だというのに眦《まなじり》に涙まで浮かんでいた。

うう……めちゃくちゃ辛い。

前世で、手コキ専門風俗店で寸止めプレイされた時よりも辛い。あの時は初回客というのもあって、風俗嬢の方もこんなに本気の寸止めはしてこなかった。それに多分、今のおれが前世のおれが店に行った時よりも、年齢が若いからというのもあるだろう。年齢を経るにつれ、男って精力も硬度も下がるしな……。まさかアドニスが相手だからってことはない、はずだ。うん、きっとそうだ。

手の甲でぐしぐしと涙をぬぐう。

その時、アドニスがなぜか微動だにしていないことに気がついた。

もしかして、これぐらいで泣いているおれに呆《あき》れているんだろうか。ありえるな。「お前、自分がやられたら泣くほど嫌なことを俺にやったんかーい！」って思ってるかもしれない。おれなら思う。

呆れているか、おれが泣いているのを見て満足しているかのどっちかだろう——と予想して、アドニスを見上げる。

が、意外なことにそのどちらでもなかった。

アドニスは目を白黒させて硬直していた。

ビックリというか混乱というか、見るからにかなり動揺している。

え、どうした？

困惑して彼を見上げていると、不意に、アドニスの掌がおれの顔に触れた。

そして、ぎこちない手つきで、おれの目《め》尻《じり》に浮かぶ涙をそっとぬぐう。

今までになく、優しい触れ方だった。

「まさか、お前がこれぐらいで泣くとは思わなかった」

その言葉は、おれが先ほど予想していたものと九割方あっていた。

けれど、言い方は違う。こちらを馬鹿にしたような口調でも、呆れているような口調でもない。

なんというか……言葉通り、まさか泣かれるとは思ってなかったから、めちゃくちゃ困ってるって感じだ。

「……お、男なら誰でもこれは辛いだろ。あんただっておれにやられたんだから、しんどさは身をもって知ってるだろ？」

「辛いのはそうだが……牢《ろう》でのお前のふるまいからして、こういうことには手慣れているようだったから、もっと耐性があるものかと思っていた。経験があるとも言っていたし……だから俺は、最低でも十回くらいは先ほどの行為を繰り返さないと、お前は堪《こた》えないかと思っていたんだが」

「むり、絶対むり。お願いだから絶対やめてくれ」

必死で首をぶんぶんと横に振る。

何考えてんだこいつ!?

今だってかなりきついんだ。そんなことされたら、おれは全力で土下座してアドニスに許しを請うぞ!?

「けれど、男に犯されるのは初めてじゃないんだろう？　さっきはそう言っていた」

「はぁ!?」

困惑して首を傾《かし》げるアドニス。その口から、突如としてとんでもない爆弾発言が飛び出してきた。

思わずめちゃくちゃでかい声を上げてしまう。

「待てよ、そんなことおれがいつ言った!?　ど、同性と経験なんてあるわけないだろ!?　いや、女の子ともないけど！」

言った後で、自分が童貞だということを、とうとうアドニスに告白してしまったことに気がついた。

しまった、こんなこと言ったら「お前さっきはさんざん童貞じゃないムーブかましとったやないかーい！」って言われて怒られるか……!?　と思ったが、意外にも彼は怒らなかった。

というか、ますます混乱しているようで、頭の上にはてなマークが何個も浮かんでいる。

「は？　いや、だが先ほどは確かに男と〝多少の経験〟があると言っていた……よな？」

「……はぁ？　おれがいつそんなことを………あ」

そういやさっき、アドニスとの会話で、

『ふむ。抵抗されないならそれにこしたことはないが……もしかして、過去に経験があるのか？』

『……まあ、多少は』

って受け答えをしたな。

……なるほど！　アドニスから見れば「数少ないが、同性との性行為の経験がある」と答えているようにも受け取れるな！

だから、アドニスはおれが同性との性行為の経験があると思っていたと……。

「先ほどは多少の経験があると言っていたが、違うのか？」

アドニスは疑問を浮かべてこちらをじっと見つめている。

はぐらかしても無駄っぽい雰囲気だ。何かしらハッキリと答えないと納得しそうにない。

なんと答えようか迷ったが、うまい言い訳は思いつかず。

結局、ありのままに答えることにした。

「風俗店……じゃなくて、昔、上司に娼館へ連れてかれたことがあるんだよ。本番行為は店に禁止されてたからしなかった。だから、多少の経験があるって答えたんだよ」

「戦奴《せんど》のお前が娼館に？　前線へ向かう前への温情ということか？」

アドニスの言葉に頷《うなず》く。

おれが風俗店に行ったのは、前世の話だけれど、それを知らないアドニスは勘違いしているようだ。

まぁ、前世で風俗店に連れてかれたのは「明日の商談の前に、景気づけに一発ヌいてこーぜ！」という上司の計らいでもあったし、前線へ向かう前への温情といっても間違いじゃないかもしれない。

「上司というのはあの髭《ひげ》の男か。戦奴を娼館に連れていくとは、よっぽど気に入られていたのだな。あの時も、お前を助けにきたぐらいだしな」

「別に……あの人はおれだけじゃなくて、部下全員にたいしてそうなんだ。面倒見のいい人なんだよ」

そう言ったものの、隊長はとくに面倒見がいいわけではない。

正直、どうして隊長がおれを助けにきたのかも分からないぐらいだし。

ただ、なんだかアドニスの瞳《ひとみ》が剣呑《けんのん》な光を放ったので、とっさにそう誤魔化したのだ。

面白くなさそうな表情のアドニスだったが、おれの言葉でふっと表情をやわらげた。正直言って理由はよく分からないが、機嫌は直ったらしい。

「だから、多少の経験があると言ったのか。じゃあ、最後までしたことはないんだな？　男女どちらともないんだな？」

「ま、まぁ……そうだけど、悪いかよ」

「いや、別に悪いことはない」

やけにアドニスに念押しされて確認された。

なんだ？　童貞なのが自分だけじゃない、ってことが分かって嬉《うれ》しいのか？

まぁ、確かにおれも前世、学生時代にクラスメイトから「聞いた？　佐藤ってもう童貞じゃないらしいぜ」って聞いた時は、めちゃくちゃ焦りを感じたからな。それと同じ気持ちなんだろう。

そんなことを思っていると、再びアドニスの指がのびてきた。

そして、目元にのこる涙の跡《あと》を、指の腹で優しくこすられる。

「リョウ」

どきっとした。

アドニスに名前を呼ばれたのは、これが初めてだからだ。

「な、なんだよ……もう満足したか？」

なんだか視線を合わせるのが気恥ずかしくて、ふいっとそっぽを向く。

が、横を向いたところで、アドニスに顎《あご》を摑《つか》まれて、無理やりに正面を向かされた。

「いや……悪いが、まだ俺は満足していない。それに、まだ約束も果たしてもらってないしな」

「約束？」

真《ま》っ直《す》ぐにアドニスに見下ろされ、その視線の強さにたじろぐ。

な、なんだっけ？　おれ、なんかアドニスと約束してたっけ？

「王国の情報を教えてもらうかわりに、帝国の情報を教えてやるってやつか？　あれならもう終わったことだろう。それに、悪いがおれはあれ以上のことは知らないぞ」

「それよりも前だ。ほら、あの牢で俺を尋問してた時に言っただろう」

あれよりも前？

なんだよ、おれは約束なんてしてないぞ？

牢でアドニスを尋問してた時に、それ以外の約束なんてなにも…………んっ？

……言われてみれば、確かになんか言ったような気がする。

隊長に見られながらアドニスのモノを手コキしてる時に——。

『ふふ、どうだ？　射精する直前で寸止めされるのって、思ったよりキツいだろ？』

『っ、お、お前ッ……！』

『あんたが知ってることを喋《しゃべ》ってくれたら、イかせてやるよ。何も喋らないっていうなら、このまだけどな』

『ぁ、ぐ、ぅっ……お、俺は何も喋らんぞ……っ、ぅあッ！』

……アドニスにそんなことを言った覚えがあるな。

あの後、おれはどうしたっけ？

アドニスが王国の情報を喋ってくれた後は、隊長が地下牢《ちかろう》を出ていって、おれも地下牢を出て、
それでアドニスに身体をふくための布を持ってきて——。

……い、今の今まですっかり忘れてた。

情報を喋ったらイかせてやるって言ったけど、実際には、そのままおれはアドニスを放ったらかしにしてたな……。

い、いや、でもおれが地下牢に戻った時はアドニスだって萎《な》えてたし……。

今の今まで自分の発言を忘れていたことを彼に悟られないよう、偽悪的な笑みを浮かべた。

「ふっ……なんだ、あの時のおれの戯《ざ》れ言《ごと》をまだ覚えてたのか？　そりゃ悪かったな、気づかなくて」

「気づかなかったというより、お前、完全に忘れてなかったか？」

「わ、忘れてはなかったぞ！　いや、もうめっちゃ覚えてた！　でもほら、物事にはタイミングってもんがあるからな？　おれが部屋に戻った時はあんただってもう萎えてたし……だから話を蒸し返すこともないかなーって……」

しどろもどろに言葉を紡ぐ。

忘れてましたと正直に言ったらアドニスの機嫌を再び損ねそうだったので、必死である。

そんなおれを、アドニスは無表情のままじーっと見下ろした。

無表情ではあるが、ちょっと呆れているような視線だ。

びくびくしながら目の前の相手の反応を窺《うかが》っていると、アドニスがふっと笑みを浮かべた。

唇を吊《つ》り上《あ》げた、どこか意地悪気な笑みである。

彼がこういう風に笑う時は、ろくでもないことが起きる前兆だと、今のおれは身をもって知っている。

そのため、戦々恐々としながらアドニスが口を開くのを待った。

「そうか、覚えていてくれたならよかった。じゃあ、あの時の約束を今ここで履行してもらうことに、異議はないな？」

「えっ……ぁっ、ちょっ、おい！」

突然、おれの足が抱え上げられた。

見れば、アドニスがその腕でおれの左の足を持ちあげて、股を割り開いているのである。

そのせいでおれの陰茎や、その下の、自分でも見たことのないような部分がアドニスの前であらわになっている。

自分のとらされている体勢を自覚した瞬間、おれの顔はかあっと真っ赤になった。

「お、おろせよっ！」

「お前はあの時の約束を果たしてくれるんだろう？　それに、俺はまだ全然満足していないからな」

そう言って、アドニスはおれの足を摑む手とは反対の手で、自分のシャツの前を開けた。

よく日に焼けた身体《からだ》があらわになる。大なり小なりの傷が刻まれた肌は、大地を駆ける肉食獣を彷彿《ほうふつ》とさせるようなしなやかな筋肉に覆われていた。

その鍛えられた見事な身体に、おお……と、ちょっと見惚《みと》れてしまった。

地下牢は暗かったから、あまり細部が見えなかった。けれど、こうして明るいところで見ると、アドニスの身体は、実戦用に鍛え上げられた男のそれだった。腹筋は六つに割れているし、胸筋も張りがあるし……おれとは本当に全然違う。

そんなことを考えていたら、アドニスの挙動に対する注意が逸《そ》れてしまった。

だから、おれの後孔の周りにアドニスの指が触れた瞬間、「ひぅっ!?」とすっとんきょうな悲鳴をあげてしまった。

「ちょ、ちょっ、ちょっと待て！　そんなところ、きたな……ぁっ、んぅっ」

「今さら何を言ってるんだ。お前が眠っていた時に身体を綺麗《きれい》にしてやったのも、服を着替えさせてやったのも俺だぞ」

「なっ!?　なんでそんなこと……っ、んぁっ、んぅ」

アドニスは、おれの陰茎からこぼれた先走りを指先にまとわせると、その指の腹で後孔をすりすりと撫《な》でさすった。

あたたかな指先で、マッサージするように撫でられて、思わず熱い吐息が漏れる。

そして、後孔がいくばくか緩んだ時に、アドニスは人差し指だけをゆっくりとそこに埋めていった。

アドニスのごつごつした指が、ぬぷぬぷと挿入されると、背筋がぞわっとした。

自分のそんなところに他人の指が入るなんて、とんでもない違和感と異物感がある。

「ひっ！　ぁ、んぅっ……ふっ、ぁ」

「痛いか？」

「い、痛くはないけど……」

痛くはないけれど、めちゃくちゃ恥ずかしい！

顔が熱くてしようがない。

鏡を見なくても、おれの顔が耳まで真っ赤になっているのが分かる。

「ふっ……は、ぁっ」

痛いのはきらいなので、なるべく身体の力をぬこうとゆっくりと呼吸する。

アドニスはそんなおれをじっと見下ろすと、唐突に「持てるか？」と聞いてきた。

何が言いたいのかよく分からない。

「持てるかって、なにがだよ……んっ」

「足を自分で持てるか、と聞いたんだ。両手をあけたい」

「………」

おれは信じられない思いでアドニスを見つめた。

お、おれに自分で足を持ってご開帳しろって言ってんのコイツ？　マジで？

だが、アドニスはいたって真剣な表情でおれの返答を待っている。どうやら今回のこれは、おれに対する嫌がらせというよりも、ただ単純に自分の両手を自由にしたいからのようだ。その言葉が、結果的にどれほどの羞恥《しゅうち》をおれに与えるのか理解していないのだろう。

どうしたものかと判断に迷っていると、おれが答えないことに焦《じ》れたのか、彼は「お前が無理だというなら縄か何かを持ってくる」と言い出した。

「くそ……分かったよ、持ってるよ」

おれは舌打ちすると、アドニスが摑んでいた膝《ひざ》の裏を自分で持った。

おかげさまで、今のおれの体勢は、曲げた膝の裏を自分で摑んで、アドニスに股間《こかん》をさらけだす恰好《かっこう》である。とんでもなく恥ずかしい。こんなの、前世で風俗店に行った時すらしたことがない。

でも、これで早くこの行為が終わるなら――。

「ふぁっ!?」

そう思っていたところに、突然、陰茎があたたかいもので包まれた。

見れば、アドニスが後孔に埋めているのとは反対の手で、おれの陰茎をぬるぬると扱《しご》き始めたのだ。

ちょ、ちょっとぉ!?

「ぁ、なんで今そこっ……んぁっ、ひ、ぁっ！」

「こうしている方が気がまぎれるかと思ってな」

「そ、そんな気遣い、いらなっ……ひぅ、ぁっ、んぁ」

「ああ、でもこれは面白いな。俺が扱いてやる都度、お前の中がびくびくと動くのが分かる」

そう言って、アドニスは愉《たの》しそうに喉《のど》の奥で笑った。

おれはそんな彼をキッと睨《にら》みつける。

こ、こいつ……両手をあけたいって、そういう理由なのかよ!?

だとしたら本当にいらない気遣いだよ！

が、おれがそう思っても、おれの陰茎はアドニスの愛撫《あいぶ》にびくびくと震えて喜んでしまっていた。

先ほど、二回も射精をお預けされたばかりだから、与えられる刺激がとんでもなく気持ちいい。

アドニスが掌《てのひら》で竿《さお》をさすり、指の腹でカリ首をくりくりといじくる度に、おれの下腹部には爆発するような快感が奔《はし》り、陰茎の先からは、先程以上に勢いを増して、先走りがだらだらと溢《あふ》れた。

「ふぁっ、ぁっ、んぁッ……！」

そして、先走りはアドニスの手を濡《ぬ》らすにとどまらず、竿を伝い、今現在、アドニスの指が突っ込まれている後孔の方にまで垂れてしまう。それをさらにアドニスが指ですくい、潤滑油代わりにして、いっそう激しく抽送をおこなった。

次第に、部屋の中にはぷちゅぷちゅといういやらしい水音が立ち始める。

そして——それは何の前触れもなく起こった。

「ぃあっ!?」

後孔に埋められたアドニスの指がある一点をかすめた瞬間——その頃には、アドニスは人差し指と中指の二本をおれの中に埋めていた——下腹部がずんっと疼《うず》いて、甲高い悲鳴が出てしまった。

その快感は、今までの陰茎の奥から溢れるようなものではなく……もっとその奥、お腹《なか》のもっと奥から疼くような快感だった。

一体なにが起きたんだ――そう考えたところで、ハッと気づいた。

そうだ、前立腺《ぜんりつせん》だ。

おれはかつて前世で「～Z革命～前立腺マッサージ専門風俗店」に行ったことがある。

その時は気持ちよさを感じることはなかったけれど――どうやら今世は違うらしい。

今世というのか、今のこの身体がそういう体質なのか、それとも年齢が若いせいなのか……。

前立腺を押されて、とたんにおれの様子が変わったことにアドニスも気づいたらしい。

不思議そうな顔でおれの顔を覗《のぞ》き込《こ》んできた。

「うん、どうした？」

「な、なんでもな……ひ、ぁっ、あぁッ！」

「ここがどうかしたのか？」

おれの反応を見て、アドニスも〝ここ〟に何かあると分かったのだろう。

興味深そうな表情で、二本の指でグイグイとそこを押し始めた。

「あ、やだ、そこ、いじらなっ……ふぁ、ぁっ、ぁあっ！」

「…………」

堪《こら》えようと思う間もなく、ぼろぼろと涙がこぼれる。

泣きながら懇願するおれを見て、アドニスが無表情のままごくりと喉を鳴らした。

そして、先ほど見つけ出したしこりを、再び指でいっそうぐっと押し始める。

「ひっ……！　ア、ぁあっ、やだっ、アドニスっ」

腹の奥がぐずぐずと煮えるような快感に、いやいやと首を振る。

ふと、そういえば、彼の名前を呼んだのはこれが初めてだということに気がついた。

アドニスもそれに気づいたのかは分からない。

ただ、名前を呼んだ後、彼はおれにそっと顔を寄せてきた。そして、舌先で、目尻から頬を伝う涙をぺろりと舐《な》めとる。

「リョウ……」

顔を離したアドニスは、熱のこもった声でおれの名を呼んだ。

そして、自身の着ていたシャツを脱いで床に放り、ズボンと下着の前をくつろげる。

前開きのズボンからぼろんと現れたモノに、おれはぎょっと目を見開いた。

え……？　ちょ、ちょっと待って。

なんか牢屋《ろうや》で見た時よりもでかくなってない？

あ、あれが最高潮じゃなかったの？　話が違くない？

おれのものよりも二倍も三倍もありそうなモノを前にして、涙目でアドニスを見上げる。

あ、あれをおれの中に挿《い》れるつもりなの？　本気？

「ぁ……ア、アドニス……」

「……悪い。もう我慢できない」

アドニスは熱い吐息をこぼした。珍しくも、頬を上気させている。

確かに、その言葉に嘘《うそ》はなさそうだ。彼の表情からしても、その陰茎の張り詰め具合からしても、アドニスは本当に今この瞬間まで、ずっと我慢していたらしい。

……その切羽詰まった表情に、ほんの少し、抵抗する気持ちが薄れてしまった。

そんな顔で我慢してるくらいなら、こんな風に慣らさずに、とっとと強引に挿入すればよかったのに。どうせおれは戦奴《せんど》で、今ではアドニスの所有奴隷だ。乱暴に扱ったところでどこからも文句は出ない。それなのに……ほんと、変な奴《やつ》だ。

数秒間の逡巡《しゅんじゅん》の後に、おれは黙ったまま、アドニスに小さく頷《うなず》いてみせた。もちろん、本音としては今すぐにでも逃げ出したいのだが。

「リョウ……力をぬいてろ」

「……っ」

アドニスがおれの太股《ふともも》に手をかけ、もう一方の手を自身の陰茎に添える。

そして、その先端をぐっとおれの後孔に押し当てた。どくどくと熱く脈打つものがぴったりと秘部にあたり、思わず息をのむ。

う、うわ。うわ、うわ、マジかよ……！

「っ……っ、くぅ」

とうとう、アドニスの陰茎が、ゆっくりとおれの中に押し入ってきた。

めりめりとナカを拓《ひら》かれる感覚に、思わず、ぎゅうっとブランケットを握りしめる。

味わったことのない感覚だった。かつて前世で、風俗店で指を入れられた時とは全然違う。

それよりも太くて硬くて、もっと熱い。

「ぁ、ぅあ……ぅ、くぅ」

「リョウ、大丈夫か？」

アドニスはおれの身体を気遣ってくれたのか、半分ほどまで挿れたところで挿入を止めてくれた。

指で慣らしてくれたおかげか、裂けはしなかった。

けれど、圧迫感がめちゃくちゃすごい。痛みはないが、内臓がひっくり返ったみたいに苦しい。

「はっ……だ、大丈夫だ。裂けてはない……」

そして、圧迫感より何より〝犯されている〟という実感が、すごかった。

おれのナカで、アドニスの陰茎がどくどくと脈打っているのを肉壁ごしに感じる。

アドニスの陰茎は、熱された鉄杭《てっくい》のように熱かった。その熱さに誘発されたのか、おれの下腹部が再びじんじんと疼きだす。

「……っ、おれのことはいいから、あんたが好きなように動けよ……早く終わりにしてくれ」

自分のそんな状態を知られたくなくて、思わずそっぽを向いて、そんなことを言ってしまう。

でも、その言葉は半分本音だった。

そりゃもちろん痛いのは嫌いだ。

でも——おれのことを憎んで嫌っている奴に嬲《なぶ》られ、犯されて、それを気持ちいいと感じてしまうことと比べて、どちらがマシなのか……今ではもう判断がつかなかった。

だいたい、アドニスは一体どういうつもりなんだよ？

おれに仕返しをしたいって言ってたくせに……自分の指で、丁寧に身体《からだ》を慣らすようなことまでして。おれが傷ついてないか心配するような言葉までかけて。

何がしたいのか、なにもかもさっぱり分からない。

「……分かった。では、俺の好きなようにさせてもらう」

おれの言葉に、アドニスはしばし無言のまま、難しい顔をしていた。

だが、大きなため息を一つ吐《つ》くと、おれの腰を両手で鷲掴《わしづか》んだ。腰周りのやわらかい皮膚に、アドニスの指がくい込む。

そして、次の瞬間——アドニスが大きく腰をうちつけ、その陰茎が根本までぐっと押し込まれた。

「っ、ぁ……！」

今まで以上の圧迫感と衝撃に、目の前が真っ白になる。

「ぁ、ひっ、ぅあっ……んぁっ!?」

アドニスの陰茎が最奥まで挿入された衝撃は、とてつもなかった。

熱い肉杭がぞりぞりと肉壁をえぐっていく感触に、下腹部から脳天まで突き抜けるような衝撃と圧迫感。

だというのに、息をつく暇もなく、おれの身体に新たな快感が奔った。

見れば、アドニスが右手でおれの陰茎に触れて、ぬるぬると扱いている。先ほどの挿入で萎《な》えかけていたはずの陰茎は、アドニスの愛撫によって、再び頭を持ち上げた。

「な、なにしてんだよっ……ぁ、んぅっ、あッ」

「俺の好きなようにしていいと言っただろう。だから、好きにさせてもらっている」

「そ、そういう意味じゃなっ……ぁっ、やっ、んぁあッ！」

悲鳴に近い喘《あえ》ぎ声《ごえ》をあげながら、涙目でアドニスに抗議の視線を送る。

なぜか、彼は顔をしかめて不機嫌そうな表情だった。どこか怒っているようにも見える。

しかし、すぐにアドニスの表情に気をとられている暇はなくなった。

彼は、おれの陰茎への愛撫と同時に、後孔への抽送を再開させたのである。

しかもアドニスは、自分の陰茎を出し入れする時に、先ほど見つけたあのしこりを狙ってきたのだ。エラの張ったカリ首でぞりぞりとしこりを削られ、かと思えば、その先端でゴツゴツとしこりを殴打される。

こちらとしては、たまったものじゃなかった。

足の指がきゅうううっと丸まり、これでもかと毛布を握りしめる。だが、その程度では快感を逃すことはできず、ぼろぼろと涙がこぼれた。

「あっ、やだ、アドニスっ……それ、一緒にやるのやめっ……ひっ、ぃ、ぅあッ！」

「……リョウ……っ」

アドニスはおれの名前を呼ぶと、顔を寄せ、唇を重ねてきた。

肉厚でしっとりとした唇で唇に触れたかと思うと、今度は頬、鼻先と、いくども触れるだけのキスを落とす。

涙で滲《にじ》んだ視界に見えたその表情は、瞳《ひとみ》をすうっと細めて、唇にかすかな笑みを浮かべていた。

いつもの意地悪な笑みとは違い、どこか優しげな微笑《ほほえ》みだった。

けれど、それは見間違いだったのかもしれない。だって、こいつがこんな風におれに笑いかける理由なんて、どこにもないのだから。

アドニスは顔を離すと、再び両手でおれの腰を鷲摑んだ。

そして、今まで以上に腰を打ちつけ、激しく怒張を突き入れる。そのたびに、何度も何度も、ががつと前立腺を削られて、その度におれは涙を流して声を上げた。

「ひぁ、んっぁ……ぁ、あァッ！」

アドニスは器用にもおれの腰を鷲摑みながら、時おり左手で陰茎を掌で扱きつつ、ピストンを繰り返した。身体の中をかき回されるような圧迫感と、それ以上に叩《たた》きつけられる快感に、下腹部が勝手にびくびくと震えてしまう。

先ほど、二回も寸止めを味わった身体には、アドニスの与えてくる愛撫はあまりにも強すぎた。勝手に中がアドニスの陰茎をきゅうっと締めつけたのが分かった。そんなことをしたくはないのに、どうしても止められない。

「ふぁっ、ぁッ、そこ、やだっって……あぁっ！」

彼もだんだんと、どこをどうすればおれの反応がいいのか学習したらしい。陰茎をいじる指先も、おれの弱いところをしっかりと狙ってくるようになった。抽送の度に、アドニスの陰茎のエラの張った部分が前立腺をごりごりと削っていくのに加えて、同じタイミングで陰茎をちゅくちゅくと扱《しご》かれて、おれはとうとう限界を迎えた。

「ぁっ、あっ、アドニスっ……ひっ、ぁ、ああッ！」

「くっ……！」

そして――アドニスが、その怒張を一番深いところへ突き入れた。

先端だけを残して引き抜いたかと思ったら、次の瞬間、ばちゅんと水音が立つほどに強く、怒張を一気に最奥へ叩きつけた。その衝撃は、まるで熱された鉄の杭に串刺《くしざ》しにされたみたいだった。

しかもそれと同時に、アドニスの片方の手がおれの陰茎にのび、ぴんと張りつめた竿を掌《てのひら》の内に包み込んで扱きあげたのだ。

「ひぁっ、あっ、ああァッ、あァッ！」

頭の奥が弾《はじ》けるような快感に、おれは喉《のど》をのけぞらせた。陰茎がぷるぷると震えながら、先端から白濁液がぷしっと噴き出す。同時に、肉壁がぎゅうぎゅうと収縮して、アドニスの怒張を締めつけた。

「くっ、ぅ……」

おれが射精すると時を同じくして、彼もおれの中へびゅるるるっと精液を吐き出していた。

自分のお腹《なか》の中に精液が吐き出される感覚に、ぞくぞくと背筋が震える。自分が本当にアドニスに犯されたのだという現実を、まざまざと眼の前に突きつけられたようだった。

だというのに、おれの陰茎はそれを喜ぶように、ぴゅるりと最後の白濁液を吐き出していた。

「リョウ……」

アドニスが熱に浮かされたような声音で、おれの名前を呼ぶ。

けれど、それに返事をする気力は、今のおれにはなかった。あまりにも疲れて、全身がだるく、アドニスの顔を見ることすらできない。

いまだに腹の奥はぞわぞわとした余韻に覆われているし、身体全体がじぃん……と痺《しび》れていた。

おまけにずっと足を開いていたから、太股の付け根が痛い。さきほどは怒濤《どとう》のような快感に襲われて、それを意識するどころではなかったけれど、冷静になってくると色んなことに気づいてきた。

「おい、リョウ？」

アドニスの声がどんどん遠くなる。

あまりの快感と、激しい運動に、ついにおれの身体は耐えきれなかったらしい。

そうして、おれは意識を失ったのだった。

10

「う……」

頭をがつんと殴られたような気分で目を覚ました。

瞼《まぶた》を開けた先、目の前にあるのは古びた天井だった。窓から差し込む光はオレンジ色を帯びているので、今は夕刻らしい。

寝台に敷かれたブランケットの上で丸くなっている。

身体を起こそうと力をいれたところで、めちゃくちゃ節々が痛むことに気づいた。それ以上に、頭がガンガン痛い。二日酔いに似た辛《つら》さだった。

「いてぇ……」

「目を覚ましたか？」

反射的に、声をかけられた方向に顔を向ける。

そこにいたのは黒髪とルビーレッドの瞳を持つ美丈夫――アドニスだった。

ぱちぱちと瞬きを繰り返して、彼の顔をまじまじと見つめる。

アドニスは、おれの寝ている寝台の縁に座ってこちらを無表情に見下ろしていた。

数瞬遅れて、目の前の男と自分がナニをしていたかを思い出す。

――思い出してしまった。

「っ……！」

ひと言文句でも言おうと身体を起こしかけたところで、ひどい頭の痛みに、再びダウンして寝台に突っ伏す。

め、めちゃくちゃ頭が痛い……！

身体のあちこちが痛いけれど、それ以上に頭痛の方が辛い。

あと……恥ずかしさもある。

こいつ、あんなコトをした後で、よく何事もなかったような顔をしてられるな……くそ。

「リョウ、起きたならこれを飲め」

アドニスがそう言って、おれに差し出してきたのは、木製のジョッキだった。

が、おれは頭が痛すぎるのと、アドニスと顔を合わせるのが恥ずかしくて、受け取らずに黙ったままでいた。

おれが返事をしないので、自然と、部屋の中には沈黙が落ちる。

アドニスはしばらくの間、じっとジョッキを差し出していたが、おもむろにハァとため息を吐いた。そして、ぐっとジョッキに口をつけて中身を飲むと、おれに顔を寄せる。

「んっ……!?」

アドニスに唇を重ねられ、強引に舌が割り入ってくる。

突然の口づけに目を白黒させていると、なまぬるい液体が口内に入ってきた。

液体は無臭だったが、かすかに、砂糖と塩の味がする。雑味はあるが、前世で飲んだスポーツドリンクに近いような味だ。

　それの正体が、先ほどのジョッキの中身だということに少しして気がついた。

「ん、ぅ……」

　迷ったが、味からして毒ではなさそうなのと、アドニスがおれの顔を掴んで離そうとしないため、しぶしぶと液体を飲み込んだ。

　ごくりとおれの喉が鳴ったのを聞いて、彼は瞳を細めて、どこか満足気な表情でゆっくりと顔を離していった。

　そして、再びジョッキの中身を呷《あお》ろうとし——。

「ま、待て待て待て！　まさかもう一度、口移しする気じゃないだろうな!?」

「そのつもりだが」

　いや、なんだよその顔!?

　なんでそっちが『何言ってんだこいつ』みたいな顔してるんだよ！

「自分で飲むから、貸せ！　っ……くそ、頭が痛い……」

　身体《からだ》を起こすと、ずきんと鋭い痛みが奔《はし》った。

　こめかみに手をあてて頭痛を堪《こら》えていると、アドニスがジョッキを差し出してきた。

　それを受け取り、ぐっと中身を呷る。

「っ、は……」

液体が、喉を通って滑り落ちていく。

乾いていた身体に染み込んでいくようだ。

それを飲んでいると頭痛も引いていくような心地がして、夢中でごくごくと残りを飲み干す。

そして、空のジョッキを手に人心地ついていると、アドニスがおれをじっと見つめているのに気がついた。

「もっと飲むか？」

「いや……今は大丈夫だ、ありがとう」

お礼を言うと、アドニスはちょっと驚いたように目を見開いた。

そういう表情をしていれば普段よりも若く見えるな……なんてことを思った。

そして、よくよく見ると、彼の服装が先ほどとは変わっていた。

先ほどは刺繍《ししゅう》の入ったシャツとズボンだったが、今はもっと動きやすそうな飾り気のないチュニックとズボンを身につけている。

それに、おれも裸じゃない。上半身は裸だが、下はちゃんと下着とズボンをつけている。

これもアドニスが着せてくれたのだろうか……と思っていると、彼の手がのびてきて、おれの手からひょいとジョッキを取り上げた。

そして、ジョッキを机の上に置いて、こちらに戻ってくる。ベッドの縁へ座りなおすと、再びおれの顔をじっと見つめてきた。

「遠慮しているなら、そんな必要はない。お前は脱水症状を起こしかけていたから、もっと水分をとった方がいい」

「脱水症状？」

どこかきまりの悪そうなアドニスに、おれはきょとんと首を傾《かし》げる。

すると、アドニスはますますばつの悪そうな表情になった。

「……お前は一日半、気を失っていた。意識がない間も俺が少しは水を飲ませていたが、目を覚ました直後に、その、性交をしたからな」

「ああ、なるほど」

彼の言う通り、王国に占拠された時におれは気を失って、次に目を覚ましたのはこの部屋だった。

その後は、起きてすぐにアドニスとセックスをしたわけだ。

つまり、一日以上まともに水分をとらずに全力で運動をしたようなものである。

……そりゃー、脱水症状にもなるよな。出すもんも出したし。

じゃあ、性交の最後で意識がなくなったのは、貧血を起こしたからか……。

どうりで喉がカラッカラだったわけだ。

そんなことを意識したら、ぐう、と腹が鳴った。

まだ頭は痛いが、どうやら食欲が頭痛に勝ったらしい。

おれの腹の音を聞いて、居心地が悪そうにしていたアドニスが、かすかな笑みを浮かべた。

「あの時と逆だな」

「え？」

「あの牢《ろう》にいた時と逆だ」

最初はアドニスが何を言いたいのかよく分からなかったが、次の言葉でようやく理解できた。

そうだ。アドニスが捕虜だった時に、アドニスのお腹《なか》の音が鳴って、それに対しておれがつい笑っちゃったことがあるな。

え。もしかして、あの時、おれが笑ったことすら根に持ってる？

そう思ったが、アドニスの表情を見る限り、そのような気配はなかった。

それどころか穏やかな笑みを浮かべてすらいる。

なんと反応したらいいか分からず、困惑していると、アドニスがすっくと立ち上がった。

その顔は、いつもの無表情に戻っている。先ほどの微笑はおれの錯覚だったのかと思うくらいの、切り替えの早さだった。

「待っていろ、飯を持ってくる」

「……分かった」

こくりと頷《うなず》くと、アドニスが手をのばしてきた。

何をするのかと思っていると、その掌《てのひら》がおれの頭に触れ、そしてわしゃわしゃと髪をかき回した。

え、なにこれ？　髪がすごいぼさぼさになったんだけど……地味な嫌がらせか？

もしかして、まさかとは思うけれど、撫《な》でてるつもりじゃないよな？

困惑がさらに深まる。

けれどもアドニスはやっぱり無表情のまま、おれの頭から手を離すと、そのままドアの方へ向かう。

だが、その前に、アドニスがぴたりと足を止めた。

唯一ある窓の向こうから、悲鳴が聞こえてきたのである。

おれもアドニス同様、びっくりして身体を硬直させた。

そして、恐る恐る身体を動かして、窓のそばへ近寄る。アドニスもおれの隣に来ると、手をのばして、窓を閉ざしていた両開きの木戸を開けてくれた。

なお、窓といっても、前世で一般的にあったような硝子《ガラス》の嵌《は》められた窓ではない。

城館に設けられた窓は鉄の飾り格子が嵌められている以外に、外を隔てるものは何もない。両開きの戸を閉じれば窓を閉めることはできるが、夜は蠟燭《ろうそく》がなければほとんど真っ暗になってしまう。

とはいえ、これは仕方がないだろう。

ここアンルー砦《とりで》はカイネン王国との国境に近い砦であり、いつ戦になるとも分からない。戦になって矢や投石などの攻撃を受ければ、硝子が割れた時に室内にいる人間を傷つけてしまう。

そのため、おれが窓から格子越しにひょいと外を覗《のぞ》くと、頬に冷たい風が当たった。

どうやらこの部屋は城館の一番上、三階にあたるらしい。

窓から下を見ると、広場には十人ほどの王国騎士団の兵士たちがいるのが見えた。空色のサーコートが目にまぶしい。

何をしているのだろうと目を凝らす。幸いといっていいのか、広場にいる兵士たちはこの部屋の窓が開いたことに気がついた様子はない。建物を見上げることもなく、夢中になって何かを取り囲んでいるようだ。

「……っ」

だが、おれは兵士たちが何をしているのかを確認した瞬間、ヒュッと息を呑《の》んだ。

王国騎士団の兵士たちは、手に手にナイフや長剣を持っていた。そして、その兵士たちが円を描く中心部には、一人の男が仰向けに倒れていた。

初めて見る男だったが、纏《まと》っている服の意匠から、おれと同じ帝国の人間であり、そして、隊長に近しい立場、もしくはその上あたりの人間なんだろうと見当がついた。状況からして、アンルー砦から逃げそびれて、王国の捕虜になってしまったのだろう。

そして、距離があるためによくは見えないが――真っ赤な血が地面の上へ広がっている。

しかも、そうなってまでなお、男は生きているようだった。

もはや悲鳴も出せないようだが、必死に両手を虚空に向けてのばし、口から血泡を噴いてもがいている。

男が苦しむ様子を見て、周りを取り囲む王国兵士たちが、わっと歓声を上げた。「思い知ったか、帝国の豚が！」「仲間の仇《かたき》だ、もっと苦しめ！」といった声が耳に届いた。

あまりにも凄惨《せいさん》すぎる光景に、血の気が引く。

が、ショックのあまり目を逸《そ》らすことができない。

呆然《ぼうぜん》としているところに――突然、目の前があたたかな闇に覆われた。

「見ない方がいい」

「ぁ……」

おれの目を覆ったのは、アドニスの掌だった。彼の分厚い手で、強制的に視界を遮られたのだ。

思いがけない彼の行動にびっくりしていると、すぐ近くでバタンバタンという音がした。

その音が終わって、アドニスの掌が離れていく。

おれの視界が自由になると、窓の戸が閉まっており、ふたたび部屋は薄暗くなっていた。

どうやら先ほどの音は、アドニスがもう片方の手で、両開き窓の戸を閉めた音だったらしい。

「……お前の知り合いだったか？」

「いや……違う」

首を横に振ると、アドニスは「そうか」と呟《つぶや》いた。

しばらく気まずい沈黙が部屋に落ちる。

「……飯をもらってくる。食欲はないだろうが、なにか食べた方がいい」

アドニスは気を取り直すようにそう言うと、再びドアの方へ向かった。

そして、最後に一度だけおれを振り返ったが、何も言うことはなく、そのまま部屋を出ていった。

アドニスの気配が部屋から遠ざかった頃に、おれはベッドへ座りなおすと、そのままごろんと横になる。

「はぁ……いやなものを見ちゃったな」

ため息を吐《つ》く。

おれに嵌められた首輪の件からして、カイネン王国が捕虜をどんな風に扱うのか、よく分かっていたつもりだけれど――どうやら、おれの想像をはるかに下回る待遇のようだ。

っていうか……アドニスの所有奴隷になってなかったら、おれもあんな扱いを受けてたのか？

ぜ、絶対に嫌だ～～～！

おれはあんな風に苦しみながら死にたくない！　絶対にやだー！

アドニスの元を逃げ出して、どうにかこのアンルー砦から脱出できないかなんてことを、うっすら考えもしたけれど……無理無理！　あんな光景を見たら、そんな考えはぶっ飛んだよ！

そりゃ……アドニスにまた抱かれるかと思うと、すごい恥ずかしいけれどさ。

でも、あんな死に方をするくらいなら、そっちの方が断然いい！

それに……恥ずかしい思いはしたけれど、まぁ、不思議と嫌悪感みたいなものはなかったしな。

男に犯されるとか今まで想像もしたことなかったけれど、でも、思ったよりも忌避感はない。

アドニスがイケメンだからだろうか？

それとも……アドニスが、意外にもけっこう優しくしてくれたからだろうか。

今だって、そりゃ腰は痛いし頭も痛いけど、尻《しり》が裂けなかったのはあいつが慣らしてくれたおかげだもんな。それに、おれが気を失っている間、上半身の怪我《けが》の手当をしてくれたり、水を飲ませて介抱をしてくれて、その上で着替えまでやってくれたみたいだ。アドニスが色々とやってくれたのが分かったから、忌避感とか湧いてこないのかも？

……うーん、だめだ。色々考えてみたけれどよく分かんないや。

まぁ、でも、しばらくはアドニスの元で大人しくしていよう。アンルー砦からの脱出よりも、まずは自分が生き延びることが大事だ。

11

――それから一週間が経過した。

王国騎士団はこのアンルー砦を占拠した後、周囲にある農村や小さな町を襲撃し始めた。兵士たちの糧食などを得るためである。

ろくな武器を持っていない農民たちに戦う術《すべ》はなく、ほとんどの村は逃げるか、自ら王国騎士団に食料を明け渡したようだ。

なお、その際、王国騎士団はみずから投降した農民たちを傷つけたり、女性をさらうような真似《まね》はしなかった。食料についても、村人たちが明日の食事に困らない程度は残していったらしい。

おれ的にはそれがちょっと意外だった。先日の広場では、あんなに残酷なやり方で帝国軍の男を苦しめて殺したのだから、てっきり王国騎士団は『帝国人など人にあらず』という考え方なのかと思っていたのだ。

不思議に思ってアドニスに尋ねたところ、王国には『戦士でないものを傷つけることならず』という価値観があるらしい。

つまり、武器を持たない者は見逃してやれ、ということだ。

おれは最初はその話に感心したのだが、よく聞くと、たとえ武器を持っていなくても、このアンルー砦で働いていた使用人や下働きの女性は帝国軍に属する＝戦士とみなされるらしい。

そのため、先日のアンルー砦陥落の際にも、少なくない使用人たちが殺されてしまったようだ。

くわえて、戦奴《せんど》であるおれも同様に帝国軍に属する＝粛清対象とみなされる対象らしい。かなしい。

今でこそアドニスの所有奴隷という立場のため助命されているが、そうでなかったら、真っ先に殺されていただろうということだ。その上、彼からはこんなことを言われた。

「ああ、そうだ。だからお前が拷問吏だったことは、誰にも言うなよ」

「え？」

「上の人間に、お前を所有奴隷にしたいとかけあった時、俺は『敵国の人間ながら捕虜だった俺の世話をしてくれたから』と伝えたんだ」

「まぁ、飯なんかの世話はしたし、あながち間違った説明じゃないな」

「拷問吏だったことはあえて伝えていない。騎士団の中には、捕虜となった際の拷問で身体《からだ》の一部を失ったものもいる。友人が酷い目にあわされたからと、拷問吏を恨んでいる者は少なくない」

「…………」

「自分の身が大事なら、拷問吏をやっていたことは誰にも言うな。あの様子なら、大した働きもしていなかったんだろう？　誰かに聞かれた時は、軍属の戦奴だったがそそっかしい上に注意力が散漫なので雑用係にまわされたという風にでも説明しておけ」

「なぁ、そそっかしいと注意力が散漫って、それ二つもいる？　一つじゃ駄目だった？」

最後の台詞《せりふ》について、いろいろとアドニスに突っ込みたい部分はあったものの、忠告には大人しく従うことにした。

　そのため、この一週間の間、おれはひとまずはアドニスの部屋で過ごすようにした。先日の広場での公開処刑がいまだに記憶に新しく、あんな残酷な処刑に興じられる兵士たちとはできるかぎり顔を合わせたくなかった。

　というか、そもそも最初の一日目はまったく身体が動かなかった。脱水症状を起こした直後だったのもあるが、アドニスに抱かれた身体はあちこちが痛んだ。普段はしないような体勢をとっていたから、腰やら内腿《うちもも》やらが痛くてしょうがなかった。それにくわえて、アドニスがいじくり回したせいか、翌日も胸がじんじんして服に擦れて、なんかちょっと変な感じになるし……と、とにかくあいつが悪い！

　そういうわけで、おれは一日目は遠慮なくベッドを占領させてもらった。どうせアドニスも農村の襲撃に行っていて、部屋にいなかったしな。おかげさまで、二日目になると身体はだいぶ楽になった。

　正直、以前までの掘っ立て小屋で暮らしていた時と比べたら、今の方がずっと楽だ。あの掘っ立て小屋は元は家畜用なので、部屋の中に砂埃《すなぼこり》や隙間風が入り放題なのである。

　なお、この二日間の食事は、アドニスがすべて部屋に持ってきてくれた。おれが彼に「身体があちこち痛むから部屋にいていいか」と尋ねたら、彼が部屋に持ってきてくれたのだ。身体を洗うための手ぬぐいに、新しい服まで持ってきてくれたので、外に行くのは用を足す時ぐらいだった。

正直言って、おれはアドニスのそんな行動が意外過ぎて、かなり驚きを覚えていた。気を失っている間も、おれの身体の手当をしたり、水を飲ませてくれたりしたみたいだし……それにこの部屋、ベッドが一つしかないから、二日間はアドニスと同じベッドで眠ることになったのだが、聖騎士であるアドニスが戦奴と寝台を共にすることを許したのも驚きだった。おれが言うのもなんだけど、いくら身体が痛むとはいっても普通は床とか廊下で寝かすもんじゃないか？

色々と恥ずかしい痴態を晒《さら》した後だったので、顔を合わせるのはいささか気まずかったのだが、そこまでしてもらえばつっけんどんな態度を取ることもできない。そのため、おれは今は前回の性交のことは忘れたふりをして普段通りにアドニスに接している。

アドニスの方も、あの時のことは蒸し返してこないから、お互いにそれには一切触れていない。もしかすると、彼も一度おれを抱いて仕返しができたから満足したんじゃないだろうか。

アドニスは基本的に無表情なので、何を考えているかいまいちよく分からないんだよな……口数が多いタイプでもないし。

まぁ、アドニスのことはさておき、アンルー砦《とりで》のことに話を戻そう。

あれから兵士たちによる公開処刑は起きていない。だが、砦内にどれくらいの帝国人の捕虜がいるのか、彼らが現在、どういう状況に置かれているのかは依然として不明のままだ。

まぁ、おれにはラウロ以外に名前を知っているような知り合いはいないんだけど。

でも、厨房《ちゅうぼう》にいた料理人の皆さんたちにはご飯を支給してもらっていたし、せめてあの人たちだけでも生き残って、逃げていてくれればいいなぁと思う。

ともあれ、おれに分かっている王国騎士団とアンルー砦内の動向はこんなところだ。

対して、帝国軍の状況なのだが……こっちの方が、おれにはさっぱり分からない。ただし残念ながら、この一週間の間に、帝国軍がこのアンルー砦奪還に来ることはなかった。

隊長たちは無事に逃げ出せたのだから、帝都へはアンルー砦陥落の知らせが届いていそうなものだけれど……おれの予想だと、先に陥落された商業都市の奪還に軍を回すため、こちらへ向ける兵力がないんじゃないか、という考えが一つ。

そして、もう一つは――

「リョウ。こちらの計算も頼む」

「分かりました」

オーク材の立派な机に向かっている相手が、こちらに顔を向けずに、左手でさっと書類を差し出す。

おれは慌てて椅子から立ち上がると、差し出された書類を恭しく両手で受け取った。

普段はこれで終わりだが、今日はなぜか、相手がちらりとおれの顔に視線を向けた。その瞳《ひとみ》は、アドニスとよく似たルビーレッドだ。

「算術ができる奴隷に会ったのは初めてではないが、リョウは今まで出会った者のなかで一番計算が早いな。親から習ったのか？」

「ありがとうございます。算術は、村にきていた行商人から習いました」

「ふむ……」

しれっと言ってみたが、もちろん嘘《うそ》である。

算術――というか、初等教育、数学は前世の知識によるものだ。

だが、そんなことを言っても混乱させるだけなので、誰かに聞かれた時にはいつも、こういう風に答えている。今ではもう慣れた嘘だった。

さて。今のおれがなぜこんなことをしているかと言うと――それは、おれがアドニスの元で暮らすようになってから三日目のことだ。

最初の二日間は、前述した通りおれは部屋から基本的に出ないようにして過ごしていた。

おれとアドニスがいる部屋は、聖騎士であるアドニスにあてがわれた砦内の中央にある城館三階にある個室で、他の騎士や兵士が同じ階に上がってくることは基本的になかった。

その日、おれは前の二日間と同じように部屋で過ごしていたのだが、正午前にトイレに向かおうと部屋を出た。

なお、城館にはそれぞれの階にトイレが設置されている。けれども、それはもちろん、おれが前世で使っていたようなウォッシュレット完備の洋式トイレではない。

城館にあるトイレは、一階と二階は陶器のおまるが置かれ、その周囲が木製の枠で囲われている。使用者はその上にしゃがみ込んで用を足す形なので、日本の和式便器に近いといっていい。ただし、排泄物《はいせつぶつ》が水洗で流れていくようなことはないため、そのおまるが満杯になったら中身を捨てにいく形だ。この中身は、砦の周囲にある堀へと捨てられる。

三階のトイレはちょっと違って、外から見ると、一部の壁が突出している。中には、丸い穴のあいた石の座面が据え付けられており、床にも丸い穴があいている。そのため、排泄物は城館の下部へとそのまま落ちていく形だ。

落ちたところは細い水路になっており、ここを通って排泄物は外の堀へと流れていく。

まぁ、トイレ事情はこの辺りにしておいて、当日のことに話を戻そう。

その日はアドニスが不在だった。

日中は王国騎士団は近隣の農村へ略奪に行ったり、商業都市へと物資や人員を輸送したり、帝国軍との戦に出ているため、砦にはあまり多くの人数は残っていない。アドニスも同様に、帝国軍との戦いのために夜が明ける前に部屋を出ていった。

遠くの方で人の声が聞こえるのをぼんやりと耳にしながら、おれは石造りの廊下を歩いていた。するると、向かいから一人の男性がやってきたのである。

おれは男性を見て、さっと壁際によけた。そして、顔をうつむかせて腕を背中に組む。

男性は、他の兵士や騎士とは見るからに違った。

豪奢《ごうしゃ》なレースがたっぷりとついたシャツにきらびやかな刺繍《ししゅう》のベスト。その上から、カフの大きなコートを羽織っている。そのコートにも、これでもかと金糸の刺繍がほどこされていた。

年齢は三十代後半から四十代前半というところだろうか。髪は黒々としているが、よく見ると、あちらこちらに白髪が見えた。きっと染め粉で染めているのだろう。長身痩躯《ちょうしんそうく》ではあるが肌艶《はだつや》はよく、華美な服装とあいまって、一目で身分の高い人間だと分かった。

男性は横によけたおれに視線を向けることもなく、すたすたと目の前を過ぎ去っていこうとした。

おそらくはその身分ゆえに、他人に道を譲られることなど慣れきっているのだろう。

おれは彼の姿が見えなくなるまでひたすらにうつむいて大人しくしているつもりだったが、男が目の前を通り過ぎた時、その腕に抱えていた紙の束から、ひらりと、一枚の紙が目の前に落ちた。

反射的に、床に落ちた紙をさっと拾う。自然と、紙に書かれた内容が目に入った。

紙には何かの図式と、そして、何十もの数式が書かれていた。そこには、円の中に六芒星《ろくぼうせい》が大きく描かれており、その星の中にいくつもの数字が書かれている。どうやら、数式の数字をこの星の中にあてはめていくようだった。

そして、おれが紙を拾ったのと同じタイミングで、男も紙を落としたことに気づいて足を止めた。

「ど、どうぞ」

「うむ」

男の元まで走り寄り、両手で恭しく紙を渡す。

男は紙を受け取ると、その時はじめて、ちらりとおれの顔を見た。そして、その視線が次におれの首に嵌《は》められた首輪へと移る。

「お前は……もしかして、聖騎士アドニスの所有奴隷か？」

「は、はい。リョウと申します」

おれが頷《うなず》くと、しかめ面をしていた男性が急に破顔した。

「おお、そうか！　お前のことは聞かせてもらった、私はあのアドニスの伯父《おじ》にあたる者でな。名前をアルビス・ドランという。アドニスが捕虜として囚《とら》われていた時に、お前はずいぶんとよくしてくれたそうだな」

「ドラン様……あの、もしかして氷魔法と雷魔法を第八階位まで扱えると噂《うわさ》の、天才魔術師のドラン閣下《かっか》でしょうか？」

以前、その名前はアドニスと隊長の両方から聞いたことがある。

なんでも、王国と帝国の国境をへだてるグラン大河を全面的に大凍結させることのできる人だとか。

おれの質問に、男性は頷いた。

「うむ、私は陛下より伯爵位を授かっている」

「そうでしたか……！　ドラン閣下のお噂はこの帝国にも届いておりました。高名なドラン閣下にお会いできて、大変光栄でございます」

おれはすかさず揉《も》み手《で》とお世辞のコンボをくりだした。

もちろん、嬉《うれ》しそうにみえる笑顔もたやさない。

しかし……アドニスってこのドラン伯爵の甥《おい》っ子《こ》だったのか。

知らなかった。そうなると、アドニスも貴族なんだな。

どうりでアドニスが城館の三階の、けっこういい感じの個室をもらえているわけだ。

聖騎士とはいえ十数人もいるわけだから、アドニスだけが三階の個室をもらっているのをちょっと不思議に思っていた。

詳細は分からないが、アドニスは魔眼持ち――忌み者と呼ばれているらしいから、どうして彼があんないい部屋をあてがわれたんだろうとは思っていた……だけど貴族で、しかもこの帝国にさえ名の知れたドラン伯爵の甥っ子なら、この待遇も納得だ。

　そして、帝国軍になんの動きもない理由も分かった。

　グラン大河を凍結させるほどの力のある魔術師がこの砦にいるのだ。だから帝国軍もここを攻めあぐねているのだろう。

「ふむ……その方は戦奴《せんど》とはいえ、帝国の人間であることに変わりはない。私やアドニスを恨む気持ちはないのかね？」

「確かに自分は帝国の者ではありますが、アドニス様には命を救われたご恩があります。アドニス様の所有奴隷となってからも、非常によくして頂いております。ですので、アドニス様も、その伯父にあたるというドラン閣下も、私にとっては畏敬《いけい》の念しかございません」

　値踏みするような視線を、作り笑顔でさらりと流す。

　これぐらいの言葉の応酬は、前世でも今世でも慣れている。むしろ、前世で新規の会社に営業に行く時のほうが大変だった。

　っていうか、思い返すと、アドニスのことを様付けで呼んだのはこれが初めてだった。

　今まで本人の前でさんざん呼び捨てで呼んでいたけれど、ちょっとまずかったかな？

　そんなおれの内心など露知らず、ドラン伯爵は納得したように頷いた。まぁ、心の中でどう思っているかは分からないが。

「そうか……ふむ、自分の立場をよく分かっているようだな」

「ありがとうございます」

これで話が終わって別れられるかと思ったが、ドラン伯爵は黙ったまま、そのままおれをじーっと見つめている。

すごく居心地が悪い。

相手が何も言わない以上、勝手にこの場を去るわけにもいかないし……うーん、どうしたらいいんだ？

困りきったおれは、ふと、先ほど拾った書類に思い至った。

先ほどの、六芒星のまわりに書いてあった数式のいくつかを見て、思ったことがあったのである。

「閣下、差し出がましいことを申し上げるようですが……」

「なんだね？」

「先ほどお返しした書類なのですが、いくつか計算間違いがあったのが気にかかりまして……自分でよろしければ、ドラン閣下のお手伝いができないかと思ったのです」

「ふむ……？」

おれの言葉に、ドラン伯爵は目をぱちくりさせた。

そして、その手に抱えていた書類の一枚をとり、おれに寄こす。先ほど、おれが拾った書類だ。

それを恭しく両手で受け取ると、おれはその内容にざっと目を通して、ドラン伯爵に指し示す。

「たとえばこちらの計算ですと、答えは１２４８９になると思うのです」

「………」

「自分は浅学菲才《ひさい》の身ですが、ドラン閣下の甥御様であるアドニス様には大変お世話になっております。なので、自分に出来ることで、お二人になにかお返しができればと思ったのですが……その、ご迷惑でしょうか？」

「いや……」

ドラン伯爵は首を横にふった。

そして、書類を受けとると、もう一方の手でおれの肩をぽんと叩《たた》いた。

「其《そ》の方《ほう》の心がけはよく分かった。帝国の人間で、そして戦奴でありながら、その謙虚な心構えは立派なものだ」

「では……！」

「ああ、リョウの計算能力は役に立つだろう。それに、私もこちらでの助手が欲しいと思っていたところなのだ。ぜひ明日から私を手伝ってほしい。アドニスには私から伝えておこう」

「ありがとうございます！」

おれは心から喜んでいるように聞こえるよう、精一杯声をはって、頭を下げた。

自分の顔に、取り繕う必要もないほどの笑みが広がっているのが、鏡を見ないでも分かった。

よし……！　うまくドラン伯爵に取り入ることができたぞ！

アドニスがドラン伯爵の甥だってことは今初めて知ったけれど、うまく誘導できたようだ。おかげで、ドラン伯爵の仕事を手伝いたいという言葉に説得力をもたせられた。

ドラン伯爵に取り入って忠誠心を見せれば、今後、この首輪を外してもらえる機会があるかもしれない。この首輪がある以上、アドニスから逃げることもできないからな。

ドラン伯爵が首輪を外してくれなくても、外すきっかけや、鍵《かぎ》のようなものが見つかるかも。

それに……アドニスだって、おれの味方というわけじゃないんだ。

そもそもあいつが今、おれを手元に置いている理由は、意趣返しをしたいがためだ。今は優しくしてくれているけれど、それだってほんの気まぐれかもしれない。

でも、おれがドラン伯爵の仕事を手伝うことになれば、アドニスだってそれほど無茶なことは出来なくなる。

伯父さんの仕事に影響を及ぼす可能性があるからな！

おれは自分の目論見《もくろみ》がうまくいったことに、内心でガッツポーズをとる。

そして、ドラン伯爵と別れた後に無事にトイレに行って、部屋へ戻ったのだった。

その日の夜、部屋に帰ってきたアドニスは、おれがドラン伯爵の仕事を手伝うことになったことを、直接ドラン伯爵から聞いたらしい。

憮然《ぶぜん》とした表情だったが、文句は言われなかった。まぁ、自分の伯父さんを手伝うわけだし、文句は言えないのだろう。

文句は言われなかったけれど、なんでかその日も一緒にベッドで寝ることになった。おれ、もう身体は回復したから床でいいって言ったんだけれど……。

とはいえ、アドニスも戦いの後で疲労していたのか、この前みたいに抱かれはしなかった。疲れているなら、一人でひろびろとした寝台で寝た方が休まるんじゃないのか？

相変わらず、何を考えてるのか分からない奴《やつ》だ。

なにはともあれ、そういう経緯で——おれはドラン伯爵の仕事を手伝うことになったのだ。

12

こうして、ドラン伯爵の仕事を手伝うようになり、おれの生活のサイクルも変わった。

朝は五時半ごろに起床。そのころにはアドニスはもう部屋を出ており、机の上には朝食が置いてあるのでそれを食べる。

その後、盥《たらい》に入った水で顔と口を洗い、身支度を整えてから、ドラン伯爵の執務室へ向かう。

ドラン伯爵の執務室は、城館の一階であり、もともとはアンルー砦《とりで》の書類の保管庫だった場所だ。

そこに行くと机の上に書類が置いてあるので、あとは延々と計算をする。九時ごろにドラン伯爵が来るので、挨拶《あいさつ》をして、また延々と計算。

昼食は、おれとドラン伯爵の二人分が運ばれてくるので、おれは執務室を出て隣の倉庫で一人で食べる。食事が終わったらまた計算で、それを十六時ごろまで続ける。これがおれの新しい仕事の内容だ。

正直言って、生活サイクルだけで言えば前世の会社員時代や、こちらの世界での歩兵時代、拷問吏時代と比べても今のほうがずっと健康的だ。会社員だった時は、始発で出社して終電で帰宅とかざらにあったしな……。

ちなみに、どうしてこんなに計算が必要かというと、それこそが、この世界の魔法にとって必要不可欠なものだったからだ。

　この世界には魔法というものが存在しているが、それは万人が扱えるわけではない。

　ごく一部の、生まれながらにして魔力臓という器官を体内にもつ人間しか扱えないのだ。

　その器官をもつ人間は、身体《からだ》から魔力を発生させることによって、空気中に存在する魔力に働きかけることができる。

　魔力というものは、自然界にある物質すべてに存在しているようだが、それに働きかけることができるのは、魔力臓という器官を持つ人間の魔力だけらしい。

　たとえば、空気中にある炎を発生させる魔力に対し、燃焼をうながす魔力をぶつけることで、炎の勢いをもっと苛烈《かれつ》にさせる……という感じだ。

　けれども、ただ人間が思うだけでは魔力はコントロールできない。

　そのため、魔術式と魔方陣が生み出された。

　魔術式というのは、魔力の働きをコントロールさせるためのものだ。そして、それを魔方陣によって空気中の魔力に作用させるのである。

　この魔術式と魔方陣によって、ようやく魔法を発生させることができるという。

　だが、この魔術式というのも、やはり全ての人が生み出せるものではない。

　たとえば、前世でいう化学反応式や三角関数の加法定理が、この時代に理解できる人間がどれほどいるだろうか？

　そういう類いの計算を何百個、何千個も行って、ようやく魔方陣が生み出せるのである。

聞いたところによれば、国境の大河を凍結させるのに、この魔方陣を数百万枚用意したそうだ。

そして、凍らせた川を王国騎士団が一気に進軍して、とうとうこのアンルー砦も占拠されたというわけだ。この砦の跳ね橋があんなに早く落とされたのも、ドラン伯爵《はくしゃく》の魔法によるものだという。

なんにせよ、前世の映画で見たような、魔法を唱えてちちんぷいぷい、だけでは魔法は使えないのだ。なんだか夢のない話である。

でも、夢がないおかげで、おれは今日も仕事にありつけている。

「リョウが私の仕事を手伝うようになってから、研究がずいぶんとはかどった」

「ありがとうございます。自分なんかがドラン閣下《かっか》のお役に立てたのなら、光栄です」

ドラン伯爵から受け取った書類を手にして席につくと、にこやかな笑顔で答える。

帝国では、平民の通う学校といえば教会の行う慈善学校だけだ。

そこで教わるのは、基本的には聖書の内容と、かんたんな文章を読むことと、足し算引き算程度である。

まぁ、帝国だけでなく、今の時代ではどこの国もそんなものなのだろう。

あの日、ドラン伯爵が落とした書類を見てそう感じた。あの書類にはいくつも計算を書き直したあとがあったのだ。今みたいに、計算ができる人間に一部の計算を代わりにさせればいいのに、それをしないということは、そんな能力のある人間がいないということだ。

賭《か》けの部分もあったけれど、あの申し出は、結果的には成功だった。

アドニスがあの日のように手を出してこないのは、疲れもあるだろうが、おれがドラン伯爵の仕事を手伝っていることも理由にあるだろう。おれの目論見が当たったようだ。

ただ、最初に考えていた、この首輪を外す方法を探す件については、まだ見つかっていない。

ドラン伯爵がいない隙に、こっそりと部屋の中を探せないかと企《たくら》んでいたけれど……。

この人、なかなか部屋の外に出ていかないんだよなー。

昼食を食べる時も、パンを片手で食べながら、もう片方の手でずっとペンを握って書き続けているし。おれが仕事が終わって退出する時も、自分自身はまだ部屋に残ってずっと紙とにらめっこしている。

おれを警戒して部屋に残っているというよりは、どっちかというと研究バカって感じだ。個人的に、こういう状況じゃなければ、伯爵のような人間はわりかし好きなタイプだ。

なので昨日は、ドラン伯爵が右手で書き付けをしながら、左手でパンと肉をフォークで食べている姿に思わず「それならサンドイッチにした方が食べやすいのではないですか？」と提案してしまった。

もしもドラン伯爵が、すでにその存在を知っていたら不快に思うかもとは考えたが……肉汁やパンくずをボロボロとこぼしながら食べている姿に、ついつい口を挟んでしまったのだ。

幸いにも、パンの間に肉と野菜をはさむスタイルは、まだ両国ともになかったらしく、ドラン伯爵は興味深そうな表情で、おれの提案を聞いてくれた。

そして今朝《けさ》は、「昨日の夕食と今日の朝食は、さっそくそのサンドイッチにさせた。あれは研究をしながら食べやすくてよいな」とお褒めの言葉をいただいた。

まさかとは思ったけれど、どうやらこのオジサマ、三食とも研究をしながらとっていたらしい。

「算術も早いだけではなく、珍しい調理方法まで知っているとは、戦奴《せんど》にしては本当にたいしたものだ。本国に私の弟子がいるのだが、算術の速さだけなら、リョウの方が上だろうな」

「過分な言葉をいただき恐縮です」

にこやかな笑顔を相手にむける。作り笑顔をしすぎて、だんだん頬が痛くなってきた。

謙遜《けんそん》の言葉もレパートリーがなくなってきたし。

しかし、ドラン伯爵は今日はいつになく饒舌《じょうぜつ》だな。

いつもならこんなにおれに話しかけてくることはない。いつもずっと押し黙って、魔術式や魔方陣の構築に没頭しているというのに……。

「これらの資料を見ても分かっていると思うが……このままいけば、間違いなく王国が戦争に勝利するだろう」

突然、ドラン伯爵は思いもかけない話題に切り込んできた。

アドニスとよく似たルビー色の瞳《ひとみ》が、じっとおれの顔を見つめてくる。

「王国が勝利して戦争が終われば、お互いの国の捕虜も返還されるだろう。しかし、君のような戦奴はその対象から外れるはずだ。戦奴は所有物という扱いだし、帝国も賠償金は出来る限り少なく収めたいはずだ。戦奴の返還をわざわざ求めはしないだろう」

「……そう、ですね」

まぁ……この首輪がある限りは、アドニスから離れることも難しいだろうしな。

ドラン伯爵の真意をはかりかねて、おれは困ってじっと彼を見つめる。

すると、ドラン伯爵がふっと表情をやわらげた。そして、両手を顎《あご》の下で組んで、ゆっくりと口を開く。

「私はリョウの能力を高く評価している。もしも望むのなら、私がリョウをアドニスから買い上げてやろう」

「え……」

ドラン伯爵の言葉の意味が、一瞬理解できなかった。

そんなおれに、ドラン伯爵はますます笑みを深くする。

「アドニスのような忌み者の所有奴隷でいるよりは、私の元へ来た方がまっとうに生きられるぞ。悪い話ではないだろう？」

13

「はぁ……」

おれはとぼとぼと石造りの廊下を歩いていた。

部屋に戻るのが気が重い……いや、部屋というより、アドニスと顔を合わせるのが気まずい。

「……あー、もう」

おれは片手でがりがりと頭をかいた。

いったん部屋に戻って、アドニスがまだ帰ってきていなかったら、洗い場にいって身体でも洗ってこようかな……。

はぁ……気持ちがかなり落ち込んでる。

自分の選択が後ろめたいせいか。それとも、明日、ドラン伯爵と会うのが気まずいからか。

「…………」

ドラン伯爵からの「アドニスの元から自分の元へ来ないか」という提案は、大層魅力的だった。

ドラン伯爵は能力主義だから、おれが彼の魔術研究を手伝っている限りはよくしてくれるだろう。

少なくとも、アドニスみたいにおれを恨んでるということもないし、無理やり抱こうともしてこないだろう。

むしろ、帝国軍の戦奴でいるよりは、ドラン伯爵の元で働いた方が、人間らしい生活が送れるに違いない。

だから、おれがあの提案を断る理由なんてなかった。

なかったはずなのに――。

「……なんで即答できなかったんだろ……」

ドラン伯爵の言葉に、おれはすぐに頷《うなず》けなかった。

それどころか「考えたいので、数日お時間を頂いてもよろしいですか」なんて言ってしまった。

ドラン伯爵も、おれが即答するものだと思っていたのだろう。目を見開いて、鳩が豆鉄砲を食ったような顔になっていた。

「いや、ほら……ドラン伯爵には『アドニスに命をすくわれた』とか散々言っちゃったしさ？　ああ言った手前、ドラン伯爵のお誘いにすぐのってたら疑われるかもしれなかったし……」

廊下を歩きながら、ブツブツと呟《つぶや》く。

けれど、それが〝言い訳〟にしか過ぎないのは、自分でよく分かっていた。

あの時のおれは、そんなことにまで気が回っていなかった。

ドラン伯爵の提案に、一瞬、頭が真っ白になって――その時、以前かわしたアドニスとの会話が脳裏によみがえった。

『自分の現状が嫌で嫌でたまらない。だが、自分の居場所がそこ以外に、この世のどこにもないから……だから、仕方がなくそこにいる。俺と同じだろう？』

アドニスがそう言った時の……口調とは裏腹の、なんともいえない表情を思い出してしまって、なんとなく頷けなかった。

寂しそうというのでも、辛《つら》そうというのでもなかった。

その時のアドニスの表情は、自分の境遇に諦《あきら》めきった人間のもので……その時のことを思い出したら、なぜか頷くことができなかったのだ。

「でも、あまり返事を長引かせるわけにはいかないよな……ドラン伯爵の気が変わることもあるだろうし……」

本当にどうしよう。

ドラン伯爵の提案は、願ってもないものだけれど――でも、その提案に頷いてしまえば、もう、アドニスと今みたいに過ごすことはなくなるだろう。

むしろ、顔を合わせて話をする機会すら、ほとんどなくなるのではないだろうか……って、いや、待て待て。

そもそもおれはなんでこんなに、アドニスのことを気にかけてるんだ！

アドニスに捕まったせいで、おれはこの砦《とりで》から逃げられなかったんだぞ!?

それに、あいつのせいでおれは童貞を卒業する前に、処女を卒業するはめになったんだ！

まぁ、戦奴のおれには女の子と付き合って結婚する機会なんて訪れないだろうけど……でも、それとこれとは話が別だ！

それに、それに――アドニスはおれのこと、嫌ってるじゃないか。

あいつは、以前におれがしたことを根に持って恨んでる。そんな奴《やつ》が、この先、おれのことを見直してくれたり、好きになってくれることはない。

おれを嫌ってる奴に対して、おれが義理立てする必要はないはずだ。

「よし……！　明日、ドラン伯爵に会ったらすぐに、お話をお受けしますって伝えよう！」

それでいいはずだ。

それが、おれにとって一番いいことだ。

……心の隅っこのほうで、まだ、後ろ髪をひかれるような思いはあるけれど……。

でも、きっとこれは錯覚だ。

アドニスには散々な目に遭わされてるんだ。

なのに、そんな奴のことが気にかかるなんて、そんなことあるはずがない。

きっと、明日になればこんな気持ちはなくなってるに違いない――。

そう思っていた時だった。

ドラン伯爵の執務室から廊下をすすみ、階段を上がろうとした時、おれの耳に悲鳴のような声が聞こえてきた。

階段に踏み出していた足を下ろし、おれはそろそろと、声の聞こえてきた方へと歩く。

声は、階段から一番近くにある食糧庫からしているようだった。

「……っ、や、やめてください……きゃあ！」

「おい、静かにしろ」

悲鳴に続いて、何かを殴りつけるような音が響く。背筋がぶるりと震えた。

そして、物音を立てないように食糧庫の前まで来ると、かすかに開いていた扉からゆっくりと中を覗《のぞ》く。

そこにいたのは、一人の女性と、王国側の兵士と思《おぼ》しき四人の男だった。

女性の方は、この城館で働いていた使用人の一人だろう。亜麻色の髪と黄色の瞳の、二十代前半くらいの女性だった。殴られたのか、片頬が赤く腫《は》れてしまっている。

彼女のことは、何度か厨房《ちゅうぼう》にいたのを見かけたことがある。見かけただけで、直接、喋ったことはないけれど……。

「いや、やめてくださっ……ぅあっ！」

「黙っていろと言っただろう！」

「あーあ……やっぱり帝国の女は馬鹿なんだな。言っても殴っても分からんとは……」

「まぁ、しょうがないさ。だからこそ我らが王国を浄化してやらねばならないのだ。そのための聖戦だろう？」

「この女も王国に生まれていればこのような目に遭うことはなかったのに、哀れだなぁ。まぁ、きっと前世で悪辣《あくらつ》な人間であったから、王国に生まれることができなかったのだなぁ」

「お願いです、やめて、やめてくださいっ！」

殴られ、服を破かれ、涙をながしながらもがく女性。

そんな女性を殴りつけ怒声をとばす男と、あきれたように肩をすくめる男、そしてそんな男の背中をぽんと叩《たた》いて苦笑いをかわす男二人。

一言で言って地獄絵図だった。

思いがけない光景に、顔がひきつる。

っていうか、男たちの会話がやばすぎる。

王国の人って、アドニスとドラン伯爵《はくしゃく》しか知らなかったけれど……王国の人間ってこんな考え方なのか？

やばすぎる。さすが奴隷に電流の流れる首輪をつける国だな。そんなやばいアイディアを採用するなんて、どんな国だよと思っていたら、こういう国なわけか。

ほんと、帝国の方がマシな国に思えてきたぞ。

しかし、どうする？

知ってしまったからには、この状況を黙って見てるわけにもいかない。

おれは、自分が傷つけられるのも嫌だけど、同じくらい誰かが傷つけられるのを見るのも嫌なんだよ。

とはいえ、あの四人の男を相手に女性を救出するのは無理だ。多勢に無勢というものだ。

しかし、助けを呼んだところで、誰か来てくれるのか？

この砦には王国兵士しかいないんだぞ？　王国の兵士が帝国の女性に暴行を働いているとおれが助けを求めたところで、一蹴《いっしゅう》されるのがおちじゃないか？

「おねがいですっ、やめてください……！　ぐすっ、ひっく、やめて……」

「ふん、王国に先に攻め込んできたのはお前たちだろうに。しらじらしい」

おれがそんなことを考えている間にも、女性はみるみるうちに服を剝《む》かれてしまっている。

そして、とうとう一人の男が女性にのしかかった。残ろの男たちはニヤニヤとしたいやらしい笑みを浮かべながら、二人を囲んでいる。いまだにおれには気づいていないようだが……。

くそっ、どうしたらいいんだ⁉

だめもとで、ドラン伯爵に助けを求めてみるか⁉

ドラン伯爵なら、おれのことを多少は評価してくれている。

おれが土下座して頼めば、もしかすると彼女を助けてくれるかもしれない！

ドラン伯爵のところへ戻ろうと思い、扉の前を離れようとした、ちょうどその時。

押さえつけられ、のしかかられている女性の黄色い瞳《ひとみ》と、ばっちり視線が合ってしまった。

あ――と思った時には、遅かった。

「そ、そこの方、助けてください！」

「あぁ？」

女性が一点を見つめ声をはりあげた先に、四人の男たちも顔を向ける。

そして、おれは五人の視線を一身に浴びることになった。

「っ……！」

おれは慌てて扉の前から離れて、駆けだそうとする。

だが、それよりも早く扉があき、一人の男によって部屋の中へと引きずり込まれてしまった。

そして、引きずり込まれたと同時に後ろ手にねじられ、身動きを封じられてしまう。

「なんだ、仲間かと思ったら……この女と同じ捕虜の一人じゃないか」

「焦ったな。でも、逃げられる前に捕まえられてよかったよ」

おれの顔を見て、ほっとした様子の男たち。

仲間かと思ったら、という言葉からして……もしかして、捕虜に対する性的暴行は、王国騎士団の中じゃタブーなのか？

そ、それなら早くドラン伯爵を呼びに行けばよかった……！

くそ、今からでもハッタリがきかないか!?

「……確かにおれは帝国人で捕虜の身だが、ドラン閣下《かっか》の仕事を手伝い、特別に目をかけていただいている。あんたたちがここでやってることは全部、閣下に報告させてもらうぞ。それが嫌なら、さっさとおれとこの人を解放するんだ。今なら誰にも何も言わないでおいてやる」

「はぁ？　でたらめを言いやがって。閣下が帝国人など気にかける必要はないだろう」

嘘《うそ》がばれないように毅然《きぜん》とした態度で言ってみたが、一秒で一蹴されてしまった。

しかも、おれの言った内容が癇《かん》に障ったようで、男の一人に顎《あご》を鷲掴《わしづか》みにされてすごまれた。

「ふん、帝国人にしては度胸がいいな。こんな状況でそんな嘘を吐《つ》けるとは……閣下がお前などに関心を持つわけがないだろう。馬鹿馬鹿しい」

「っ……」

「まぁいい。四人に女一人じゃ、少しバランスが悪いと思ってたんだ。貴様が帝国人なら、あの女と同じように教育してやる」

顎を掴んできた男が、そう言い終えた直後、なんの前触れもなくおれの腹をなぐってきた。

みぞおちに拳《こぶし》がクリーンヒットして、おれは声も出せずに、身体《からだ》をくの字に折り曲げる。

「っ……ぅ、ぁ」

「おいおい、さっきの威勢はどうした？」

「ぐぁっ!?」

くの字に身体を折り曲げた矢先に、もう一度、男の拳でみぞおちを殴られる。

その衝撃にひざががくりと折れかけたが、後ろにいる男に腕を掴まれているので、床に倒れることはできなかった。後ろでねじられている腕がぎしぎしと軋《きし》む。

「う、ぐっ……けほっ、げほっ！　ぅっ……ぁ」

「はは、頑張るじゃないか。今のでよく吐かなかったな」

咳《せ》き込《こ》み、えづくおれを見て、男がにやにやと笑った。

そんなおれたちを見て、女性が涙を流しながら叫ぶ。

「お、おねがいです！　その人に乱暴なことはしないでください！」

「なんだ、仲間が気になるのか？」

「健気《けなげ》じゃないか。つくづく、王国に生まれてればよかったのになぁ」

殴られているおれを横目で見ながら、一人の男は女性の服をすべて脱がせてしまった。

そして、一糸まとわぬ女性の柔肌に指をくいこませる。

おれはじたばたと暴れた。だが、後ろでおれの腕を摑んでいる男の手はびくともしない。

しかも、おれが暴れるのを嫌ってか、男がおれの腕の関節を逆方向へとひねりあげた。その痛みに、身体が硬直する。

「いっ……！」

「大人しくしていろと言っただろう」

「くそっ……あんたたちだって母親や姉妹がいるんだろ！　その人たちに、今の自分の行動を胸を張って伝えられるのか!?」

首だけで振り返って、背後にいる男に叫ぶ。

男は一瞬目を見開いたが、すぐに苦々しい顔でおれを睨《にら》みつけた。

「ちっ、うるさい奴だな」

「部屋の外に放り出すか？」

「いや、人を呼ばれるとまずい」

先ほど、おれのみぞおちを二発も殴った男が、今度はおれの髪を摑んで上に引っ張ってきた。

つられて首が上向くが、それでも引っ張られた頭皮が痛い。

くそ、おれが将来ハゲたらどうしてくれるんだこいつ！

「そんなにこの女が犯されるのが嫌なら、お前が代わりになるか？」

「は？」

しかし、男から次に告げられた言葉に、一瞬、そんな痛みすら忘れた。

言葉の意味が理解できなくて、ぽかんと相手を見上げる。

「おい、そいつ男だろ？　オレは女のほうがいいんだが……」

「オレだって別に男なんか趣味じゃないさ。でも、どうせ帝国人なんだし、試してみるのも悪くないだろ」

突然、後ろに拘束されていた腕がゆるんだ。

しかしその場から逃げる前に、背後にいた男によって、無理やりに床に膝立《ひざだ》ち状態で座らされる。

抵抗しようとしたが、肩をがっしりと掌《てのひら》で押さえつけられた。

「おい」

「……っ」

ぎろりと正面の男を睨みつけるが、堪《こた》えた様子はない。

むしろ、肩をすくめて馬鹿にするような笑みを向けられる。そして、男は自分でズボンの前をくつろげ始めた。

下着とズボンをかきわけて男の陰茎があらわれると、むわっと生臭い臭いが漂う。

ぎょっとして身体を後ろに引こうとしたが、背後にいる男に頭をぐっと摑まれ、逆に、顔を前に差し出されてしまった。

「ほら、咥《くわ》えろよ」

そして、目の前に赤黒い陰茎がずずいっと迫る。

鼻先に漂う異臭と、その醜悪さに、ふたたび顔をそむけてしまう。

が、そんなおれに、正面の男が「お前がやらないっていうんなら、あの女にしゃぶってもらうだけだがな。ちょうど口はあいているみたいだし」と告げてきた。

思わず男を見上げると、男はニヤニヤと嫌な笑みを浮かべていた。

くそっ、こいつ……！

そう言ったらおれが逆らえないと思ってやがるな!?

ああ、でも、マジでどうしたらいいんだ!?

こんなやつのモノを口に咥えてするとか絶対にやだ！

でも、おれがそうしないと、あの女性がそういう目に遭わされるっていうし……！

……ほんと、どうしてなんだ？

アドニスに身体を触られた時や、犯された時は、こんなにぞわぞわとした気持ち悪い感じはなかったのに……。

今はどうしてか、嫌悪感しかない。目の前に突き出されたモノが、気持ち悪くて仕方がない。口でするどころか、指で触れるのも遠慮したい。

「おい、さっさとしろ。それともやっぱりあの女にさせるか？」

「……っ！」

しかし、あまり考えている時間はなかった。

男の顔を見れば、かなり焦《じ》れているようだ。声にも苛立《いらだ》ちが混じっている。

おれがこのまま迷い続ければ、男は本当にあの女性のもとへ行ってしまうだろう。

「っ、くそ……」

一瞬、おれは考えを巡らせたが、何もいい案は思い浮かばなかった。

この状況で助けを求める術《すべ》はない。

男の赤黒いモノに触れようと、震える指をのばす――。

だが、おれの指が触れる直前に、後ろにいた男が「おい、ちょっと待て」と声を上げた。

その声に腕を下ろすおれを見て、正面の男が苛立ちをさらに深める。

「なんなんだ？　せっかく今、ちょうどいいところだったのに……」

「こいつ――暗くて最初は分からなかったが、よく見ると、首輪をしてるぞ。もしかして、聖騎士の方の所有奴隷なんじゃないか？」

そう言った瞬間、正面にいた男の顔色が変わった。

分かりやすく、血の気が引いている。

「本当か？」

「ああ、シャツで隠れていたが……ほら」

後ろにいた男がおれの着ていた麻のシャツの襟もとをめくって、示してみせた。

確かにおれの首にはアドニスがつけた首輪がある。

それを目にした正面の男が、ひゅっと息を呑《の》む音が聞こえた。

「ほ、本当だ……お、お前、誰かの所有奴隷なのか!?　主人は誰だ!?」

正面の男はあわてて汚いブツをしまうと、おれの肩を掴んでがくがくと揺さぶってきた。

たずねられた名前を言おうにも、男がおれを揺さぶる力が強すぎて口が開けない。

「いっ……！」

「黙ってないで、さっさと答えろ！」

答えようにも、お前がそんなに揺すってたら喋《しゃべ》れないんだよ！

後ろにいる男も動揺しているためか、正面の男を止めてくれる気配がない。

残った男たちも、今は女性に夢中なのか、こちらの騒ぎには気づいていないようだ。

「おい、いいから早く答え――」

男がそう言い募ろうとした時だった。

背後にある扉が、けたたましい音を立てて開かれる音がした。薄暗い食糧庫の中が一気に明るくなる。

おれはハッと後ろを振り返った。倉庫内にいる者たちすべての視線が、食糧庫にあらたに入ってきた人物へと集中する。

「……リョウ、なにをしている？」

「アドニス……」

ぽかんとした間抜け面でその人物を見上げる。

部屋に入ってきたのは、アドニスだった。黒髪は砂によごれ、着ている服にはあちこちに切り傷や擦り傷があり、汚れている。甲冑《かっちゅう》や武器は置いてきたようだが、外から帰ってきて、着替えもせずにすぐにここに来たのが見てとれた。

なんでここに来たんだ、とか、顔中汗まみれだけどもしかして走ってここに来たのか、とか。

いくつもの疑問が一気に押し寄せるが、混乱しすぎて言葉にならない。

パニックになりすぎて何も答えられないまま、口をぱくぱくさせる。

アドニスは無表情でそんなおれを見下ろすと、つかつかとこちらに歩いてきた。そして、あっけにとられている周囲を無視して、おれの腕を掴んで立たせる。

立ち上がった瞬間、お腹《なか》にずきりとした痛みがはしって身体がよろけた。

すると、アドニスがさっと腕を出しておれの身体を支えてくれた。まるでアドニスに抱きつくような恰好《かっこう》になってしまう。礼を言おうと口を開いたところで、男の一人が恐る恐るアドニスに話しかけ始めた。

「ア、アドニス様……あの、もしかしてその青年は……」

「俺の所有奴隷だ。見たところ、お前たちにはずいぶんと世話になったようだな」

じろり、とアドニスが男たちを睨みつける。

男たちは先ほどの勢いはどこへやら、顔を青ざめさせて縮みあがっていた。

どうやら聖騎士であるアドニスと彼らとでは、アドニスの方が立場が上らしい。

……それを知っていれば、最初から首輪を見せて説明すればよかったのか？

いや、でもそれは結果論だよな。

さっきもドラン伯爵《はくしゃく》の名前を出した時は信じてもらえなかったんだし、そもそも、この首輪を見て彼らがこんなに態度を変えるとは思わなかったしな。むしろ、王国の人はみんな自分の奴隷にこの首輪をつけているものだと思っていたのだが、どうやらこの様子では違うみたいだ。

思えば、たしか以前、ドラン伯爵もおれの首輪を見て「アドニスの所有奴隷か？」と聞いてきたことがあった。

そこから考えるに、どうやらこの首輪がついている奴隷は、立場の高い人間の所有奴隷の証《あかし》のようだ。首輪つきの奴隷＝下々が手を出さない方がいい奴隷、という認識らしい。

……あれ。

じゃあ、アドニスがおれに首輪をつけたのって……他の人に余計な手出しをされないようにってことか？

い、いや、そんなわけない。おれの考えすぎだな。アドニスがそんなことを考えるわけがない。

きっと単純に、逃亡防止のためにこの首輪をつけただけだろう。うん。

「この城に残っている使用人や女たちには手を出さないようにと、伯父上《おじうえ》が厳命していたと思ったが……俺の記憶違いだったか？」

「い、いえ、これはその……」

隣にいるアドニスから、冷え冷えとした怒気を感じる。

ちらりと見ると、彼は無表情のまま、淡々とした口調で男たちに話しかけていた。だが、それが逆に怖い。

「そこの女も今すぐに解放してやれ」

「わ……わかりました」

「お前たちは第四騎士団の分隊の者たちだな。分隊長より、日ごろから問題行動が多いと聞いていたが……」

「…………」

「ともあれ、この場で俺が勝手に処分を下すことはできん。明日にでも、お前たちには正式な処分が下されるだろうから、それまでは謹慎していろ」

「……承知いたしました」

男たちの憎々し気な視線を受けてなお、アドニスは表情を変えなかった。

なんでもないように、無表情のまま憎悪に満ちた視線を受け流す。

彼らはアドニスが少しも動じる様子がないのを見て、いっそう顔を歪《ゆが》めた。

それでも命令には逆らうことはできないらしく、しぶしぶといった態度で女性を離した。こちらに走って逃げてきた彼女へ、おれはすぐに自分の上着を脱いで肩にかけてやった。

「大丈夫か？」

「ごめんなさい、ごめんなさい、私のせいで……」

ぐすぐすと泣きだす女性に、同情心がわいて、そっと手を差し伸べようとする。

が、彼女に触れようとしたおれの腕をアドニスがしりと摑《つか》んだ。

なんだ？　と思って視線を彼の方へやる。

しかし、アドニスは女性の方へ顔を向けてしまっていた。

「今日はもう、部屋に戻って休むといい」

「ぁ、ありがとうございます……」

女性はおれとアドニスに向かってぺこりと頭を下げると、足早に去ってしまった。

まぁ、自分が強姦《ごうかん》されかけた場所に長居はしたくないよな。

それはともかく……なんでおれはアドニスに腕を掴まれてるんだ？

こんなことがあったばかりだし、傷ついているだろうレディーに気安く触るなってこと？

「あの、アドニス……？」

「お前も部屋に戻るぞ」

「あ、ああ」

有無を言わせない口調だった。

色々と言いたいことはあったけれど、その声音に、思わずこくりと頷《うなず》いてしまう。

おれが頷いたのを見て、アドニスはすぐにすたすたと廊下を歩き出した。腕を掴まれたままなので、慌ててアドニスの隣を足早に歩く。

そんなおれの耳に、怨毒《えんどく》交じりの声が響いてきた。

「……忌み者が、えらそうに。どうせ聖騎士の地位も、閣下《かっか》にねだって手に入れたものだろう」

思わず、はっと後ろを振り向く。

すると、四人の内の男の一人と目があった。おれのみぞおちを殴ってきた奴《やつ》だ。

男はおれと視線がかち合うと、気まずそうにぱっと視線を逸《そ》らした。もしかすると、聞こえてるとは思わなかったのかもしれない。

ついで、おれはアドニスに視線を移す。

彼は先ほどと変わらず、無表情のまま真《ま》っ直《す》ぐ前を見ていた。さっきの男の声は聞こえていただろうに、足を止めるどころか、ちらりとでも視線を向ける様子もない。

そんなアドニスを見ていて、ふと思った。

アドニスは無表情でいることが多くて、感情の読みにくい奴だなと思っていたけれど……。

もしかして、そうでもしなければ生きていけなかったのかもしれない。

生まれながらにして、虹彩《こうさい》に金が混じっているというだけで、忌み者扱いだったと聞く。

だから――きっと、おれの想像の何倍以上も、先ほどのような悪口を言われて、やっかみを買って、差別や侮蔑《ぶべつ》を受けてきたのだ。

その度に、怒ったり泣いたりしていたのでは、きりがなかったんだろう。

だから、きっとアドニスはあまり表情を見せないんだ。

他人に弱みを見せれば、生きていけないから……。

「…………」

そう考えた時、おれの胸がきゅうっと痛んだ。

さっき、あいつらに髪を引っ張られたり腹を殴られた時よりも、何倍も鋭く、切ない痛みだった。

14

アドニスに手を引かれ、部屋に戻った。

何か言われるかと思いきや、だんまりのまま口を開こうしない。アドニスが何も言わないので、おれは座っていいものかすら分からない。

様子を窺《うかが》っていると、おれの視線に気づいたアドニスが、手ぶりで、ベッドに座れと示してきたので、恐る恐る座る。

アドニスはテーブルの上にある陶製の水差しから木製のジョッキに水を注ぐと、それを一気に呷《あお》った。

そんな彼を見つめつつ、おれは気になっていたことを尋ねる。

「えーっと……アドニスがあの部屋に来たのは偶然か？　それとも、おれがあそこにいることが分かったのか？」

「…………」

アドニスはちらりと横目でおれを見ると、空になったジョッキに再び水を注いだ。

そして、ベッドに座るおれの目の前へやってきて、それを差し出す。

おれは差し出された水と、アドニスの顔を交互に見つめた。アドニスは無表情のままだが、雰囲気から察するにこれはおれが飲んでもいいらしい。

ためらいつつもジョッキを受け取り、口をつける。

あ、おいしい。気づいてなかったけれど、けっこう喉《のど》が渇いてたんだな……。

「お前につけている首輪には、主人が位置を把握できる機能がある」

「へ？」

出し抜けに言われた言葉に、きょとんとしてしまった。

え、なにその機能？　初耳なんだけど？

位置を把握できる機能って、つまりＧＰＳみたいなもんか？

「着用者に何か異常が起きたり、または死亡した場合にも、主人に通知が届くようになっている。砦《とりで》に戻り、伯父上の元へ行った後でお前を探して、あそこにたどり着いた」

「へ、へぇ～……」

なんか、話を聞くと、ＧＰＳっていうよりはペットの見守りサービスみたいな機能だな……。

ん、でもそうなると……じゃあ、アドニスがあんなに汗だくで、着替えすらろくにしないまま、あの部屋に来たのは――おれに異常が起きたことを知らせる通知が来たから、とるものもとりあえず駆けつけてくれた、ってことになるのか？

……へぇ～！

なんだよー、意外といいとこあんじゃんアドニス！

っていうか、そんな機能があるんなら最初から教えといてくれればよかったのに～！

……いや、マジで最初から教えてといてくれよ。

つまりそれって、おれがこの首輪をつけたまま砦から逃げるのは不可能ってことじゃん！

あ、あぶねぇ〜！　アドニスが部屋にいない時に、イチかバチかでこの首輪をつけたまま逃げようかと考えたこともあったけれど……実行しなくて本当によかった！

「なんだ、ずいぶん奴隷思いのご主人様なんだな。おれに異常が起きたって知って、わざわざ走ってきてくれたんだろ？」

にやにや笑いを浮かべてアドニスを見上げる。

すると、彼は突然ぐわっと険しい表情になり、ぎろりとおれを睨《にら》みつけた。

そして、腕をのばしておれの胸ぐらを摑んで上に引きずりあげる。ベッドに座っていたおれは、無理やり立たされる形になった。

そ、そんなに怒る〜!?

なんだよ、ちょっとからかっただけだろ!?

いや、そりゃおれの言い方も悪かったかもだけれど……だって、心配してくれたのかなって思ったらなんか気恥ずかしくなっちゃったんだよ。それで素直になれなくて、ついああいう言い方に……。

アドニスに殴られるかも、と思っておれはぎゅっと目をつむる。

しかし、耳に届いたのは、おれの予想を裏切る言葉だった。

「……伯父上から聞いた」

「え？」

「砦に戻ってきた時、伯父上に呼び出されたんだ。そこで、伯父上から……『リョウを私に譲ってほしい』と打診された。お前の能力が自分の研究の役に立つものであるということと、すでにお前にも話を通してあるということを言われた」

「――――」

ド、ドラン伯爵〜〜〜!?

ちょ、ちょっと気が早すぎない!?

っていうか、後半の部分ちょっと意味が違くない!?　〝話を通してある〟って、まだ通ってないよな!?

おれはドラン伯爵から言われただけで、まだ了承はしてないはずだぞ!?

その言い方だと、すでにおれが異動の件を了承したように聞こえるんですけど!?

……あ。もしかしてドラン伯爵サマったら、おれに断られる可能性はみじんも考えてない？

いや、そりゃそうか。普通の戦奴《せんど》なら、こんないいお話を蹴《け》る理由がないもんな〜……。

ま、まぁ、ドラン伯爵がアドニスに話をしてくれたんなら、それに越したことはないか。

おれよりもよっぽどうまく話してくれたんだろうしな！

「言うまでもなく、俺が断ったがな」

「断った!?」

断ったって……え、アドニスが断ったってこと!?

おれの了承なくアドニスが勝手に断ったってこと!?

「お、おれの意見は無視か!?」

「当たり前だろう、お前の主人は俺だ。お前がどうするかも行く先も、もちろん俺に決定権がある。自分の立場が分かってないのか？」

「…………」

小馬鹿にしたようにアドニスが唇を歪め、おれを見下ろす。

……そう言われればそうだな。

考えてみりゃそりゃそうだよ。

ついつい、アドニスに食ってかかったけれど……そもそもアドニスに決定権があるよな。だって、アドニスはおれの現ご主人サマだし。

他人が「その奴隷が欲しいから自分にちょうだい！」って言い出した時に、それを奴隷と相手の主人だけで勝手に決定できるわけがない。そんなことをしたら奴隷が転職し放題になってしまう。

この場合の決定権は奴隷の現主人にある。アドニスの言うことももっともだった。

うん、もっともなんだけど——それならそうと言ってくれよ！

ドラン伯爵もなんでおれに最初に話したの？

あれこれ悩んじゃったじゃん!?

あの無駄に過ごした時間をおれに返せ〜〜〜！

「……はぁ、分かったよ。でも、ドラン伯爵の仕事の補佐は、明日も通常通りに行っていいんだよな？」

「ああ」

ため息を吐《つ》いて了承を告げると、ようやくアドニスが胸倉を摑《つか》んでいた手を離してくれた。

おれはよろよろとベッドに座りなおす。

はぁ〜、なんかどっと疲れた……ドラン伯爵《はくしゃく》もせっかちだよなー、ほんと。まったく、無駄にくよくよ悩んじゃったじゃんか。

っていうか、アドニスが突っ込んでこなくてよかった。もしも彼に「っていうかお前、奴隷の分際で勝手に主人を替えることなんかできるわけないだろ頭悪いのか」とか言われたら、めちゃくちゃ恥ずかしい思いをするところだった。ドラン伯爵のおかげでいらん恥をかくところだったぜマジで。

……でも、なんでだろう。

アドニスが断ったって聞いて、残念なような、でもホッとしたような……。

自分で決断しなくてすんだから、安心してるのかな。

それとも、この生活がまだ続けられそうなことに安堵《あんど》してるのか——。

「リョウ」

ぼんやりと虚空を見つめ悩んでいたら、ベッドがぎしりを音を立てた。

ハッとして見れば、いつの間にかアドニスがベッドに乗り上げている。深紅の瞳《ひとみ》に間近で見つめられて、おれは息を呑《の》んだ。

こうして見ても、アドニスの瞳はやっぱりきれいだと思う。紅玉の中に、稲妻のような金がきらきらと躍っている。

「伯父上《おじうえ》のところに行けば、俺から逃げられると思ったのか？」

「え……」

「お前は俺のものだ。自分の立場がいまだに分かっていないなら、もう一度、じっくり教え込んでやる」

「な、なに言って……」

全てを言い終わる前に、おれの身体《からだ》はベッドに仰向けに押し倒された。

前回とまったく同じ状況に、同じ体勢に、背中にどっと冷や汗をかく。

ちょ、ちょっと待って、ちょっと待って!?

教え込むってまさかそういう意味!?

「あ、アドニスっ!?　さっきの話は別におれが言い出したわけじゃないぞ！　ド、ドラン伯爵が勝手に言い出したことで、おれは提案に頷《うなず》いたりしてない！」

足をじたばたさせながら、必死に叫ぶ。

いや、まぁ一時間前くらいには「ドラン伯爵の方が待遇がよさそうだし、伯爵のところへ異動しよう！」なんて心に決めていたけれどな！

でも、そんなことをこの状況で馬鹿正直に言っても、おれが痛い目を見るだけだからな！

「その話だって、今日、伯爵に言われたばっかりだし……戻ったらアドニスに相談しようと思ってたんだよ」

両手でぐぐっとアドニスの身体を押しのけようとするが、びくともしない。

それどころか、彼はおれの服を強引に脱がせにかかってきた。

先ほど、あの暴行されかけていた女性に上着を渡してしまっている。そのため、今のおれは、上は簡素な薄手のシャツに、下はズボンと下着だ。履いていたサンダルは、ベッドにあがったときに脱いでしまっている。

アドニスはそんなおれの服を、強引に剝《は》ぎ取った。布が千切《ちぎ》れ、釦《ボタン》が飛ぶのもかまわないという様子だ。でも、釦をつけたり繕ったりするのはおれの役目になるんだから、もっとかまってほしい！

「ドラン伯爵は勝手に、おれが了承したと思い込んでたみたいだけれど、それは伯爵の勘違いなんだ。なぁ、聞いてるのか？」

「聞いている」

アドニスはじろりとおれを睨みつけた。

話は聞いてくれていたようだが、全然納得がいっている雰囲気ではない。

「伯父上が、俺からお前を買い上げるという話を、お前に告げたということだな。それで、その提案をお前が了承したものとして伯父上が勝手に進めたと」

「そう、そうなんだよ！　それで……」

「つまり、提案された時、お前ははっきり断ったわけではないのだろう？　だから、伯父上がお前は了承したものと思い込んだということじゃないか」

「――、――」

アドニスの言葉に、思わず黙り込むおれ。

いや、だって、アドニスの言う通りなんだもん。確かにおれは、ドラン伯爵にはっきり断ってはいない。少し考えさせてほしいといって、回答を先延ばしにしただけだ。

つまり……おれがそういう態度だったからこそ、ドラン伯爵はおれが了承したものとして話を進めたのか？

いや、もしかしたら、ドラン伯爵なりに気を遣ってくれたのか？

戦奴のおれの立場では、承諾するにしろ断るにしろ言いづらいだろうと――。

「い、いや、確かにアドニスの言う通り、ハッキリとは断らなかったぞ？　でもホラ、断るにしろアドニスの意見を聞いた方がいいと思ってな。だって、ドラン伯爵はアドニスの伯父さんだっていうし、おれが勝手に断ったことであんたの顔を潰《つぶ》すようなことになったら悪いだろ？」

おれは必死に言い訳をする。

しかし、アドニスはそんな薄っぺらな虚勢を見透しているようで、冷たいジト目でおれを見下ろした。

「お前はよくそんなにも達者に口が回るものだな。拷問吏をやっていたからか？」

「さ、さぁ……どうだろうな」

どちらかと言えば、帝国での拷問吏の経験よりは、前世での営業部で働いていたサラリーマンの時の経験の方が活《い》きているような気がする。拷問吏の時の仕事なんて、せいぜいラウロのお世話しかしてなかったしな。

「まぁいい。なんにせよお前には今一度、自分が誰のものかということを教え——」

アドニスはそう言って、おれの服だったものを床に落とした。そして、視線を下げる。

そこでなぜか、彼はぴたりと硬直した。言葉は尻切《しりき》れとんぼのまま、視線はおれの腹部に注がれている。

「アドニス……？」

「おい、これはどうした」

アドニスは眉間《みけん》にしわを寄せ、その右手でおれの腹部にそっと触れた。

「いたッ！」

優しく触れられたそこに、しかし、なぜかずくんと痛みがはしる。

なんだ？　と思い軽く上体を起こして、彼の見ているそこにおれも視線を移した。

見て驚いた。アドニスの指が触れている下の皮膚が、青紫色と黄土色のまだらの痣《あざ》になっているのだ。ちょうど臍《へそ》の真上あたり、大きさは拳《こぶし》よりもちょい大きいくらいだろうか。

え、なんだこれ。なにかにぶつけたっけ？

覚えのない痕《あと》にうーんと首を傾《かし》げ、はたと思い出した。

そういえば、さっきの王国兵士に食糧庫に引きずり込まれた時、男たちのうちの一人に、腹を二発ぐらい殴られたんだった。

きっとあれのせいだ。昨日はこんな痣はなかったから、間違いない。

「思い出した。さっき部屋にいた男の一人に殴られたんだよ」

「……どの男か覚えているか？」

「えっと……名前は分からない。でも、アドニスが部屋に入ってきた時に、おれの一番近くの正面にいた奴《やつ》だよ」

「そうか、分かった」

そう言って、頷いてみせるアドニス。

こころなしかその顔が不機嫌そうに歪《ゆが》んでいるように見えたのは、おれの気のせいだろうか。

アドニスの様子を窺《うかが》っていたら、彼の指が、痣になっている箇所をぐっと押した。

瞬間、ずきりと強くなった痛みに、おれはうめき声を上げる。

「いってぇ!?　きゅ、急に何するんだよ！」

「ふむ、内臓に傷はついていないようだな。こっちはどうだ？」

「っ……！　だ、だから痛いって……」

「痛いだけか？　吐き気はあるか？」

アドニスはおれが痛がるのにもかまわず、腹をぐいぐいと指で触れたり押してみたりする。

なにこれ嫌がらせ？

言葉を聞く限りでは、おれの内臓に問題がないかを気にかけているようにも思えるけれど……遠慮なく腹を押してくるので、いまいちこいつの考えていることが分からない。

さっきは怒ってるようにも見えたけれど、今はもう無表情に戻っちゃったし。

「ふむ、やはり内臓に損傷はないようだな。だが、念のために明日は戦医のところに行ってこい。俺が話を通しておくから」

「そこまでしなくてもいいよ……あんたに押される前までは痛くもなんともなかったんだし」

嫌みを言って睨《にら》みつける。

しかし、アドニスはおれが睨むのにも嫌みにも堪《こた》えた様子はなく、むしろおかしそうに唇を吊《つ》り上げた。

「お前は……本当に、よくこの状況でそんな憎まれ口が叩《たた》けるものだな」

「…………」

それ、褒め言葉じゃないよな？　むしろ馬鹿にしてるよな？

むっとしてアドニスを再び睨みつける。

彼は肩をすくめると、おれに顔を寄せてきた。そして、片手でおれの顎《あご》を掴《つか》んで無理やりに正面を向かせると、噛《か》みつくように口づけてきた。

「んっ……」

こんなタイミングでキスをすると思ってなかったので、反応が遅れた。

一拍遅れて口を閉じようとしたが、時すでに遅く、わずかに開いた隙間からアドニスの舌が入り込んできた。

肉厚の舌が、ぬるりとおれの舌に絡み、這《は》う。

「ふっ、ぅ……」

アドニスの舌から逃れようと、必死に舌を動かすが、そうすると、彼がますますおれに体重をかけてきた。

しかも、おれの顎を掴んでいるのと反対の手が、下半身に伸びてくる。指の腹でさわさわと腰をくすぐられると、ぶるりと身体が震えた。

「っ、ぁっ……」

アドニスの唇が離れていった時には、もう、彼の手はおれの陰茎に触れていた。

大事なところを相手の掌《てのひら》で掴まれているからには、逃げようがない。

「っ、アドニス……くそ、なんでだよ。あんた、もう童貞は卒業しただろ？」

そう言っている間にも、彼の指先がくるくるとおれの陰茎の先っぽをくすぐる。かと思えば、掌でゆるゆると竿《さお》を包むように扱《しご》かれて、おれは唇を噛みながらアドニスを睨みつけた。

「っ、ふっ……し、仕返しにしたって、おれのものなんか触っても、楽しくないだろ……？　な、なんでこんなことするんだよ……」

恥ずかしさと屈辱で、顔が耳まで真っ赤になっているのが分かる。

そんなおれを、アドニスは無表情のままじっと見つめている。まるで、子どもが飼っているペットを興味深く観察するような眼差《まなざ》しだった。

「楽しいかそうでないかと言えば、楽しいな。お前を追いつめて、泣き言を言わせるのは楽しい。それに、快楽と羞恥《しゅうち》で顔を赤くしているところを見ると、胸がすっとする」

「ほ、ほんとに性格悪いなあんた！　っ、ぁ……うぁっ！」

想定外な回答を出されて、そんなことしか言えなかった。

いろいろツッコミどころはあるんだけど、どういうこと？

おれが泣き言を言ってるところを見るのが楽しいとか、マジで意味が分からない。胸がすっとするって、爽快感《そうかいかん》を覚えるってこと？　それが本当なら、すごい加虐趣味だなこいつ！

「っ、本当に意味が分からない……おれのことが嫌いだっていうくせに、よくキスなんかできるよな……ん、ぁっ」

次第に、おれの陰茎の先端からは透明な露がにじんできた。

アドニスはそれを右手の人差し指の腹ですくうと、陰茎にまとわせて、さらに愛撫《あいぶ》を続けた。

先走りが潤滑油となったことで快感が高まり、陰茎からはさらにとろとろと先走りがこぼれてくる。

やばい、気持ちいい。

アドニスの奴、なんか前回よりも上手《うま》くなってる気がする……以前の経験を活かしているのか、それとも、おれが気持ちよくなるところを覚えているんだろうか。はたまた、その両方か。

おれは自分の口を両掌で押さえ、喘《あえ》ぎ声《ごえ》を必死に堪えた。今日はまだアドニスは声を出せ、とかそんなことは言ってこない。

というか、アドニスは先ほどのおれの言葉に思うところがあったようだ。手を止めて、首を傾げながらおれを見下ろしてきた。

「ふむ……憎んでいる相手にはキスはしないし身体にも触らない、とお前は考えてるんだな」

「はぁ？　そんなの当たり前だろ」

アドニスが不思議そうにつぶやいた言葉に、おれは眉根《まゆね》を寄せた。

「だいたい、どこの誰が好き好んで、嫌いな奴とセックスしたいと思うんだよ……普通は好きな相手とするもんだろ、こういうの」

「けれど、お前は俺が捕虜だった時、牢《ろう》で自分から俺に触れてきただろう」

「いや、そりゃあの時は……それがおれの仕事だったから。仕事とプライベートは別だろ」

だが、アドニスはおれの回答にまだ納得がいっていないようだった。

難しい表情でしばらく黙り込んで何事かを考えた後、再びおれの顔をじっと見つめてきた。

「俺は……あんな風に他人に触られたのは、生まれて初めてだった」

「え？」

「魔眼持ちの忌み者に好んで触れるような人間はそうそういない。そもそも、俺を忌み者だと知ってもなお、恐がらないのはお前が初めてだった」

「そ……そうだっけ？」

アドニスと初めて会った時の記憶を、必死に思い返す。

よくは思い出せないけれど……まぁ、恐がりはしなかったな。きれいな目だな、と思ったことは覚えてるけど。

おれの困惑とは裏腹に、アドニスは強い口調で言葉を続ける。

「そこから、俺はお前に興味が湧いた。しかし、帝国人の戦奴《せんど》のお前と、王国の聖騎士である俺とでは、道が交わることもないだろうとも思っていた。そう、思ってはいたが……お前のことをもっとよく知りたいという気持ちが、胸の中からずっと消えなかった」

「……アドニ」

「この気持ちは多分、憎悪というものなんだと思う」

――えっ？

あれ、なんかいきなり話の方向性が迷子になったぞ？　おれの聞き間違いか？

今の自分の状況も忘れて、おれはのしかかるアドニスの顔をまじまじと見つめた。けれど、彼の様子からして、冗談で言っているわけではなさそうだ。

アドニスは再び口を開くと、淡々とした口調で続けた。

「俺は……今まで、他人と関わりを持ったことがない。魔眼持ちの忌み者として生まれ、母親は俺を産んだことで心を病んで自害した。父親とは会話をしたことがない。王国騎士団に入団しても、誰もが俺を腫《は》れもののように扱ったから、他の騎士と友誼《ゆうぎ》を結ぶこともなかった」

「…………」

アドニスの家庭環境が思ったよりも悲惨で、なんて言ったらいいか分からなくなる。

まぁ、忌み者っていうことと、アドニスの現在の性格からして、和気藹々《わきあいあい》としたご家庭に生まれ育ったわけではないんだろうなとは思っていた。でも、それにしたって想定以上だ。

伯父《おじ》にあたるドラン伯爵《はくしゃく》は、アドニスに対してすごく気さくな態度だったけれど、やはり王国では、忌み者という存在はかなり忌避されているらしい。

　でも、そうなるとドラン伯爵のアドニスに対する態度の方が不思議だ。実の両親すらアドニスを嫌悪したというのに、なぜドラン伯爵は好意的なのだろう？

　まぁ、ドラン伯爵は能力主義だ。それは捕虜であるおれを自分の仕事の補佐に据えたことからも窺える。もしかすると、アドニスが聖騎士として優秀な人間だから、他の人ほど彼を嫌悪していないのかもしれない。

　ふと、おれはそこであることに気がついた。そういえば、おれはアドニスとドラン伯爵が直接話をしている場面を見たことがなかった。彼らがそれぞれ、お互いについて喋《しゃべ》っているから友好的な間柄だと判断していただけだ。

　今までの経緯から、ドラン伯爵はアドニスに対してよき伯父さんなんだろうと思っていたが、そうするとアドニスの「他人と関わりを持ったことがない」という台詞《せりふ》とは乖離《かいり》があるようにも思える。

　そんなことを考え、黙りこくるおれに、アドニスは淡々と言葉を続けた。

「誰もが俺を遠ざけたから、俺は今まで誰かを激しく憎んだり、嫌いになったことがなかった。だから、他人を憎悪するという感覚がどのようなものなのか、理解ができなかったのだが、物語や噂《うわさ》話《ばなし》に聞いたことはあった」

「物語？」

「ああ。ある一定の人間に執着し、そいつに対する復讐《ふくしゅう》を考え続ける――その感情を憎しみというのだろう?」

「っ、ぁ」

淡々とした口調で話を続けるアドニスが、ふいに、おれの後孔へと指で触れた。

慌てて足を閉じようとしたが、彼の左手に片足を摑まれて、割り開かれてしまう。そして、右手の人差し指の愛撫が再開した。円を描くようにすりすりと撫《な》でられて、くすぐったさと気持ちよさに身体《からだ》を身じろぎさせる。

「ぁ、アドニスっ……」

「お前のことをもっと知りたいと感じた、この感情がどういう類いのものなのか、最初は分からなかったが……先日、お前を抱いた時に、今まで感じたことがないほどに、心が満たされた。それで、ようやくこの感情の正体が分かった」

「っ、あっ……ひっ」

とうとう、人差し指の指先がつぷりとナカに埋め込まれた。

そのまま、アドニスのごつごつとした指が、ゆっくりと中に押し入ってくる。

二回目になるが、この異物感には慣れない。

おれはぎゅうっとベッドのブランケットを握りしめながら、アドニスを見上げた。

「い、色々言いたいことはあるけど……! 今までに一度も、親や国を恨んだことはないのか?」

アドニスはおれの顔を見ず、自身の指先を埋めた後孔を注視して、人差し指を動かしている。

自分でも見たことがないような場所を、アドニスにまじまじと見られていることに、顔がかっと熱くなる。

「……子どもの頃に、理不尽だと思ったことはあるが、両親の気持ちも理屈の上では理解できた。そして、両親から遠ざけられた俺を養育してくれたのは国の機関だったからな。親や国を恨んだことはない」

「っ、そりゃ殊勝だな……おれは自分の親も帝国も、めちゃくちゃ恨んだけどな……ぁっ、ふ」

おれなんか、戦奴としておれを売った両親のことも、戦奴としておれをいいように扱って前線送りにする国のことも、一時期はめちゃくちゃ恨んだぞ。

「でも、騎士になってからも嫌がらせをしてきた奴《やつ》とかいただろ……？　今日の、あいつらみたいな……そういう奴を憎む気持ちとかはなかったのかよ……んっ」

「口先だけの人間は、それなりにいたな。鬱陶《うっとう》しいと思うことはあった。だが、実力ではどうやったところで魔眼持ちの俺の方が上だから、嫌がらせをしてくるほどの人間はいなかった」

え。ちょっと待って？

『どうやったところで魔眼持ちの俺の方が上』ってどういう意味だ？

その言葉から察するに、もしかして……アドニスって聖騎士の中でもめちゃくちゃ強い感じ？

というか、実はおれはいまだに〝魔眼持ち〟の人がなんで〝忌み者〟と呼ばれているのか、理解できてないんだよな。

帝国でも王国でも、虹彩《こうさい》に金色が混じっている人が〝魔眼持ち〟と言われているのは分かった。

でも、どうしてそれが〝忌み者〟扱いなんだろう。

っていうか、そもそも魔眼ってのはどういう意味なんだ。
戦奴の立場のおれは、ろくな教育も受けさせてもらえてないから、時々こういう風に帝国の一般常識が抜けてる時があるんだよな～……ほんと、前世の義務教育制度って素晴らしいものだったんだな。

「……っ、ぁ！」

そんなことを考えていたら、不意の刺激に、びくんと身体が跳ねた。
後ろに挿入されたアドニスの指が、ある一点をかすめたからである。
先日見つけてしまった前立腺《ぜんりつせん》の部分だ。アドニスも、そこがおれの弱点だと覚えているのだろう。しこりを見つけた途端、そこを重点的に責め始めた。

「ぃっ！　ぁ、アドニスっ、そこ、やめっ……ひ、ぁっ！」

「ああ、やはりな。こうして、お前がよがる姿を見ていると胸が熱くなる」

思わず手を伸ばして、おれの足を摑んでいるアドニスの手を摑むが、ちっとも動かない。
おれがじたばたと無駄な抵抗をするのを、アドニスはなんなく抑え込む。だが、挿入していた人差し指をいったん抜いてくれた。
異物感がなくなったことでホッとしたのも束の間、アドニスは今度は人差し指と中指を揃《そろ》えて、二本の指をつぷりと挿入し始めた。
さらに増した異物感と、そして、それだけではない感覚に、だんだんと身体が熱くなっていく。

「最初はこの感情がどういうものか分からなかったが、やっぱりそうだ」

「ぁっ、ひぅ、んぅっ……ぁっ」

「捕虜だった俺に対し屈辱を与えたお前に、こうして復讐していると、生まれて初めて胸が高揚するのを感じるんだ。つまりは、この気持ちが憎悪というものなのだろう？」

「…………っ」

そう告げるアドニスは、言葉とは裏腹に、今までになく愉《たの》しそうな笑みを浮かべた。

口角を上げて、ルビーレッドの瞳《ひとみ》を爛々《らんらん》と光らせている。その表情は、まるで飢えた肉食獣が、獲物の喉《のど》にくらいつくような凄惨《せいさん》な笑みだった。

――今、こんな状況じゃなかったら、おれは頭を抱えて突っ伏していたと思う。

な、なんか……ものすごいドストレートな告白を真正面からされてしまった。

つ、つまりアドニスって、今の言動から察するにさ……おれのことが好きってことだよな!?

だって今の言動を聞く限り、そういうことだよな？　なんでか当の本人自身が気づいてないみたいだけれど!?

〝お前のことをもっとよく知りたいと感じた〟とか、〝心が満たされた〟とか、〝生まれて初めて胸が高揚する〟とかさ……うわ〜〜！　これ、どんだけ恥ずかしい台詞を言ったのか、本人は気づいていないのかよ!?　おれの方が恥ずかしいわ！

ああ、もう！　羞恥《しゅうち》のあまり、今、顔がめちゃくちゃ熱い！

アドニスは、おれが後ろをいじられてるから顔を赤くしてると思ってるだろうけど……！

お、落ち着け、状況を整理しよう。

なぜかは分からないけれど――どうやらアドニスはおれのことが好きらしい。本当になんでだ。

けれど、アドニスはその魔眼持ちという体質のせいで、今までろくに対人関係を築くことができなかった。

友人を作るどころか、親ともまともに会話をしたことがなかったらしい。そのため、彼は今までに友情や愛情、嫌悪の感情を対人関係で体感したことがないのだ。

つまり、対人コミュニケーション能力レベル1。いや、1どころかもはやマイナスのレベルだ。

それゆえに――アドニスは、どういうわけか、おれに対する感情を憎悪だと定義づけたらしい。

どういうことかと言うと、

「尋問で屈辱を味わわされたおれに仕返しをしよう！」→「仕返しをしたらなんか気分がいいな……そうか、これが復讐ってことか！　復讐をしたから爽快感《そうかいかん》を感じているんだ」→「つまり、俺はこいつのことを憎んでるってことだな！　これが憎悪か理解した！」

と、いう変遷をたどったと思われる。

……いや、こうして考えても、おれだって信じられないよ。

まさかアドニスが、おれなんかを好きになるとか。

でも……そう考えると、正直、色んな事に納得がいくんだよな。

アドニスがおれなんかをわざわざ自分の所有奴隷にした理由とか、おれが意識を失っていた間に、怪我《けが》の手当をしてくれたことや、着替えまでしてくれたこと。初めて抱かれた時に、丁寧すぎるほどに慣らしてくれたこと。ドラン伯爵がおれを手伝わせるまで、奴隷であるおれに何の仕事も与えようとしなかったこと。

それに……一緒のベッドに寝てる時に、はだけたブランケットをかけなおしてくれるのとか。逆に、二人でベッドで眠っている時、おれを腕の中に抱きしめてくる理由とか。

いやほんと、なんで本人が気づかないんだ？

ラウロだって友達はおれしかいなかったけれど、対人コミュニケーション能力はそこまでひどくなかったぞ？

考えてみてくれよ！　普通さ、心の底から憎んでる奴とセックスして、胸がスカッとする人間とかいないだろ!?　っていうかそもそも、憎んでる奴を抱こうとは思わないし！

おれが前世でサラリーマンをやっていた時で喩《たと》えるなら、嫌な取引先のおっちゃんに会って「今に見てろ……そのクレームばっかり囀《さえず》る唇をおれの唇でふさいでやんよ！　お前のクレームを、ベッドの上で喘《あえ》ぎ声《ごえ》に変えてやるから楽しみにしてな」とか思うようなもんだろ？　怖すぎるだろ。

向こうだっておれにそんなこと思わなかっただろうし。

……それとも、そんな〝普通〟が理解できないほどだったのか？

そんな普通が判断できないほど、アドニスは今までにまともな人間関係を築いたことがないのかもしれない。

本人も、さっき言ってたものな。生まれてからずっと腫れもの扱いで、周囲の人間からは遠巻きにされるばかりだったたって。

もしかすると、誰かと何気ない会話をすることすらできなかったのかもしれない。そんな歪《ゆが》んだ生き方では、こんなふうに歪んだ考えた方になってしまってもおかしくはない。

とはいえ、どうしたものだろう。

だって、ここでおれが「それはおれを憎んでるんじゃなくて、おれのことが好きってことだろ？」なんて指摘しても、それはそれで、さらに面倒くさいことになる気がするんだよな〜！

というか、そもそもおれの考察が間違ってる可能性もあるし……。

アドニスは本当におれのことが憎くて憎くてしようがない、という可能性だってあるんだし——。

「んっ……うわっ⁉」

考え事をしていたら、急に意識が引き戻された。

アドニスが後孔から指を抜くと、身体を摑《つか》んで反転させてきたのである。

あおむけになっていたおれの身体はひっくり返され、今度は寝台へうつぶせの体勢になった。

「っ、な、なんだよいきなりっ……」

「ああ、悪い。両手をあけたかったんだ」

首をまわして背後にいるアドニスを睨《にら》む。

彼は謝罪の言葉はのべたものの、表情は変わらず、悪びれない調子だった。本当に悪いとは思ってないのだろう。

前回は、アドニスはやたらにおれの顔を見たり、声を聞かせろとか言ってきたけれど、どうやら今回は気分が違うらしい。

とはいえ、これはこれでよかったかもしれない。

あんなド直球の告白を聞かされた後で、アドニスと顔を合わせるのは恥ずかしすぎる。

「言ってくれれば、別に自分で動いたよ……」

「そうか？　じゃあ、膝《ひざ》を立てて腰を上げてくれ」

そう言って、アドニスはおれの腰を鷲摑《わしづか》んで上に引き上げた。

おれは少し迷ったものの、自分が言い出したことなので今さら拒否することもできず、しぶしぶと彼の指示通りの体勢をとる。が、言われるままに腰を上げたあとで気がついた。

こ、この恰好《かっこう》は……！

上半身はうつぶせのままだが、膝を立てて腰だけを上げている体勢。

まるで発情期の猫のような格好である。見ようによっては、自分からアドニスに身体を差し出しているようにも、ねだっているようにも見える。

ちょ、ちょっと待って！　これ、めちゃくちゃ恥ずかしいんだけど!?

「ぁ、アドニスっ、やっぱりこれ変えて……ひゃっ!?」

抗議の声は、途中で嬌声《きょうせい》へと変わった。

アドニスが再び、後孔に指をいれたからである。

先ほど散々ほぐされたそこは、再びするりとアドニスの指を受け入れた。

それに気をよくしたのか、アドニスはすぐさま指でしこりに愛撫《あいぶ》を開始した。指の腹で、肉壁からわずかに膨らんでいるしこりを、ククッと何度も押《お》し潰《つぶ》す。

「ひっ……！　ぁ、アドニスっ、やだ、それっ……！」

RUBY INFORMATION

January 2024

1

「おやゆび王子の初恋」
イラスト／笠井あゆみ

公式HP https://ruby.kadokawa.co.jp/　X(Twitter) https://twitter.com/rubybunko
〒102-8177 東京都千代田区富士見2-13-3　発行:株式会社KADOKAWA

慌てて両手で口を押さえるが、それでも勝手に高い声がこぼれてしまう。

しかもアドニスは、おれの喘ぎ声が溢《あふ》れてしまう箇所を狙って、愛撫をするようになってきた。

「興味深いな。こうしてこの部分を押し潰すと、肉壁が俺の指に絡みついてくる」

「へ、変なこと言うな……ぁ、あッ、ひァッ！」

指の腹で何度も何度もしこりをぐっぐっと押し潰されたかと思えば、今度は、爪先でかりかりとしこりを引っかかれる。

「ぁっ、やっ……あァっ、んぁっ！」

アドニスがそこをいじるたび、痺《しび》れるような快感が脳天まで突き抜けた。

顔をうつむかせてみれば、おれの陰茎は最大限まで勃《た》ち上がって、腹につきそうなほどになっている。

「ぃいッ!?」

ぼんやりとそれを見つめていたら、アドニスの手がのびてきておれの陰茎を包み込んだ。そして、そのままぬこぬこと陰茎を扱《しご》き始める。

しかし、後孔の前立腺を指でいじめるのを止《や》めてくれたわけではなく、後ろをいじるのとは反対の手で陰茎を愛撫し始めたのだ。

いっぺんに異なる箇所に快感を与えられ、おれの太股《ふともも》が勝手にがくがくと震え出した。

「ぁっ、アドニスっ、いっかい止めっ……んあッ、ぁっ」

「ふむ……両手が空くのは都合がいいが、これだとお前の顔が見えないのが難点だな」

おれの制止の声なぞ気にした様子もなく、そんなことを呟《つぶや》きながらアドニスは愛撫を続けた。

指でかりかりと前立腺を引っかかれ、押し潰される。時には前立腺だけではなく、その周囲の肉壁を指で愛撫する。

それと同時に、おれのいきり勃った陰茎の先端を指でぬるぬるとこすり、裏筋を掌《てのひら》でこする。

今や、陰茎からはとろとろと先走りが寝台の上にこぼれ、布団の上に小さな水たまりを作ってしまっていた。

しかも、前立腺を指でいじられなくても、アドニスが指を抜き差しするだけのわずかな振動で、お腹《なか》の奥がきゅんきゅんと熱を持ってしまっている。

もはや自分の身体《からだ》が自分のものじゃないみたいだった。

「っ、ぅ、ぅあッ、あっ……ぅ、あっ、ぁ、あぁッ！」

そして――アドニスの二本の指にしこりがはさまれた。しこりがぴくぴくと震えるのにもかまわず、アドニスの指は容赦なくしこりを押し潰し、すり潰す。

その瞬間、おれの視界にばちばちと真っ白な火花が散った。下腹部から脊髄《せきずい》にまで一直線に、電流が流し込まれたのではないかと思うほどの快感が奔《はし》る。

「ひっ、ぁっ、あッ……ぅあッ、あぁっ！」

お腹が熱い。いや、お腹のずっと奥が熱い。

この未知な感覚がどういうものか知っている。前立腺《ぜんりつせん》で絶頂する、メスイキと呼ばれるやつだ。

まさか、かつて風俗店で体感できなかったナカイキをここで味わうはめになるとは。

「ひっ……ぁ、ぅ……っ」

　おれは寝台に顔をぎゅっと押し付けて、押し寄せる怒濤《どとう》の波を必死に堪《こら》えた。しかし、下腹部を焼き溶かすような快感はそれでも収まらない。

　内腿《うちもも》が小刻みにぶるぶると震え、止めようと思っても、勝手に腰が揺れてしまう。いまだに後孔に入ったままのアドニスの指を、肉壁が勝手にきゅうきゅうと締め付けているのを感じる。

　そのままだったら、身体に力が入らなくなったおれは、為《な》す術《すべ》もなく寝台の上に崩れていただろう。

　だが、その前に、アドニスがおれの陰茎から手を離して、腰を摑んで支えた。

「っ、アドニス……ぁ、んぅ」

「続けるぞ」

「へっ？」

　涙目でぼんやりと背後を振り返ったおれの耳に、信じられない言葉が届いた。

　え、冗談だよね？　と聞き返す間もなく、アドニスはおれの後孔に埋めた指を、再び動かし始めた。

　ナカイキでイったばかりの前立腺を、容赦なくゴリッ、と指で押し潰す。

「ぁ、ひぁ、あァッ!?」

　絶頂の直後で、先ほどよりもぷっくりと膨らんだしこりを、アドニスは爪先でカリカリとひっかき始めた。思わず腰を動かして逃げようとするも、それを叱咤《しった》するかのように前立腺を二本の指で挟み込み、ぎゅむぎゅむと押し潰す。

「っ〜〜〜ッ！」

もはや声も出なかった。

絶頂を迎えて敏感になった前立腺を、アドニスは容赦なく指でいじり、嬲《なぶ》るのだ。今やおれの後孔からはぐちゅぐちゅといういやらしい水音がひっきりなしに響いている。快感のあまり、視界が真っ白になる。おれは必死に両手でシーツを握りしめながら、後ろの彼に懇願した。

「アドニス、頼むから待って……！　おれ、今、イったばかりだから、やだっ……ひぅ、ぁあッ！」

「何を言っている。お前はまだ射精してないだろう、すぐ分かる嘘《うそ》を吐《つ》くな」

「はぁ!?」

信じられない思いでアドニスを振り返る。

が、アドニスの表情は真剣そのものだった。というか、おれが本当に嘘を吐いていると思っているのか、眉間《みけん》に皺《しわ》を寄せていささか不機嫌そうな表情ですらある。

「う、うそじゃなっ……おれ、ほんとに今イったばかりで……ぁ、やっ、うあッ!?」

「だから、お前はまだ射精はしてないだろう」

「ち、ちが、そっちじゃなくて。おれ、なかでイったから、んぅっ」

「男のお前が、ここで絶頂するわけがないだろう。女じゃあるまいし」

一所懸命にアドニスに訴えかけるが、しかし、なかなか信じてくれない。

それどころか、「早く終わらせたいから嘘を吐いてるな」という疑いの視線がますます強くなってしまった。

あ……も、もしかしてアドニスって……男でもナカイキできることとか、そもそも前立腺の仕組みとかも知らない感じ……？

帝国も王国も、同性婚がありの国だと聞いていたから、てっきりそういう知識もあるものだと思っていた。前立腺に的確に愛撫もしてきたし。

もしかすると、今までのあれはおれの反応を見てやっていただけで、性的な知識はないのか？

でも、そういえばアドニスって、おれとするまで童貞だったんだもんな。

しかも、今まで親しい友人もいなかったのだから、男同士で猥談《わいだん》で盛り上がったこともなかったのだろう。そう考えると、性的な知識が不足しているのはおかしいことじゃない。

つくづく気の毒な奴《やつ》だなホント……って言ってる場合じゃない！
ア、アドニスにきちんとレクチャーしないと、このままではおれが死ぬ！
「ほ、ほんとにちょっと待てってアドニス！　おれ、マジでイってるから……っ、ひぁっ！」

必死にアドニスに向かって叫ぶ。

だというのに、アドニスは容赦なく前立腺をゴリゴリといじめ続ける。

絶頂したばかりのそこは、最初よりもふっくらと膨らんで、ぴくぴくと震えている。ひどく敏感になったそこは、まるで神経がむき出しの塊になったかのようだ。

アドニスの指はそんな敏感なしこりをグリグリ、ゴリゴリと押し潰す。かと思えば、指をゆっくりと抜き、そして再び後孔へと突き入れて、しこりを指の関節部でノックする。

「ひっ、ぁっ、やあ……ぁっ、ふぁ、あっ！」

とうとう、アドニスは指を増やして、三本の指をおれのナカへと埋めた。

しかし、きついということはない。それどころか、肉壁全体がアドニスの三本指を嬉《うれ》しそうにきゅうきゅうと締め付けているのが、自分でも分かった。

そして、彼は今度はその三本指をゆっくりと、ぐるぐるとナカで半回転させ始める。半回転する彼の指によって、しこりがぞりぞりと削られる。

「ひっ……！　ぁ、やっ、ぁあッ……んぁ、ああァッ！」

おれは再び太股をがくがくと震わせて、甘い絶頂を迎えた。

身体を突き抜ける快感に、顔を突っ伏して、指先が白くなるほどシーツをぎゅうっと握りしめる。

見れば、おれの陰茎からは糸が引いており、透明なそれが寝台の上に垂れてしまっていた。今や陰茎は痛いくらいに張りつめて、先っぽが真っ赤になってしまっている。

「あっ、はっ、ぁッ……」

「だいぶ慣れてきたな」

しかし、それでもまだ後孔に指は入ったままだ。アドニスは一人頷《うなず》きながら、三本の指を再びゆっくりと回転させてきた。ぐちゅりという水音と共に、痛いほどの快感が下腹部を襲う。熱を逃がそうとしてか、勝手に腰がかくかくと揺れ始めた。だが、それを見てアドニスは不機嫌そうな声を漏らした。

「おい、腰を動かすな。勝手に動かれると、爪で傷つけてしまうだろう」

「わ、わざとやってるわけじゃなくて……ひ、ぅっ」
ア、アドニスの奴……！
この調子だと、やっぱ前立腺とかナカイキの概念を知らないな!?　友達がいなければ、そんな性知識なんて知らないよな……っていうか前世の日本でも、そんなニッチな性知識のある男はそこまでいないか。

おれは必死にアドニスを振り返り、涙目で訴えた。

「アドニス……頼む、すこし休ませてくれ。おれ、イったばかりで辛《つら》い……」

「だから、何度も同じ嘘を吐くな。射精はしてないだろう」

アドニスは怪訝《けげん》そうな表情を浮かべた。しかし、先程と比べていささか様子が異なる。さっきは、おれの言葉を完全に嘘と決めつけていたが、今なら話を聞いてくれそうな雰囲気だ。

おそらくは、おれが否定されても何度も同じことを言い続けるから、アドニスも違和感を抱き始めたのだろう。

よし、チャンスだ！

ここでしっかり説明できなければ、マジでおれが死ぬ！

「いや、射精じゃなくて……！　お、男でも中だけでイくってのがあるんだよっ……ん、ぅッ」

「中で？」

首を傾《かし》げるアドニス。

ああ、やっぱりこの調子だと知らないんだな……。

なら、早いところ説明して止めてもらおう！　じゃないと本当に誇張表現なしでおれが死ぬ！

「前立腺ってのがあって、神経が集中してるところで……人にもよるけど、男でもそこをいじられると気持ちよくなるんだよ……ぁ、んっ」

「ふむ？　知らなかった、そういうものがあるのか」

「そう、そうなんだよ！　だから、あんまりそこいじるなって……んぁっ!?」

ようやくアドニスが分かってくれたかと、安堵《あんど》したのも束の間だった。

何を思ったか、なぜかアドニスが再び指を動かし始めたのだ。

しかも先ほどよりも、しっかりと前立腺を指でとらえて、的確な刺激を与えてくる。指の腹で膨らんだしこりをぷにぷにといじくり回され、おれは喉《のど》を仰《の》け反《ぞ》らせた。

「い、ぁっ、ぁあぁッ!?」

目の前がチカチカする。アドニスの指が動く度、下腹部から湧き上がる快感が強くなって、腰が勝手にがくがくと震えてしまう。

「な、なんでっ……いじるなって言ったのに……ぁ、んぅっ！」

「そういう話を聞かされては、むしろ触りたくなるじゃないか」

後ろを振り返り、アドニスに怒鳴った。いや、怒鳴ったつもりだったが、泣き声混じりのそれは怒声というよりは、もはや懇願に近い声色になってしまった。

そんなおれを見てアドニスは笑みを深め、よりいっそう指の動きを激しくする。おれの陰茎は痛いぐらいに勃ち上がって、透明な先走りを引っ切りなしにシーツの上にこぼしていた。そのはしたない有様に、顔がカッと熱くなる。

「ぁ、アドニス、頼むから、もうやめ……ぁっ、ぁあッ！」

許しを請うても、アドニスの指は止まってくれなかった。頭を横に振りながら、腹の奥からきゅんきゅんと湧き上がる快感に必死に耐える。

不意に、アドニスがおれの背中に顔を寄せた。そして、その肉厚な唇で背中の薄い皮膚をきつく吸い上げていく。痕《あと》をつけられているのだということが分かったけれど、今のおれには逃れる術はなかった。それどころか、アドニスの唇が触れる感触にすら、背筋にぞくぞくとした快感を感じてしまう。

「前の時もナカでイっていたのか？　女みたいに？」

「ちがっ……さ、さっきが初めてで、んぅ、ぅあっ、ァっ！」

「じゃあ今はどうなってるんだ？　ほら、言ってみろ」

こ、こいつ……！

おれの話ちゃんと聞いてた!?　触るな、って言ってるだろーが！

目尻《めじり》に涙を浮かべながら、首だけで振り返ってアドニスを睨《にら》みつける。が、彼は愉《たの》しげな笑みを浮かべるばかりで、指をくちゅくちゅと動かし続けた。その指が蠢《うごめ》く度に、下腹部は甘い快感に襲われる。思わず、指から逃れようと腰をくねらせると、おれを叱るように、アドニスのもう一方の手が陰茎の先っぽへと伸びてきた。先走りでぬるぬるになった亀頭に指を這《は》わせると、その笠部分を親指と人差し指でくりゅくりゅとこね回し始める。

「ぁっ、あ、ああァッ!?」

「ふむ……こうやって同時にされる方が好きなのか？　一緒にいじると、お前の中がこれでもかというくらいに指を締め付けてくるが」

「ぁ、それ、むりっ、ほんとにだめっ……ひっ！」

　アドニスは、もう一方の手で前立腺をコリコリと潰《つぶ》しながら、もう一方の手では亀頭をこねくり回した。どちらとも、爆発的な快感を覚える敏感な所なのに、決して射精にはたどり着かない部位だ。そのせいでおれは、怒濤のような快感を強制的に与えられているのにもかかわらず、絶対に射精は出来ないという地獄を体験する羽目になった。

「く、ぅ、あっ、ぁあッ！」

　真っ赤になった亀頭を、アドニスの指がこねこねと撫《な》で回す。肉壁の間でぷっくりと膨れている前立腺を指先でコツコツと突つかれる。おれはもはや声も出せずに、下腹部をびくびくと痙攣《けいれん》させて、今日で何度目になるか分からない甘い絶頂を迎えた。

「ぁ、ぁッ、っ……！」

　あまりの快感に、もはや今度は声も出せなかった。唇をはくはくとわななかせながら、大粒の涙をぼろぼろとこぼす。絶頂と同時に、肉壁がきゅううっと蠢いて、アドニスの指を締め付けたのが分かった。

　その感触で、アドニスもおれがナカイキをしたのが分かったのだろう。陰茎と前立腺《ぜんりつせん》をいじっていた手をぴたりと止めて、なぜかちょっと嬉《うれ》しそうな声で尋ねてきた。

「イったのか、リョウ？」

「……っ」

一瞬、プライドが首を縦にふることを躊躇《ためら》わせたが、黙っていると、アドニスの指がぴくりと動き始めた。そのまま、二点に対する責めを再開される前に、慌てて口を開いた。

「イ、イった！　イったから、お願いだから、もう指、抜いてくれ……」

「ふむ……そうは言っても、やはりまだ射精はしていないようだし、このまま続けてみては駄目か？　やり方が分かってきたところだから、このままコツを掴《つか》みたいのだが」

……遠回しに、おれに死ねって言ってんのこいつ？

おれは死刑宣告に等しいアドニスの発言に、しばし呆然《ぼうぜん》としてしまった。が、その内にアドニスの指がゆっくりと動き始めたのに気づいて、おれは必死で思考を巡らせた。

ふ、普通に止めてくれってお願いするんじゃ駄目だ！　アドニスの場合、もっと別のアプローチで訴えないと、こっちの言うことをきいてくれない……！

「っ、ア、アドニスっ……か、体の向き変えたい……っ」

「うん？」

「この体勢だと背中がつって痛いんだ……腰も痛いし……んっ」

イきすぎて辛い、と言ってもアドニスは止《や》めてくれなかったので、急いで作戦を変えた。

泣き声混じりにこの姿勢が辛いと告げたところ、アドニスは今度はすぐに後孔から指を引き抜いて、すぐさまおれの身体《からだ》を仰向けの体勢にしてくれた。

「これで大丈夫か？」

「あ、ああ。ありがとう……」

無表情ではあるが、どこか気遣わしげにおれを見やるアドニスに、こくこくと頷いてみせる。

よっしゃ、ようやく聞いてくれた……！　作戦を変えて大成功だ！

なるほどなるほど。アドニスに、もう止めてくれってお願いする場合には、さっきみたいな方向性の方が効くんだな。今後も役立ちそうだし、覚えておこう。

しめしめと思いつつ、彼を見上げる。

すると、アドニスはまだこちらを気遣わしげな表情で窺《うかが》っていた。その分厚い掌《てのひら》で、腰や、脇腹などをぺたぺたと触っては、おれの反応を確認している。

「他に痛むところはないか？　腹は平気か？」

「だ、大丈夫だ……姿勢を変えてもらったら楽になったから」

……ちょ、ちょっと罪悪感。

アドニスはおれの嘘にはまったく気づかず、すごく真剣な表情で心配してくれていた。

その顔を見てると、胸の奥から同情心と、なんだか切ない気持ちが込み上げてくる。

本当に不思議だ。どうして当の本人は気づかないんだ？　今の自分の顔を鏡で見れば、おれに対する感情が憎悪じゃないってことくらい、すぐに分かるだろうに。

……むしろそれだけ、アドニスが普通とは縁遠い場所で生きていた証《あかし》なのだろうか。

先ほど、アドニスは「今まで誰かを嫌いになったことがなかった」って言っていたけれど……裏を返せば、誰か特定の人を好きになったこともなかったのだろう。だからきっと、おれに対する気持ちの正体が分からずに、自身の知識から憎悪だと思い込んだわけだ。

　誰かを好きになることも、嫌いになることもない人生なんて、おれにはまるで想像がつかない。好悪の念を抱くこともできないほど、人との繋《つな》がりを絶たれて生きる人生なんて……そんなの、辛すぎる。

　そんな目に遭わなきゃならないほどのことを、こいつがしたのか？　ただ、魔眼持ちとして生まれたというだけで？

「リョウ？　どうかし……」

　おれは上体を起こすと、アドニスの肩に両手を置いた。さほど年齢は変わらないはずなのに、アドニスの身体はごつごつと骨張っていて、しっかりと筋肉がついている。

　そして、おれは彼に顔を寄せると、唇の端にそっと口づけた。

「っ、リョウ……？」

　顔を離すと、アドニスが目を真ん丸に見開いて、めちゃくちゃ驚いていた。

「さ、さっきの体勢だとさ、あんたの顔が見えなくて不安なんだ。身体も痛いしさ……悪いけど、このままでもいいか？」

「……分かった」

　いまだに混乱している様子のまま、頷くアドニス。

　でも、おれからのキスに悪い気はしていないようで、今度は彼のほうから口づけてきた。アドニスのかさついた肉厚の唇が、おれの唇に重なる。触れあうだけのキスは、けれど、今までで一番心に響いたような気がした。

「リョウ……」

「んっ……」

アドニスの熱い吐息が顔にかかって、それだけのことなのに、身体が妙にぞくぞくする。

思わずぎゅっと目をつむると、今度は、閉じた瞼《まぶた》にちゅっというリップ音を立てて、アドニスの唇がキスを落とした。

「リョウ……リョウ」

アドニスは熱に浮かされたように、おれの名前を何度も呼んだ。その顔にはいつになく余裕がなく、瞳《ひとみ》の奥には情欲の炎が燃えている。彼は性急ともいえる動作で、おれの足を割り開くと、自身の剛直を後孔へとぴとりと押し付けた。

この体勢も、そしてこれから起こることも二回目になるけれど、やっぱり慣れなくて、思わずさっと顔を横に向ける。

だが、そんなことをしても、おれが耳まで真っ赤にしているのが、アドニスからはばっちり見えているだろう。

「っ、ぅ……ぁっ」

とうとう、アドニスがおれの中へと入ってきた。

先ほど彼の指でたっぷりと慣らされたそこは、裂けることもなく彼の熱い陰茎をぬぷぬぷと飲み込んでいく。心なしか、前回よりもスムーズに、そして苦痛なくアドニスを受け入れているようだ。なんだか、身体だけがどんどんアドニスに慣らされて、彼のものにされていくみたいだった。そんな自分の考えを、慌てて首を横に振って振り払う。あまりにも恥ずかしいことを考えてしまった。絶対にアドニスには言わないようにしよう。

ただ……どうしてか、こんなことをされても、やっぱり嫌悪感はない。

あいつらに触られた時は、めちゃくちゃ気持ち悪かったのに——。

「さっきの前立腺、とやらはここだったか？」

「ひぁっ!?　ぅ……んっ、ぁ、ふあっ、ぁあっ」

突然、目の前で火花が散った。

なにかと思えば、アドニスが先ほど見つけた前立腺を、自身の陰茎の先端でごつごつと押しているのである。

その刺激に、下腹部から爆発するような快感が生まれ、おれはぼろぼろ涙をこぼした。

「ぁっ、やだ、アドニスっ……ぁ、んぅ、ぁあッ、あっ」

「いやだ、と言うわりには、お前の中は俺のものをこれでもかと締め付けているが？」

「っ〜〜！　そ、そんなこと言うなよっ……ひぅッ！」

瞳に涙をためて、思いっきりアドニスを睨《にら》みつける。

しかし、彼はくくっと喉《のど》の奥で笑うばかりだった。

しかも前立腺への刺激を止めることもなく、さらに、ピストン運動にあわせて膨らんだしこりをカリ首で引っ掛けたり、かと思えば、陰茎全体でぞりぞりと抉《えぐ》ってくる。

「ひっ、アッ、ああっ!?」

「っ……！」

アドニスが陰茎を抽送するごとに、前立腺に狙いをつけて嬲《なぶ》ってくるものだから、おれはもう一度、そこの刺激だけで絶頂に達してしまった。達すると同時に、アドニスの陰茎をきゅむきゅむと締め付けてしまったから、彼もおれが再度のナカイキを迎えたのが分かったのだろう。

けれども、それは先程のような強い絶頂ではなく、わずかに痺《しび》れるような程度の甘イキだった。甘やかな快感は、身体にこもった熱を発散させるどころか、下腹部をさらにじくじくと疼《うず》かせるばかりだった。

そのせいで、絶頂しているのに満足できないという、まるで淫乱《いんらん》のような状態に陥ってしまう。

「ふっ、あ、アドニスっ、アドニスぅ……ぁっ、んぁ、ああッ！」

「っ……！」

「あっ、やだ、アドニス、もっとゆっくりっ……ひ、ぁっ！」

「くっ……悪いな、俺にも余裕がない」

アドニスが額に汗をうかべて、辛《つら》そうな表情でそう告げる。

嘘《うそ》ではなく、本当に余裕がないのだろう。

アドニスはおれの腰を鷲摑《わしづか》むと、今まで以上に強いストロークを開始した。

ゆっくりと陰茎が抜かれ、先端だけを残した状態になると、今度は激しく奥へと突き入れられる。

ぷちゅ、じゅちゅっという水音は、アドニスの先走りとおれの腸液が混ざりあったものなのだろうか。後孔からは、今や正体の分からなくなった液体が溢《あふ》れ続け、おれの陰茎が吐き出す先走りと混ざり合っている。それらはおれの尻肉《しりにく》や太股《ふともも》をつたって寝台の上へとこぼれて、今やベッドはひどい有様になっていた。

「ぁっ、あっ、やだっ……ぁっ、んあっ、あァっ！」

今やアドニスの陰茎も熱く、固く張り詰めている。元からサイズの大きい彼の陰茎は、おれの中へと入ると、肉壁がぴったりと密着する太さだった。

そのため、今や彼も前立腺を狙わずとも、ただ陰茎を挿入してストロークするだけで、その竿《さお》で前立腺をゴリゴリと抉ることができている。

「や、アドニスっ、ほんとにそれむりっ、やだっ……ぁっ、ふあっ、んぁっ」

「……まるで発情した雌猫みたいな鳴き声だ。お前、そんな声が出せるんだな」

だというのに、アドニスはわざと、前立腺を狙って陰茎を叩《たた》きつけた。

太い竿で前立腺をゴリゴリと抉り、かと思えば、挿入するときに先端で思い切りそこをノックする。

与えられる快感におれはもはやびくびくと身体を震わせることしかできなかった。

「いっ……あッ、ひっ、ぁ、んあっ、ぁあああッ！」

「っ……！」

快感の波が押し寄せては弾《はじ》けて、目の前が真っ白になる。電流のような快感が、腰骨から頭まで一気に駆け抜けていく。脳が焼け焦げるような快感に、おれは背筋を仰《の》け反《ぞ》らせて、足の指先をピンと伸ばした。陰茎からはぷしゃりと白濁液が噴き出る。

「ぁッ、ふぁ、ぁ……ふ、ぅっ……！」

射精と絶頂を同時に迎えた瞬間、肉壁がアドニスの陰茎をきゅううっと締め付けた。まるで精液を媚《こ》びるような肉壁の吸い付きに、アドニスもおれに一拍遅れて、どくどくと精液を吐き出した。

「くっ……」

「っ……ぁ、んぅ」

熱くてドロドロとした精液が、おれの中を満たしていく感覚に、ぶるりと身震いする。

たまらず、両手で自分の下腹部を押さえた。すると、腹の下にアドニスの陰茎が入っている感触が、掌に伝わってくる。

うわ。こ、こいつのマジででかいな……こんな深いところまで入ってんの？

本当に尻が裂けなくてよかった……その点に関しては、慣らしてくれたアドニスに感謝してもいいのだろうか。

ぼんやりと虚空を眺めながら、自身の下腹部をさすさすと撫《な》でる。

その瞬間、おれのナカにいるアドニスの陰茎が、再びむくりと膨れ上がり、熱を持ち始めた。

……って、え？

「え、ちょ、ア、アドニス……？」

「悪いが、俺はまだ一回しかイってないんだ。俺が満足するまで付き合え」

信じられない気持ちでアドニスを見上げる。

彼は唇を吊り上げてにやりと笑うと、再び、その掌でおれの腰を鷲掴んだ。

そして、陰茎を挿入したまま、再び腰を打ちつけ始める。

「っァ、あぁッ!? ア、アドニス、おれもうほんとむりっ、やだ、イきすぎてつらいっ……!」

「そうか。でも、最近ご無沙汰《ぶさた》だったんだし、お前は俺よりも若いんだ。二回戦ぐらいいけるだろう?」

いけるかこのバカ――――!

そう怒鳴りつけてやろうと思ったが、おれの唇からは勝手にあえぎ声がこぼれ、とうとう言葉は形にならなかった。

おれが何か言おうとするたびに、アドニスは愉《たの》しげに瞳をきらめかせながら、自身の剛直でしこりをゴリゴリと抉るのだから、きっと彼もおれが文句を言いたいのは分かっていたと思う。

マジで誰かアドニスから聖騎士の称号を取り上げてくれよ!

ほんと、こいつのどこが聖騎士なんだ、どこが!

15

——昨日のおれはマジでどうかしてた。

今すぐ記憶を消去したい……！

アドニスにいじられて人生初のナカイキをしたばかりか、自分からあいつにキスをするなんて……！

おれはベッドにつっぷしながら身もだえた。

なお、アドニスは日が昇る前から外に出ていったので、部屋にはおれ一人きりだ。

昨日はあの後、二回戦どころか四回戦まで致してしまったというのに、アドニスはよくもまぁ体力があるものだ。

というか、次の日に朝早く起きなきゃならないなら、四回戦までするんじゃないよホント。

「はぁ……せっかくの二回目の人生なのに、すごい散々な目にあってるなおれ……神様に呪われてんのかなぁ？」

ぶつぶつと文句を言いながら、服を着替える。

身体《からだ》を動かす度、腰や背中がみしみしと痛むが、休むわけにはいかない。今日もドラン伯爵《はくしゃく》の元へお手伝いに行かなければならないのだ。

それに——この部屋で一人っきりでいると、昨日のことを思い出しちゃうしな。

それなら、身体に鞭打《むちう》ってでも仕事をしていた方がいい。仕事に集中していれば、気もまぎれるだろうし。

はぁ、ほんと憂鬱《ゆううつ》だ。今日もまたアドニスが帰ってきたら気まずいよな～……。

あいつの方は何を考えてるかよく分からない。無表情なのもあるし、そもそも、あまり自分の考えを言葉にして言うタイプじゃない。

だから、昨日が初めてだったんじゃないだろうか。

アドニスがあんな風に、自分の気持ちをおれに吐露したのは。

着替えを終わらせ、部屋の隅にある甕《かめ》から柄杓《ひしゃく》で水をすくい、盥《たらい》に入れる。盥に入れた水で顔を洗いながら、おれはぼんやりと考えた。

「…………」

……他人からあんなにド直球な告白をされたことなんて、生まれて初めてだったなぁ。

前世で日本人だった時も、おれには恋人とかいなかったし。それに、誰かからあんな風に熱烈な告白をされた経験だってなかった。

そのせいで……自分の気持ちを勘違いしているくせに、おれの嘘に騙《だま》されて心配してくるアドニスに罪悪感が湧いて、あいつの境遇を思うとやりきれない気持ちになって……気がついたら、いつの間にか自分からキスをしてしまっていたのだ。

「……いや、でも唇の端だったしセーフってことにしておこう！」

うん、あれはキスじゃない！　だからセーフ！

………はぁ。

でも、気まずいことはもう一つあるんだよなぁ～……。

それは、これから顔を合わせる人物――ドラン伯爵のことである。

おれは昨日、ドラン伯爵から「アドニスのところから自分のところに移らないか」と聞かれ、その返事を保留にしていた。だが、おれが返答をする前にアドニスが断ったのだという。

そのことで、ドラン伯爵が気を悪くしていたらどうしよう……今日の仕事はすごく気まずくなるぞ。

あー、もう。肝心な時にアドニスはいないんだよな。ドラン伯爵の甥《おい》であるアドニスがいれば、もうちょっと気が楽だったかもしれないのに。

あいつがドラン伯爵の提案を断ったんだから、最後までフォローしてくれよ、もう！

「気は重いけれど、行くしかないか……」

テーブルの上に今日の朝食である黒パンとスープがおれの分置かれていたが、それもあまり喉を通らなかった。

途中で朝食を切り上げて、痛む身体を無理やりに椅子から立ち上がらせ、部屋を出た。

お願いだから、ドラン伯爵があまり気にしてませんよーに！

16

「――おお、リョウ。今朝《けさ》は早いな」

「お……おはようございます、ドラン閣下《かっか》」

部屋に入ると、ドラン伯爵はもうすでに来ており、机に座って何かを書きつけていた。

おれは一瞬、表情が凍ってしまったものの、すぐさま切り替えて伯爵へと頭を下げる。

覚悟が決まる前に、伯爵と顔を合わせることになってしまったが……しようがない。

こうなったら、さっさと昨日の件について話してしまおう。

「閣下……昨日はご提案を頂き、ありがとうございました。おれのような戦奴《せんど》を気にかけて頂き、とても嬉《うれ》しかったです。ただ、その……」

「ああ、アドニスのことだろう？」

気まずいと思いつつ、話を切り出した。

すると、ドラン伯爵はおれに頷《うなず》いて、仕方がないというように笑みを浮かべた。

「残念だが、仕方がない。リョウの能力であれば、さぞかし優秀な助手になっただろうが……本当に残念だ」

「おれとしても残念です。ドラン閣下の元で働ける日を楽しみにしていたのですが……」

ドラン伯爵にすまなさそうな表情を向けつつ、おれは内心でホッとしていた。

どうやら伯爵はおれに対しての印象を悪くしてはいないようだ。

この雰囲気だと、おそらくは「リョウは私の元で働くつもりがあったが、アドニスの方が反対した」と思っているのだろう。

しかし、こうなると今度は「異動の話を断ったアドニスをおれがどう思っているか」を、ドラン伯爵が気にする可能性もあるな。

こうして穏やかに会話してくれているけれど、もしかすると彼の内心では、「アドニスを逆恨みしているんじゃないか」とおれを疑っているかもしれない。

ドラン伯爵から見たら、今回の申し出におれは乗り気になっていたように見えたはずだ。

なら、ドラン伯爵の提案をアドニスが断ったことで、おれがアドニスを恨むのではないかと内心で心配しているんじゃないだろうか。

この雰囲気だと、やっぱりドラン伯爵とアドニスの仲は良好みたいだしな。

なら、念のためここで無害アピールをしておこう！

「アドニス様がああまで反対されるとは思ってもみませんでした。ですが、アドニス様がそこまでおれのことを必要としていてくれるなら、おれは誠心誠意、あの方の元で働こうと思います」

にこにこと人畜無害そうな微笑《ほほえ》みを浮かべて喋《しゃべ》る。

ちょっと馬鹿っぽく思われた方が、余計な疑いを持たれなくてすむだろう。

だが、ドラン伯爵の反応は芳しくなかった。予想とは裏腹に、顔をしかめた苦々しい表情を浮かべている。

あれっ!?　おれ、なんか間違えた!?

「そうだな……まさか、あれがあそこまで頑《かたく》なに反対するとは思わなかった。ああまで言われては私にはどうしようもできんな」

「そ、そうでしたか……」

よかった。どうやらおれの言葉に気を悪くしたわけじゃないようだ。

しかし、ドラン伯爵の言葉が気になる。

〝ああまで言われては〟って……いったい、あいつはドラン伯爵になんて言ったんだ？

アドニスからは、ドラン伯爵の申し出を断ったことは聞いていたけれど……そういえば、どんな言い方で断ったのかとか、具体的な内容までは聞いていなかったな。

「アドニスには、リョウの代わりになる戦奴を、女でも男でも好きなだけあてがってやると言ったのだが、あやつは応じなかった。無論、あれが応じなくても、私の権限で強制的に接収する手も考えていたのだが……」

「…………」

な、なんかすごい複雑な言葉を聞いちゃったぞ。

女でも男でも好きなだけあてがう？　強制的に接収？

そ、それって、提案じゃなくて、ただの上司からの命令じゃないか。

少なくとも、伯父《おじ》さんが甥っ子に頼みごとをする、なんて雰囲気の時にそんな言葉は出てこないだろ。

うーん、こうなると、アドニスとドラン伯爵の関係性がまた分からなくなったな……。

この二人が仲が良いと決めつけるのは、まだ早いか？

「アドニス様は、閣下へなんと仰《おっしゃ》ったのですか？」

おれの問いに、ドラン伯爵は渋い顔で答えた。

「〝あいつを差し出すくらいなら、俺があいつを殺す〟と言われたよ」

「――――」

「そうまで言われては、さすがの私もどうしようもない。私は、リョウの死体が欲しいわけではないからな」

こ、言葉が出てこない。

お、おれをドラン伯爵に差し出すくらいなら、アドニスはおれを殺すって言ったの？　マジで？

お願いだから否定してほしい。今の言葉は軽いジョークだったんだと言って欲しい。

しかし、そんな必死な思いでドラン伯爵をどれほど見つめようとも、今の言葉が訂正されることはなかった。

「さて、お喋りはこれくらいにしておこう。時は金なりと言うからな」

「は、はい……」

「ではリョウ、今日はこちらの集計を任せる」

「分かりました」

おれは慌ててドラン伯爵の元へと駆け寄ると、差し出された書類を受け取った。

だが、いまだに意識はハンマーで殴られた後のような衝撃にクラクラとしていて、現実感がない。

それもこれも、ドラン伯爵の衝撃的な言葉を聞いたせいだ。

――くそ。気分転換になると思ってここに来たのに。

結局は、アドニスのことでまたも悩まされるはめになってるぞ。

なんかくやしい。

17

ドラン伯爵《はくしゃく》の元で仕事を終え、夕食をとったおれは、城館の別館へと足を向けていた。執務室から帰りぎわ、ドラン伯爵から、運んでほしい書類があると頼まれたためである。そんなわけで、おれは両手にどっさりと書類を抱えている状態だ。

城館から別館へ移動するには、城館の館内から移動する方法と、館の外に出て大回りで行く方法がある。

おれは今日は、多少の時間はかかるものの、館の外に出て大回りで行く方法を選んだ。

この時間だと、城館の中は食事を終えた兵士や、酒盛りをする兵士たちとすれ違うことが多いからだ。

あまり王国騎士団の連中と顔を合わせたくなかったのが理由だ。以前の公開処刑の件もある上に、昨日のことがあるのでなおさらだ。あの四人組とて、今ではおれがアドニスの所有奴隷と分かったのだから、報復に来るとは考えづらい。だが、逆恨みをされているかもしれないし、用心するに越したことはないだろう。

そんなわけで、おれはこうして両手で書類を抱えながら、てくてくと城館の壁にそって歩いている。

歩きながら首をめぐらし、城壁の向こうに見える夕焼けを見つめた。

太陽は西へと沈みかけ、紺碧《こんぺき》に染まりつつある空に茜色《あかねいろ》の雲がたなびいている。雲の合間に、黒い雁《がん》の群れが見えた。

「アドニスもそろそろ帰ってくるころかな……」

夕暮れを眺めながらぼんやりと呟《つぶや》く。

それにしても……仕事をしに行ったのは気分を切り替えるためだったのに、むしろ、考えることが増えてしまった。

まず一つ目。

アドニスは本当におれのことを好きなのか、ということ。

そして、本当にそうだった場合は、おれは今後どう対応していけばいいのか、ということ。

そもそも、アドニスがおれのことを好きだとして、あいつ自身がそれに気づくのはいつになるんだろうか。なんかめちゃくちゃ長くかかりそうじゃないか？

彼の勘違いを訂正できるのは、恐らくおれしかいないが……でも、訂正したところで、アドニスがどう出るのかが分からなくて怖い。

今でさえかなり執着されてるっぽいのに、それがさらに深まるような気がするし。

そんなわけで、こっちの問題は保留にしておこう。

そして二つ目。アドニスとドラン伯爵の関係性だ。

当初、おれはアドニスとドラン伯爵は良好な関係だと思っていたんだけれど……。

でも、今日の会話で、その印象がちょっと変わった。

おれはてっきり、ドラン伯爵は能力主義の人だから、たとえ忌み者であっても、甥《おい》であるアドニスのことは気にかけているのだと思っていたのだけれど……今日の話しぶりでは、アドニスが自分の命令に従うのは当然と思っているような口ぶりだった。おれのことは完全に物品扱いだったし。

今日のドラン伯爵からは、傲慢《ごうまん》さが滲《にじ》み出《で》ていたように思える。

あれは、単純に、ドラン伯爵の貴族らしさがつい前面に出てしまっただけなのだろうか。

それとも心の中では、アドニスに対して何か思うところがあるのか……？

とはいえ、おれの立場では正面切って尋ねることも出来ない。

いっそ、アドニスに正面から「ドラン伯爵とは普段どんなことを話すの？」って聞いてみるか？

ただ、その情報に意味があるかどうかというと、微妙なところなんだが。

それを聞いたところで、おれの現状の打開策にはなりそうにないし……。

うん。アドニスに聞いてもいいけど、別に急ぎじゃないな。

なのでこちらの問題は、あいつの機嫌がいい時にそれとなく、または、うまいこと言いくるめられるような雰囲気の時に聞こう。

そんな風に考えがまとまる頃には、おれは別館へと到着していた。

別館の前にいた王国兵士たちに声をかけ、ドラン伯爵のおつかいであることを説明すると、彼らのうちの一人に付き添われ——というか監視されながら——ドラン伯爵から言われていた別館内の部屋に行き、預かっていた書類を棚に片付けることができた。

用事を終えると、兵士から「用がすんだらさっさと行け」と言われたので、その言葉に従って、そそくさと別館を出る。

「ふぁ〜……よし、はやく部屋に戻ろう」

兵士たちの姿が見えなくなったところで、おれは両手をぐぐっと上げながらあくびをした。

昨日はアドニスと散々ヤったから……というか一方的に散々ヤられたから、まだ疲れが残っている。

腰や内腿《うちもも》にも攣《つ》ったような痛みがあるし、さんざんいじられた陰茎や後孔はすこしじんじんして、なんだか常より敏感になっているような気もする。

部屋に戻ったら、すぐに顔を洗って身体を拭《ふ》いて寝てしまおう。

というか、眠気がやばい。夕ご飯を食べてお腹《なか》いっぱいになったからか、眠くなってきた。

「――ウ、リョウ！」

そして、そんな眠気のせいで。

おれは自分の名前を呼ばれても、なにも不思議に思うことなく、声の方向へ顔を向けていた。

その声がここで響くことなんて、絶対にないというのに。

「ッ……!?　あ、あんたは！」

「しっ！　声が大きい」

おれに声をかけてきたのは、王国軍の一般兵の恰好《かっこう》をした男だった。

青と白を基調としたサーコートに、腰には長剣を佩《は》いている。その恰好は、その男の持つ空色の瞳《ひとみ》とあいまって、よく似合っていた。正直、帝国軍の隊服よりもよく似合っている。

「あ、あんたは――えっと、あんたは……！」

おれは声をひそめながら、信じられない思いで彼を見つめた。すっかり眠気は吹き飛んでいる。

彼は、以前、隊長の率いる帝国軍の歩兵第七分隊でおれと同じ歩兵として戦っていた男である。

なぜか今は王国兵士の恰好をしているが、れっきとした帝国人だ。

ど、どうしてこいつがここに!?

っていうか、こいつの名前がぜんぜん出てこないんだけどどうする!?

同じ隊で戦っていたけれど、全然覚えてないぞ!?

っていうか、ちょっと前まではすごい嫌な奴《やつ》だったから、名前なんか覚える必要ないと思ってた。

ど、どうする？　それとなく名前を聞く方法ってなにかあるか……!?

「落ち着け、リョウ。私がここに来たのは潜入だ。帝国軍を、隊長殿を裏切ったわけではない」

いっこうに名前が思い出せず焦るおれに、空色の瞳の男はおれの肩を摑《つか》むと、顔を近づけてきた。

今、この周囲に人はいないが、もしも見られたとしてもこの体勢ならば、王国兵士におれが因縁をつけられているようにしか見えないだろう。

「そ、そうなのか。悪かった、ついつい混乱して……」

どうやらおれが彼の名前をすっかり忘れて焦っていたことを、彼はいい感じに誤解してくれたらしい。ラッキー。

空色の瞳の男はそんなおれに安心させるように頷《うなず》いてみせると、唇に耳を寄せてひそひそと囁《ささや》いた。

「明日の夜明け前に、捕虜奪還作戦が行われる」

「っ!?」

どうやらさきほどの焦りなんて、序の口だったようだ。

彼の言葉に、おれはぎょっと目を見開いて身体《からだ》を硬直させた。

「奪還って……このアンルー砦《とりで》を取り戻すってことか？　帝都から援軍が来たのか？」

先ほどよりもいっそう声をひそめて、恐る恐る聞き返す。

すると、男が首を横に振った。

「いや、援軍は来ない。我々は今は別の砦に駐在している。今回は、隊長殿がこの砦に残った仲間を見捨ててはおけないと決断された。そのお考えに賛同した兵士たちと行うものであって、帝都からの命令ではない」

「……隊長が……」

「アンルー砦を奪還するのではなく、あくまでもこの砦内にいる捕虜だけを解放する作戦だ」

驚きだ。まさか、あの人がそんなに義に篤《あつ》い人物だとは思ってもいなかった。

「正門と裏手から帝国軍が攻め込むが、それははったりだ。その間に、私と、他に潜入した兵士たちで砦内に火をつける予定となっている。その混乱に乗じて捕虜たちを逃がす」

「……けれど、おれは……」

男の言葉に、顔が曇る。

おれの首には、アドニスによってつけられた首輪がある。

これがあると、アドニスに居場所が分かってしまう。だから、おれが他の捕虜たちと一緒に逃げてしまうと、王国側に捕虜が逃げたことも、その場所も分かってしまうだろう。

「安心しろ、その首輪については聞いている」

「え？」

空色の瞳の男が、ぽんとおれの肩を叩《たた》いた。

「砦内にいる捕虜の一人から、貴様に首輪がつけられたことは聞いた。だが大丈夫だ。それは確かに装着者の居場所が分かってしまうが、ある程度の距離離れることが出来れば、効果範囲から外れてしまうものだ」

「そうなのか……!?」

アドニスはそんなこと言ってなかったのに……！

あ、でもよく考えれば言うわけないな。

それを知っちゃったら、脱走した奴隷は、早く主人から距離をとろうとするだろう。

アドニスはそれを考え、全てはおれに説明しなかったのだ。

「しかし、よくおれの首輪のことまで知っていたな」

「砦内にいる捕虜の女から聞いた。亜麻色の髪で黄色い瞳の女なんだが、知っているか？」

「……ああ」

こくりと頷く。

おれの間違いじゃなければ、きっと昨日の女性だ。あの食糧庫で、四人組に犯されかけていた女の人である。

結局、おれは彼女に対して何もしてあげられなかったのに……彼女はおれの首輪のことを覚えていて、この空色の瞳の男に話してくれたらしい。

なんだか、嬉《うれ》しいような申し訳ないような、でもやっぱり嬉しいような複雑な気分だ。

今度、あの人に会ったらお礼を言おう。

先日あった出来事を説明しようと口を開いたところで、おれの耳に、がやがやと話し声が聞こえてきた。

見れば、おれたちの正面から、王国兵士たちが近づいてくる。

空色の瞳の男も彼らに気づいて、おれからさっと距離を取った。離れる直前に、彼はおれのポケットに何かを滑り込ませてきた。

「突起部分を押して十秒待つと、爆発を起こせる。騒ぎが起きたら、火薬庫や食糧庫など、火のつきやすいところで起動させて騒ぎを起こせ」

「わ、わかった。爆発の威力はどれくらいなんだ？」

「範囲にしておよそ五メートルほどだ」

っていうことはつまり、これは手榴弾《しゅりゅうだん》みたいなものか。

……ポケットの中に手榴弾もどきを入れて歩くの、めっちゃ嫌だな……。

いや、まぁ、状況が状況だから仕方ないけどさ。絶対に転ばないように気をつけよう。

「では、私は行く。……作戦が成功したら、明日は祝杯を上げよう」

そう言って、男はさっとその場を立ち去った。

おれもなんでもないふうを装って、ゆっくりとその場を離れる。歩いている途中、先ほどの王国兵士たちと行き過ぎる時は、めちゃくちゃ心臓がバクバクした。

……部屋に戻ったら、アドニスはもう帰っているだろうか。

どうしよう。おれ、あいつの顔が真《ま》っ直《す》ぐ見られないかもしれない。

18

おれは一人、部屋に置かれた椅子に座り、頬杖《ほおづえ》をついて窓の外を見つめていた。

今日はどうやら新月のようで月は見えておらず、そのおかげで、空に浮かぶ星がいつも以上に輝いて見える。あと数時間もすれば夜も明けるだろう。

今日はまだアドニスは部屋に帰ってきていなかった。

そのため、おれは部屋に戻ってきた後、脱出に向けてわずかな荷物をまとめた後、こうして窓の向こうの星を眺めながら、ぼんやりと時を過ごしていた。

もしかすると、アドニスは今日は帰ってこないのかもしれない。

まぁ、その方が好都合だ。部屋から一人で出ていくのに、気兼ねしなくてすむ。あいつがいたら、トイレに行くとでも言ってこっそり部屋を出るつもりだったけれど……言い訳をしなくてすむなら、その方がいい。

これから起こることを思えば、少しは眠って体力を温存しておいた方がいいんだろうけれど――。

考えなければならないこと。

考えないようにしていても、自然と脳裏に浮かんでしまうもの。

それらが頭の中をぐるぐるとめぐって、すっかり目が冴《さ》えてしまった。

っていうか、ポケットの中に手榴弾もどきが入ってることも、眠れない理由の一つである。

こんなものを服の中に入れて、どうやってリラックスすればいいのか。

最初は荷物の中に入れておこうかとも思ったけれど、でも、他の荷物にあたってうっかり突起部分が押されたらどうしようかとか色々考えちゃって、結局は布で二重にくるんで、おれのズボンのポケットへ入れておくことにした。

「…………はぁ」

椅子から立ち上がったおれは、腕と首をぐるぐると回してほぐしながら、窓の前に立った。

月が出ていないため、外は暗い。三階の窓からこうして外を見ても、砦内のかがり火に照らされているところ以外は真っ暗だ。

耳をすませると、ほうほうと鳴くフクロウの鳴き声や虫の音が聞こえてくる。

「……ここを逃げ出したら、もう二度とアドニスには会えないだろうなぁ」

おれが考えなければならないこと——それは、ここでアンルー砦から逃げ出せば、もう二度とアドニスとは会えないだろうということだ。

いや、普通に考えたら、ここを脱出できてアドニスともお別れできるのは、ハッピーなことなんだけどさ。おれはあいつのせいで処女を失うはめになったわけだし？

……でも、けっこう今の生活って、楽しかったんだよな。

アドニスと二人でこの部屋でご飯食べたり、その日の出来事を聞いたりするのとか。

おはようとか、おかえりとか言うたびに、あいつがなんか不思議そうな顔で、でもちょっと機嫌のよさそうな声色になるのを観察するのとか。

そりゃ、おれだってこんな生活がずっと続けられるとは思っていなかったよ。

でもまさか……こんなにあっけなく終わるとは、予想していなかった。

しかも、アドニスに告白されてすぐこんなことになるとは。

こうなると、あいつがおれへの気持ちを復讐心《ふくしゅうしん》だって誤解したままでよかったのかもしれないな。

「……ま、そうだよな。あいつがおれに抱いてる気持ちなんて、刷り込みみたいな一過性のものだろうし。王国が戦争に勝利して、国に戻ることになれば、さすがのアドニスにだって友人や恋人くらいできるだろ」

聞いている限り、アドニスがおれに向けている気持ちは、健全な恋愛感情とは言い難い……恋愛というよりは、歪《ゆが》んだ執着心、依存心みたいなものを感じた。

でも、アドニスの境遇や家庭環境を聞けば、それも理解できる。

話を聞く限り、忌み者であるアドニスに恐れることなく接した人間は、おれが初めてだったらしい。

敵国の戦奴ではあるが、彼にとっておれは、生まれて初めてまともな会話をかわした人間だったのだろう。

つまり、ひなの刷り込みと同じだ。

卵から孵《かえ》ったひなが、初めて見るものを親と認識してしまうように——アドニスにとって、おれは初めて接した同世代の人間で、しかもその人物を自分の所有奴隷として得られる機会があったから、興味がそのまま執着に変わってしまったんだろう。

でも、アドニスだっていつかきっと目が覚める。

このままいけば、この戦争は王国が勝利するだろう。

そうなれば、本国に戻ったあいつは戦争を戦い抜いた英雄の一人だ。聖騎士という立場でありながら、味方の殿《しんがり》を務めて敵国の捕虜になり、しかもそれから無事生還したんだ。

そして伯父《おじ》であるドラン伯爵《はくしゃく》は、この戦争に勝利をもたらした天才魔術師だ。しかも聞いたところによると、ドラン伯爵は独身で、子どももいないという。二人の功績を鑑みれば、アドニスに家を継ぐ機会も巡ってくるかもしれない。

そうなれば、忌み者扱いされているアドニスにだって、興味を惹《ひ》かれる女性もいるはずだ。

アドニスだって、おれなんかよりも、きれいな女性に言い寄られる方が悪い気はしないだろう。

そうなったら、おれはお払い箱だもんな。

だから、そうなる前に、こうして離れることができてよかったんだろう。

「…………」

……あれ。

なんか……自分で言っててちょっとショックを受けてしまった。

「……おれ、実はあいつのこと、結構気に入ってたんだな……」

まぁ、確かにアドニスがいなければ、アンルー砦が陥落した時に、おれみたいな戦奴《せんど》はすぐに王国兵に殺されていただろうしな。昨日だって、犯されかけたところを彼に助けてもらったのだ。アドニスに恩義があるから、そのせいで、こんな気持ちになっているに違いない。うん、きっとそうだ。

……でも、だからといって逃げないという選択肢はない。

幸い、おれは今はそこまで酷《ひど》い目にあってないけれど、昨日の強姦《ごうかん》未遂みたいなことがあるんだ。アドニスの権限の及ばないシーンであれば、おれはいつ嬲《なぶ》られて殺されたりしてもおかしくないんだ。

以前に、この窓から見た帝国兵の死にざまを思い出す。

苦しみの中、敵兵に弄《もてあそ》ばれながら死んだあの男——おれは絶対にあんな風に死にたくない。

——そんなことを考えながら、暗闇に浮かぶ星を眺めていた時だった。

扉の向こうから、そっと何者かが廊下を歩いてくる音がした。

そして、おれが慌てて窓のそばから離れた時には、すでに部屋の扉は静かに開かれていた。

「——なんだ、まだ起きていたのか？」

アドニスだった。

もうおれが寝ていると思ったのか、彼は足音を立てないように静かに歩いてきたようだ。そのせいで、アドニスが部屋に近づくまで、足音を聞き漏らしてしまった。

くそ、寝たふりをしておけばよかったな。

アドニスと顔を合わせたくなかったんだけど……。

「おかえり、アドニス。今日は随分と遅かったな」

「ああ……今日は任務の後に、規律違反者の処罰を行うことになってな」

規律違反者――それってもしかして、昨日のあの四人組のことか？

「規律違反者は別の戦線へ異動することになった。帝国軍との戦いがこちらよりも激しい場所と聞いているが、まぁ、命令に従っていれば死にはしないだろう」

「ふ、ふーん……」

ここよりも激しい場所……王国に占拠された商業都市のあたりだろうか。

帝国軍がやっきになって取り返そうとするなら、このアンルー砦《とりで》よりも商業都市の方だろう。

少なくとも、アンルー砦に常駐して近隣の農村や小さな町を襲うのに比べたら、ずっと大変そうだ。

ずいぶんと重い処罰が下されたものだ。

平時なら婦女暴行は大罪だけど、今回の被害相手は敵国の捕虜だ。彼らはもっと甘い処罰になるんじゃないかと思っていたのに……もしかして、アドニスがドラン伯爵になにか言ったのかな。

あの時も、伯父上の厳命がどうのこうの、って言ってたし。

……まさかとは思うけれど、おれのためとかじゃないよな？

あの時のアドニスはかなりブチ切れていたけれど……いや、そんなまさかな。

そんなことを考えながら、じっとアドニスを見つめていると、そのルビーレッドの瞳《ひとみ》とばちりと視線がかち合った。

彼はじっとおれの顔を見つめながら「今日はずいぶんと遅くまで起きていたんだな」と首を傾《かし》げ

た。

まぁ、アドニスの疑問ももっともだ。

いつもならアドニスが戻ってこなければおれはさっさと先に寝ている。なにせ、本来なら明日は五時に起きてドラン伯爵の仕事を手伝いに行かなければならないんだし。

時計はないから正確な時間は分からないけれど、今はもう三時を過ぎた頃合いだろう。

こんな時間に起きてるおれをアドニスが怪しむのももっともだ。

「明日……というか今日も伯父上の仕事を手伝いにいくんだろう。こんな時間まで起きていて大丈夫なのか？」

「え、えーっと……」

やべ、なんて答えよう。『その時間にはもうおれはこの砦にはいないんで大丈夫です！』なんて言うわけにはいかないし……！

「た、たまには、アドニスが帰ってくるのを待ってようかな、って思って。迷惑だったか？」

恐る恐る告げたおれの言葉に、アドニスは沈黙した。

そのまま無表情で押し黙ったきり、何も言ってこない。

やばい、何か感づかれたか？

おれは緊張で背中に冷や汗をかきながら、アドニスの反応を窺《うかが》う。

しばらく沈黙が落ちた後に、アドニスはこちらにつかつかと歩み寄ってきた。そして、何をするかと思えば、おれの腕をがっちりと摑《つか》み、そのままベッドへ向かおうとする。

——って、ベッド!?

「ア、アドニス?」

「今日は何もしないつもりだったが……お前が殊勝なことを言うから気が変わった。明日の仕事は俺から伯父上にとりなしておいてやるから、服を脱げ」

「――――」

そう言ったアドニスの顔はいつもの無表情であったが、心なしか、声色が浮《うわ》ついていた。

あ、これ……もしかしてアドニスさんったら喜んでる?

おいおい、なんだよ~。アドニスったら、おれが帰ってくるの待ってたって言っただけでご機嫌になってんの?

こいつ、意外とかわいいところがあるよなー……って言ってる場合じゃない!

お、おれはあと一時間後にはこの砦を脱出する予定なんだ!

「アドニスとセックスしててうっかり逃げ遅れました☆」なんて事態になったら笑えないぞ!?

よしんば、行為が早めに終わったとしても、その後は筋肉痛になっているかもしれない! 今でさえ身体《からだ》のあちこちが変な感じなのに……!

ここでさらにアドニスとセックスなんてしたら、この砦から脱出するのがさらに困難になる!

絶対に、今このタイミングで犯されるわけにはいかない!

「ア、アドニスだって明日は仕事だろ? おれは休めても、アドニスの方が辛《つら》いんじゃないか?」

「俺は大丈夫だ。徹夜で行軍なんてのは、今までざらにあったしな」

「そ、そうなんだー……」

気遣う言葉をさらりと受け流し、アドニスはおれをベッドに座らせた。

そして、おれの身体にのしかかろうとしてくる。

思ってもみなかった事態に、顔から一気に血の気が引く。

ど、どうしよう……！　まさかこんなことになるとは！

それにおれのポケットには、あの手榴弾もどきが入ってるんだよ！

突起部部をうっかり押さないように布でくるんでるけれど、このままだとおれの身体の下敷きになる可能性がある！

「アドニスとヤってたらうっかり爆破させちゃいました☆」なんてことになったら、泣くに泣けないぞ!?

おれは反射的にバッとベッドから立ち上がった。

そんなおれを、アドニスは怪訝《けげん》そうに見つめてくる。

「リョウ？」

「あ――――」

しまった。反射的に立ち上がったけれど、その後はノープランだった。

おれは必死で考えを巡らせた。そして、数秒間の中で思いついた、この状況を変えるたった一つの手段を実行することにする。

ええい、ままよ！

「た——たまにはおれがやってやるよ！」

「は？」

おれの言葉に、アドニスはぽかんと口を開けた。

その次に、こいつは一体何を言い出したんだ、と言いたげな表情でまじまじとおれを見つめた。

そんな彼に、おれはなかば引《ひ》き攣《つ》った笑顔を向ける。

背中は冷や汗でびっしょりだけれど、それを気取られないように、明るい声色を作る。

「おれが口でしてやるって言ってるんだよ。それなら、お互い明日には響かないだろ？」

「……どうしたんだ？　急にそんなことを言いだすなんて……どういう心境の変化だ？」
バ、バレてる〜〜〜!?
アドニス、めっちゃ疑わしそうな顔でこっち見てくる！

い、いや、でもここで引くことはできない……！

くそ、頑張れ自分！　ここが正念場だぞ！

思い出せ、おれはアドニスや隊長の前で、立派に拷問吏ムーブをやりとげた男……！

あの時の態度を思い出して、強気にいくんだ！

「なんだよ、嫌なのか？　おれのことは散々抱いたくせに、自分がされるのは嫌だって？」

「嫌、というわけではないが……」

「嫌なら別にいいよ。せっかく人が労《ねぎら》ってやろうと思ったのにさ」

おれは逆に、わざと腕を組んで声を低くし、不機嫌そうな態度をよそおった。

　すると、アドニスは突然変わったおれの態度に困惑したような表情になった。まだ少し疑念はあるけれど断るのも気が引ける、という様子である。

「嫌とは言っていない。だが、お前にそんな経験があるのか？」

「あるわけないだろ。でも男同士なんだし、どうすれば気持ちいいかくらいは分かるよ。まぁ、そりゃたいして上手《うま》くはないだろうけどさ、噛《か》み千切《ちぎ》ったりしないから安心しろって！」

「…………」

　アドニスはまだ迷っている様子だ。もしかすると、最後の言葉は余計だったかもしれない。

　しかし、おれとしては頷《うなず》いてもらわないと困る。

　アドニスに抱かれていたら、砦から脱出どころじゃなくなってしまう。

　おれはしばし逡巡《しゅんじゅん》した後、思いきって、アドニスの首に両腕を回して抱き着いた。

　彼はルビーレッドの瞳をぱちくりと見開いて凝視してきたが、おれを止めようとはしない。

　そして、おれはわずかに爪先立ちになると、アドニスに顔を寄せて、その唇に自分から口づけた。

　今度は前の時と違い、唇の端ではなく、しっかりと唇同士を触れ合わせる。

「っ、！」

　アドニスは一瞬だけ身体を硬直させた。

　だが、やっぱり嫌がるそぶりは見せないので、おれは自分の舌でアドニスの唇をぺろりと舐《な》めた。

　肉厚の唇はかさついていたが、柔らかい。

　すると、アドニスは両腕をおれの背中に回し、ぎゅうと抱きしめてきた。

「……んっ……」

心臓が早鐘を打っているのは、後ろめたさのせいだろうか。

迷いを振り払うようにして、おれは自分から積極的に唇を重ねた。アドニスの薄く割り開いた唇に舌先を差し入れると、すぐにアドニスの肉厚の舌が絡まってくる。普段はアドニスがおれの舌を強引に捉《とら》えるようなキスだが、今回は、おれも自分から積極的に舌を絡ませた。アドニスの舌に自分の舌をたどたどしく絡ませると、アドニスの腕の力がぐっと強まった。

「んっ……ふ、ぅ……はっ」

「リョウ……」

しばらくお互いの舌を絡ませあった後、おれはゆっくりとアドニスから顔を離し、踵《かかと》を下ろした。

だが、彼の首にまわした腕だけはほどかない。アドニスもおれの身体を抱きしめたままだ。

お互いの身体がぴったりと密着しているせいで、体温がじかに伝わってくる。アドニスの身体は熱く、鼓動がわずかに早くなっている。

そして、身体だけではなく、おれの下腹部に密着しているアドニスの股間《こかん》も、熱く、存在感を増していた。

人差し指で、布越しにそっと股間に触れると、アドニスがぴくりと身じろぎした。

「もう勃《た》ってる」

「…………」

「こっちはいいって言ってるみたいだな？」

布越しに股間をさすりながら、からかい混じりに告げると、アドニスは憮然《ぶぜん》とした表情になった。その態度がいじらしくて、思わずふふっと笑みをこぼし、今度はおれが彼の腕を摑《つか》んでベッドへといざなった。

「ほら、そっちに座って」

「いや、しかし……」

「いいからいいから。昨日はアドニスのおかげで助かったからさ。そのお礼もかねて、今日はおれがご奉仕してやるよ」

アドニスをベッドの縁に座らせて、おれは床に膝《ひざ》をつく。

そして、アドニスの開いた足の間に入り、彼のズボンと下着に手をかけた。視線でアドニスに訴えると、彼はしぶしぶといった様子ながらも前をくつろげてくれた。

なんだか、ちょっとだけ懐かしい。こうしていると、あの地下牢《ちかろう》での尋問を思い出すな。

しかしアレだ。ほんの少し早まった気もする。口じゃなくて、手コキするって言えばよかったか？

でも、それはすでに、あの地下牢でやったことがあるしな。しかもあの時は、隊長の目の前での寸止めプレイで、おれはアドニスをイかせるのをすっかり忘れるという大惨事。

当時のことがアドニスにとって嫌な思い出になっていたら、おれが手コキをすると言っても拒否されていた可能性もあったし、仕方がない。

まあ、どのみち、もう口でするしかない状況だ。仮定の話をしても仕方がない。

かなり不安だけれど……いつも後ろに突っ込まれてるんだし、口でするくらいわけないだろ！

よーし、頑張るぞ～！

ここで我慢すれば、明日にはもうアドニスともおさらばだしな！

覚悟を決めて、アドニスの股間と向き直る。

アドニスの陰茎は、先ほどのキスによる興奮のためか、すでにわずかに頭をもたげていた。

張りがあり、竿《さお》もかなり太く、血管が浮き出ている。

だが、おれとするまで童貞だったせいか、色はほとんど黒ずんでおらず、グロテスクさはない。

しかし……やっぱりでかいな～！

アドニスとおれ、さほど年齢は変わんないだろうに、おれよりも一回り以上もでかいぞ。

王国の人ってみんなこうなのかなって思ってたけど、昨日の四人組はいたって標準サイズだった。

アドニスは体格もいいから、比例してこちらも大きく育ったのだろうか？

「おい、大丈夫か？」

そんなことを考えつつ、アドニスの陰茎をまじまじと見つめていたら、上から声をかけられた。

おっと、いけないいけない。

「ご、ごめん。こんなでかいのがおれの中に入っていたのかと思って……ちょっとビックリして」

あわてて言い訳をして、上目遣いで彼を見上げる。

すると、アドニスが右手をのばしておれの頭に触れてきた。そのまま、わしゃわしゃと髪をまさぐられる。

これは多分、おそらくだけれど、アドニス的には頭を撫《な》でてくれてるつもりなんだろう。

めちゃくちゃ下手《へた》な撫で方で、髪の毛はぐしゃぐしゃになったけれど、おれのことを気遣う気持ちは充分にこもっていた。

「嫌になったのなら、やめてもいいぞ」

「いや……大丈夫だ、やってみる」

アドニスの気遣いに後押しされるように、おれは恐る恐る彼の陰茎に指で触れた。

「っ……」

見上げれば、アドニスはわずかに眉根《まゆね》を寄せていた。

おれはそんな彼の反応と、陰茎の様子を交互に見ながら、陰茎をゆっくりと掌《てのひら》でさすっていく。

すると、だんだんとアドニスの眉間《みけん》のしわが深くなり、その頬が上気してきた。

そんな彼におれは唇を吊《つ》り上げてにやりと笑みを向けた。

「ふっ……前に、あんたを尋問した時のことを思い出すな」

「……そう、だな」

「あの時は、まさかこんな状況になるなんて思ってなかったよ」

言い終わったところで、おれは左手をアドニスの陰茎から外した。

そして、口から唾液《だえき》を掌にこぼし、それを潤滑油代わりに陰茎へとぬちゃぬちゃと塗り付ける。

「っ……お前、さっきは経験はないと、言ってなかったか？」

「ああ、口でするのもされるのも体験はないよ。でも、前に娼館に行ったことはあるからさ、その時の経験でなんとなくな」

「そういえば、そうだったな……ぅ、っ」

今度は右手で陰茎の根元を軽く押さえ、左手の掌を先端にあてて、くるくると亀頭を撫でまわす。

すると、アドニスの陰茎はさらに硬度を増して、むくむくと勃ち上がり始めた。

先ほどよりもいっそう膨れ上がった陰茎に、思わず感嘆してしまう。

「うわ、すご……ほんと大きいな。いったい何を食べて育ったらこんなにでかくなるんだ？」

人差し指でつんつんと亀頭をつつくと、アドニスの身体がぴくりと震えた。

そして、鈴口からとろりと透明な露がにじみ始める。先走りだ。

「っ、リョウ……ッ」

名前を呼ばれたので、おれは手を止めてアドニスを見上げた。

すると、こちらを見下ろすルビーレッドの瞳《ひとみ》と視線があった。アドニスはふうふうと熱い吐息をこぼし、今までになくぎらぎらした殺気混じりの瞳でおれを見下ろしていた。

おっと、やばいやばい。

ちょっと楽しくなって調子にのってしまった。あんまり遊んでいたら、辛抱のきかなくなったアドニスに無理やり抱かれかねないな。

そろそろマジでフェラに進んで、アドニスをイかせないとまずい。

おれはアドニスからさっと顔を背けて、再びいきり勃つ陰茎へと向き直った。

最初よりも一回りも二回りも大きくなり、鈴口からとろとろと先走りをこぼすソレ。

その威容と存在感に、ごくりと唾《つば》を飲み込《こ》む。

……ええーい、いい加減に覚悟を決めろ自分！

おれはとうとうアドニスの陰茎へ顔を寄せた。

そして唇を開き、陰茎の先端を咥《くわ》える。

「っ……！」

頭上から、アドニスがうめき声のような吐息のような声をこぼした。

今のおれは体勢のせいで、彼の顔を見ることはできないが、声の様子からしてまんざらでもなさそうだ。

おれは唇を開いて、アドニスの陰茎をさらに深く咥え込んだ。

ちょっと変な味がするが、我慢できないほどじゃない。

しかし、あまりにも大きい彼の陰茎すべてを飲み込むことはできず、半ばまでをふくむので精一杯だった。えづいてしまっても困るので、とりあえずは飲み込めるところまで咥えつつ、頬肉をすぼめて陰茎にちゅうっと吸い付いてみる。

……自分でやっていても分かる。

口淫《こういん》というには、あまりにも稚拙な愛撫《あいぶ》だった。

というか、アドニスの陰茎を咥え込んだだけで口の中がいっぱいいっぱいになってしまって、あまり大きな動きが出来ないのである。

慣れていないせいもあって、下手に動くと、陰茎に歯を当ててしまいそうで怖い。

仕方がないので、アドニスの陰茎を咥えつつ、手でも愛撫をくわえることにした。

そうしないと射精に至るのは難しいだろう。

ゆっくりと陰茎を口から出すと、おれの唾液とアドニスの先走りが混じった液体が、おれの唇と陰茎の間でとろりと糸を引いていた。そんな銀の橋を右手でぬぐうと、今度は先端を口に咥えて、ちゅうっと吸いつく。

「ッ……！」

アドニスがぴくりと太股《ふともも》を震わせて、熱い吐息をこぼした。それに合わせて、彼の陰茎からおれの喉《のど》にとろりと先走りが吐き出される。

最初はそこまでの量でもなかったものの、口淫と手淫《しゅいん》を重ねていくうちに、おれの口から溢《あふ》れてくるほどになった。おれの唾液と先走りの露が入り混じったものが、唇の端を伝って床にぽたぽたと落ちる。

「ん、む……ぅ」

カリ首の部分や、裏筋を舌の先でちろちろと舐める。それと同時に、両方の掌を陰茎にぴっとりと添えて、竿をぬるぬると扱《しご》く。時には、陰嚢《いんのう》にも手をのばしてやんわりとした愛撫を施した。

「っ、く……」

しばらくそうして愛撫していると、アドニスが押し殺したような声を漏らすと同時に、おれの頭をがしりと掌で摑《つか》んできた。

どうしたんだ、と思った瞬間、アドニスがおれの頭を一気に自分の方へと引き寄せ、喉の最奥に陰茎の先端を叩《たた》きつけた。おれは彼の陰茎を根本まですっかり飲み込んでいる形になり、おれの鼻先にアドニスの下腹部が押し当てられている。

「ん、ぅッ!?」

あまりのことに目を白黒させていると、口の中の陰茎がどくんと大きく脈を打った。

次の瞬間、おれの口内に、何かが吐き出されたような感覚と、ぶわりと苦い味が広がる。

その苦さに、思わずぎゅうっと目をつむる。だが、その間にも先端からはどろどろとした白濁液が喉奥に向かって吐き出され続けていた。粘ついた精液が食道を流れて、胃へ落ちていく感触をしかと感じとってしまい、ぞくぞくと背筋が粟立《あわだ》った。

どれほどそうしていただろうか。射精を終えたアドニスは、ゆっくりと頭を離してくれた。おれは陰茎を口から抜かれると、途端にごほごほと咳《せ》き込《こ》んでしまった。

「げほっ、けほっ！　ゴホッ、けほっ……」

「おい、大丈夫か？」

「あ、あんたなぁ……せめて、イくならイくって言ってくれよ……」

いきなりアドニスがおれの頭を摑《つか》んで出したせいで、精液をほとんど飲み込んでしまった。

おかげで、なんだか喉がイガイガするし、胃の奥が熱い。

げほげほと咳き込みながら、ジト目で睨《にら》みつけると、彼は気まずそうに視線を逸《そ》らした。

さすがのアドニスも、悪いと思っているらしい。

「悪かった。その、本当は離すつもりで摑んだんだが……お前が俺のものを口に含んでるところを見ていたら、我慢が出来なくなって、つい……」

　珍しく、アドニスがしどろもどろになっている。

　そんな様子を見ていたら、なんだか、これ以上責めるのも可哀相《かわいそう》になってきてしまった。

　それに……どうせ、アドニスと会うのも、今夜が最後なんだし。

「はぁ……分かったよ。あんた、口でされたのこれが初めてなんだもんな。おれも最初に言っておけばよかったし、わざとじゃないならしょうがないな」

　おれが肩をすくめて告げると、アドニスはますます恐縮してしまった。眉《まゆ》を八の字にして、おろおろとした様子で矢継ぎ早に喋《しゃべ》り始める。

「本当に悪かった。ほら、水を飲め。それとも酒の方がいいか？　酒がいいなら厨房《ちゅうぼう》に行って何本か持ってくるが」

　申し訳なさそうな表情でテーブルから水差しを持ってきて、おれに手渡してくれる。

　ありがたいけれど、どうせならジョッキもくれないだろうか。

　水差しから直《じか》にラッパ飲みしろってこと？　だいぶ焦ってるな、アドニス。

「ありがとう。悪いけどジョッキも取ってほし――」

　水差しを片手に持ち、アドニスにそう頼む。

　だが、おれが言い終わる前に、遠くの方から、何かが爆発するような音が部屋まで響いてきた。

「なんだ……!?」

　険しい表情になったアドニスが窓に駆け寄る。

おれも慌てて、水差しから掌に水を注いで口をゆすぐと、窓に駆け寄って、アドニスと共に外を覗《のぞ》いた。

すると、窓から見える建物から、赤々とした火と煙がたちのぼっていた。

建物からたちのぼる炎が、周りにいる王国兵士のシルエットを影絵のように照らしている。

見ていると、兵士たちのうちの一人が、暗闇から出てきた黒い服の男にいきなり斬りつけられた。

斬られた男はどうと地面に倒れ、周囲の兵士がそちらに視線を向ける。

瞬間、建物の陰のあちらこちらから、同じような恰好《かっこう》をした男たちが出てきた。すぐさま斬り合いが始まり、辺り一帯に怒号が響く。

「まさか……帝国軍か？　この砦《とりで》を奪還に来るほどの余力があったのか？」

階下の光景を見下ろし、難しい顔でうなるアドニス。

おれはというと、額に汗をかきながら立ち尽くしていた。

ま、まさかこんなタイミングで作戦が始まるとは……！

どうしよう。このタイミングで「おれちょっとトイレに行ってくるね☆」などと言いだしたら、絶対にあやしまれるよな？

はらはらしながらアドニスを見つめていると、不意に、彼がこちらに向き直った。

しばらくじっと見つめあった後、アドニスはおもむろに部屋の壁際に向かい、そこに置いてあった剣を手に取ると、扉の取っ手に手をかけた。そこで立ち止まると、もう一度振り返っておれの顔を見つめる。

「リョウ、俺は外に出てくる」

「わ、分かった」

こくこくと頷《うなず》く。

いいから早く行ってほしい。

「外は危険だから、お前はここで待機していろ。絶対に外に出るんじゃないぞ」

「ああ、もちろん」

むしろ外に出る気満々だけどな！

「念のため、部屋の外の鍵《かぎ》をかけていくが、俺が外に出たら内側の閂《かんぬき》を下ろしておけ」

「ああ、分かっ――」

って、ちょっと待って!?

部屋の外鍵をかけられたら困る！

「じゃあ行ってくる」

「ちょっ、アドニスちょっと待って！」

アドニスを制止しようとおれが叫んだ時には、彼はすでに部屋の外に出てしまっていた。

部屋の鍵をかける音が聞こえてくる。ついで、足早に廊下を駆けていく音が響き、次第に遠ざかっていった。

「し、しまった……！」

慌てて扉に駆け寄る。

押したり、引いたり、体当たりしたりしても、扉はぎしぎしと軋《きし》んだ音を立てるだけだ。

まずい、ぜんぜん開きそうにない……！

「ア、アドニスの馬鹿～！　おれが本当にトイレに行きたくなったらどうするんだよ!?」

まぁ、彼的には扉を施錠して、おれが戦いに巻き込まれないようにしてくれたんだろうが……。

今日ばかりは全然嬉《うれ》しくない！

「マジでどうしよう……窓から逃げるか？　映画で、シーツやカーテンをつなぎ合わせて、窓から脱出するシーンとか見たことあるけど……」

でも、この部屋にはカーテンなんかない。

あるのは寝台に敷かれた毛布くらいだけど……これじゃ全然長さが足りない。

おれはしばらく部屋の中をぐるぐると歩き回り、なにか脱出口がないかと探した。

しかし、何もない。

その間にも、窓の外から砦を見渡せば、いたるところから炎が上がっていた。

今や砦内は真っ赤な炎に照らされて煌々《こうこう》と明るい。何人もの王国兵士と、捕虜救出にきた帝国軍と思《おぼ》しき黒い服装の男たちが戦い、あるいは逃げまどっている。

くそっ！　早くここから出ないと、おれも逃げそびれてしまう……！

けれど、どうやったら部屋から出られるんだ？

おれが持っているのは、夕方のうちにまとめておいた数着の衣類と水筒、蠟燭《ろうそく》くらいだ。

それ以外には、あの空色の瞳《ひとみ》の男から貰《もら》った、この手榴弾《しゅりゅうだん》もどきだが……。

「……これでドアを壊せるかな？」

おれは恐る恐る、ズボンのポケットから手榴弾もどきを取り出した。

包《くる》んである布をめくると、掌《てのひら》よりも小さいサイズの白っぽい楕円形《だえんけい》の物体があらわれる。

その先端にはフックと突起があり、表面には突起にむけて手書きで矢印が描かれている。このフックを引いた後に、突起を押し込んで数秒待てば爆破するのだろう。

「……よし！」

もうこれしかない。

おれは覚悟を決めて、まずは用意しておいた脱出用の荷物を部屋の壁際に移動させた。

そして、今度はテーブルと椅子を引っ張ってきて横倒しにして、ドアの方に面を向けて、簡単なバリケードをつくる。寝台や棚は動かせなかったので、毛布を持ってくると、テーブルの裏側にまわった。

「……これで壊せなかったらお手上げだな」

ごくりと唾を飲み込むと、おれは手榴弾もどきのフックを外した。

緊張で震える指先で突起を押すと、すぐさまドアに向かって手榴弾もどきを放る。そして素早く机の裏側に隠れて、毛布に包まって、両手で耳をふさいで縮こまった。

「っ……！」

目をぎゅっとつむった瞬間、手榴弾もどきがドアに当たったらしく、ごつんという音が響いた。

恐怖でびくんと背中が跳ねるが、手榴弾もどきは爆発しなかった。

確か、あの空色の瞳の男から聞いた手榴弾もどきが爆発するまでの時間は、十秒だ。

おれは手榴弾もどきを放ってから時間を数えていたが、それでも永遠に感じられた。

恐怖でばくばくと鼓動が早くなる。勝手に身体《からだ》がぶるぶると震える。

そして――手榴弾もどきを投げてから、十秒目を数えたところで、部屋中にものすごい音が響いた。

その衝撃で、積み上げていたバリケードの椅子が吹っ飛び、壁に当たる。テーブルの方は重さがあるためかなんとか無事だった。

頭の上にばらばらと何かの破片が降り注ぐ。

「っ……！」

爆発が終わっても、おれの耳は爆発音と衝撃によってじんじんと耳鳴りがしており、しばらく立ち上がることができなかった。

ようやく耳鳴りが収まった頃、ふらつく足に必死に力を込めて、横倒しにしたテーブルを支えにしながら、立ち上がって辺りを見回す。部屋の中はしっちゃかめっちゃかになっていた。

「うわ……すごい威力だな」

頭や服に飛びちっていた木片を手で払いつつ、荷物を肩に背負う。

部屋の中はドアの残骸《ざんがい》がちらばり、床に置いてあった水差しやジョッキが壊れて、さんざんな有様だった。おれがバリケードがわりにしていたテーブルにも何かの破片がいくつも刺さっている。

いちかばちかでやったけれど、危ない賭《か》けだったな……。

もう二度とやりたくない。

おれはドアに駆け寄ると、思いっきりガタガタと引っ張る。すると、ドアがみしみしと音を立てて、次の瞬間、ガコンッと何かの外れる音が響いた。それと同時に、ドアを摑《つか》んだ両手がめちゃくちゃ重くなる。

「おっと……」

見れば、ドアの蝶番《ちょうつがい》が緩んでドア自体が外れてしまっていた。先ほどの衝撃で、蝶番が壊れてしまったようだ。

こんな風に壊れるとは予想していなかったが、外に出られるならなんでもいい。

おれは荷物を肩に背負いなおすと、部屋の外に飛び出した。

19

「げほっ、げほっ」

建物の外に出た時にはいたるところから火の手が上がっていた。

もろに煙を吸い込んでしまい、思い切り咳《せ》き込《こ》む。鼻の奥がつんとする。

おれは片方の掌で口を押さえて、目を細め、建物の陰から陰へと走った。

あちこちで、捕虜を救出にきた黒服の帝国軍兵士と、王国の兵士たちが戦っている。

だが、見た感じでは、幸いにも王国の兵士の方が劣勢のようだ。

いや、劣勢というか――王国の兵士たちは帝国軍と戦えばいいのか、それとも捕虜が逃げるのを止めればいいのか、はたまた消火活動をすればいいのか、右往左往しているように見える。

指示を出す人間がいないのか？

そういえば、ドラン伯爵《はくしゃく》はどこなんだろう。周囲には見当たらない。

もしかして、一番最初に火の手が上がった別館へ行っているのだろうか。あそこには、ドラン伯爵の研究資料とか魔術式が置いてあるもんな。

でも、ドラン伯爵がまだ出てこないならラッキーだ。あの人が出てきたら、きっと魔法ですぐに消火されるだろうしな。

というか、もしかすると、そんなドラン伯爵の性格を見越して、あの別館に最初に火をつけたのだろうか。

「――おい、リョウ！」

砦内の裏手へと向けて走っていた時だった。

名前を呼ばれて後ろを振り返る。

おれの名前を呼んだ人物は、頭まですっぽりと黒いフードをかぶっていた。

彼はおれに近づくと、目の前でフードを脱ぐ。

隊長だった。

「隊長……！　本当におれたちを助けに来てくれたんですね」

「ああ。怪我《けが》はしていないか、リョウ？」

久しぶりに会う隊長は、すこしやつれて見えた。

それに、髪もこざっぱりと切られ、髭《ひげ》も剃《そ》っている。すっかり人相の変わった隊長の顔をまじまじと見ていると、隊長もおれの視線に気づいた。

「この砦から脱出した後、別の砦へと身を寄せていたのだが……そこの隊舎ではシラミがひどくてな。それで剃ってしまった」

「よくお似合いですよ」

苦笑いを浮かべる隊長は、しかし、以前より若々しく見えた。おせじではなく、今の恰好の方が似合っていると思う。

ただ、軍人として部下をまとめる隊長の立場なら、若く見られるよりも、年相応かそれ以上に見られた方がいいのだろうから、本人は微妙な思いなのだろう。なので、おれもそれ以上は褒めなかった。

「それにしても、隊長がおれたちを助けにきてくださるなんて、思いもしませんでした」

「貴様には借りが二つもあるからな。一つも返さないままではいかん」

「二つ？」

冗談ぽく告げる隊長の言葉に、おれははてと首を傾《かし》げた。

二つの借り——そのうちの一つは、隊長たちが脱出した時のことだろうけれど、あともう一つはなんだろう。

「イエールとの橋渡しをしてもらった恩がある」

「ああ、なるほど……」

橋渡しっていうのは、あれか。空色の瞳の男のことか。

あ！　じゃああの男は、イエールって名前なのか！

ラッキーだ、再会する前に分かってよかったー！

「ともかく、貴様に会うことが出来てよかった。こうなればさっさと撤収するぞ」

「は、はい！」

おれは隊長に頷くと、その背中を追って駆け出した。

向かうは正門とは逆方向、裏門の方である。以前、おれが目指すも叶《かな》わなかった出口だ。

裏門に向かって走る最中、何人かの王国兵士がこちらに気づいて斬りかかってきた。隊長はおれだけ先に行くよう促すと、自分一人で彼らに立ち向かった。

先に逃げることに躊躇《ためら》いはあったが、戦う武器のないおれでは隊長の足手まといにしかならない。

おれは隊長に言われた通り、彼を置いて裏門へと走った。

「――ハァッ！」

だが、おれが心配するまでもなかった、隊長の剣は襲い来る剣をいなし、打ち払うと、あっという間に彼らを昏倒《こんとう》させてしまう。次から次へと兵士たちは隊長に襲い掛かっているが、まるで相手になっていない。

おれはそんな隊長の雄姿に心の中で安堵《あんど》しつつ、息をきらせて走り続けた。

そして、とうとう裏門が見えてきた。

よし。あの門をくぐってしまえば、もう砦《とりで》の外だ――。

だが、おれは門にたどり着く手前のところで、はっとして足をとめた。

裏門の真ん前に立ちふさがる人物に気づいたからである。

その男は、周囲で起こっている戦いや、自分を追い越して走っていく他の捕虜などには目もくれず、ただ真《ま》っ直《す》ぐにおれを睨《にら》みつけていた。建物からあがる炎の明かりによって、その頬がオレンジ色に照らされている。

夜の闇と炎の中で、金混じりの紅の瞳が宝石のように輝いていた。

「アドニス……」

「………」

アドニスは、黙ったままおれの顔を見つめていた。

その表情はひどく険しく、眉間《みけん》には今まで見たことのないほど深いしわが刻まれている。

「アドニス……なんでここにいるんだ？」

彼の様子からして、ここで偶然行き会ったというわけではなさそうだ。

アドニスは明らかに、ここでおれのことを待ち構えていた。

おれの質問に、最初はアドニスは苦々しい表情のまま黙りこくっていた。

しかし、おれが沈黙してアドニスを見返していると、彼はしばらくしてからゆっくりと口を開いた。

「……俺が部屋を出ていって少ししてから、城館の方で何かが爆発するような音が聞こえた」

「…………」

「最初は気のせいかと思ったが……城館を見上げると三階の部屋の窓から白い煙がかすかに立ち昇っていた。だから俺は急いで、お前に嵌《は》めている首輪の位置を確認した。そうしたら方角的に、お前がここに向かっているのが分かった」

「そうか……そうか」

つまり要約すると——おれがドアを爆発させた音がアドニスの耳に入り、それがきっかけで脱走したことがアドニスにバレたというわけか……。

完全におれのミスじゃねーか！

くっそー、砦内でこんなに大きな騒ぎが起こってたら、アドニスもわざわざおれの位置を確認などしないだろうと、たかをくくってたのに……！

「リョウ、どうした!?」

アドニスと睨み合いを続けていると、背後からおれの名前を呼ぶ声が聞こえた。

遠く、後ろの方で兵士たちと戦っていた隊長だったが、彼ら全員を打ち倒したようだ。おれの後を追いかけてきたのだ。おれの隣に並んだ隊長は、剣を構えてアドニスに対峙《たいじ》した。

「隊長、気をつけてください！　彼は……」

「ほう。貴様は……あの時の聖騎士か」

隊長はおれを背後に庇《かば》うようにして、一歩前に進み出た。

ちょっとかっこいい。おれが女の子だったらキュンキュンしてただろう。

まぁ、隊長は男の方が好きみたいだから、おれが女の子だったら見向きもされてないだろうけどね！

「お前は、あの時の帝国軍兵士か」

アドニスもまた、隊長のことを思い出したようだ。

背後に庇われているおれと、隊長の顔を交互に見ると、面白くなさそうに鼻を鳴らす。

「ふん、わざわざ敵地にまでそいつを助けにきたのか。面倒見がいいとは聞いていたが、戦奴《せんど》ごときにずいぶんとご苦労なことだな」

「その戦奴をわざわざ追いかけてきたのは、そちらではないのかね」

ばちばちと火花を散らして睨みあう二人。

おれはあわあわと二人を交互に見るだけで、どうすればいいのか分からない。

そうしているうちに、アドニスが再びおれを睨みつけてきた。

「その男と逃げるつもりなのか、リョウ？」

「…………」

「そうか、分かった。俺の元から逃げ出そうというなら——今、俺の手で殺してやる」

今までになく怒気をはらんだ低い声に、何も言えなくなる。

なんと言ったらいいのか分からないのもあるが、そもそも恐怖で声を出すことができない。
ア、アドニスってこんなに怖かったっけ？
もしかして、これが殺意ってやつ？

びくびくしながらアドニスの様子を窺《うかが》っていると、不意に、彼の姿が消失した。

次の瞬間、ぎぃんと打ち合う音が響いた。

見れば、いつの間にか隊長の目の前まで迫っていたアドニスが、その剣で隊長に斬りかかったところであった。

隊長は元から右手に握っていた剣でなんとかそれを弾《はじ》いたものの、アドニスは連続して剣を打ち込んでいく。剣戟《けんげき》による自身への反動など意に介した様子もない、人間離れした連撃だ。相対していたのが隊長ではなくおれだったら、あっという間に右手を落とされていただろう。

アドニスは剣を振るいながら、隊長を忌々しそうに睨みつけた。

「くそ、どけ！　お前に用はない！」

「そうはいかん……！　こやつを殺されたら、私がイェールにあわせる顔がなくなってしまうのでな！」

剣戟の応酬。

金属の打ち合う音と、二人の怒声が響く。

自身に向けられた刃《やいば》を、二人ともすんでのところで躱《かわ》す。切っ先は銀色の光を奔《はし》らせ、服や皮膚を薄く裂いていく。地面に飛び散る二人の血潮に、おれはもはや見ていることも、一人で逃げ出すこともできず、悲鳴に近い声で叫んだ。

「た、隊長！　もういいです、おれのことは置いて逃げてください！」

「貴様を二度も見捨てられるわけがないだろう！」

隊長を気遣った言葉は、その隊長自身に一蹴《いっしゅう》されてしまった。

切羽詰まったおれは、今度は近くにいる黒服たちに向かって、隊長の助勢をしてくれないかと声を張り上げた。だが、皆はそれぞれ王国兵と戦ったり、捕虜が逃げるのを手助けするのに手いっぱいでこちらを助けにくる余裕はないようだ。

な、なら……おれが隊長を助けるしかないか？

でも――お、おれがあの二人の間に割って入るの？　あのめっちゃ早い剣戟の中に？

剣の動きが目で追えてすらいないんだけど!?

「ぐっ……アドニスと言ったか？　貴様、どうしてそうもリョウに執着するのだ!?」

何合か打ち合ったところで、隊長がアドニスに向かって怒鳴った。

隊長の疑問ももっともである。なにせ、隊長から見たら、おれは帝国軍の拷問吏で、捕虜だったアドニスを尋問していた張本人だ。その元捕虜のアドニスが、逃げ出したおれをわざわざ単身で追いかけてきた上に、なんかものすごく怖いこと言っているのだから、さぞかしわけが分からない状況だろう。

「っ……！　俺が魔眼持ちだと知っても……俺を怖がらないのはリョウが初めてだった！」

アドニスは苦々しい顔で隊長に答えた。

こんなこと言ってる場合じゃないけど、アドニスもアドニスで真面目《まじめ》なところあるよな。隊長の問いかけなんて無視してもいいのに。

いや、マジでこんなこと言ってる状況じゃないんだけどな！

「俺が忌み者だと知っても、リョウは俺にためらいなく触れてきた……そこから、あいつに興味が湧いた」

「まぁ……確かに、この男は変なところで物怖《ものお》じせずに行動するところがあるな。それがいいか悪いかは別として」

隊長はアドニスの言葉に苦笑いを浮かべた。

剣を打ち合わせながらなんとも器用なことだ。

そしてアドニスも、苦虫《にがむし》を嚙《か》み潰《つぶ》したような顔をしながらも、剣をふるいながら喋《しゃべ》り続けている。

こちらもほんとに器用なもんだ。

っていうか、あの、隊長？　それってどういう意味なんでしょう？

「あいつを抱いた時、胸の内に、今までに感じたことのない熱を感じた。最初は、捕虜だった俺をいたぶった男に復讐《ふくしゅう》したことで、屈辱を晴らしたからだろうと思った……！」

アドニスがちらりとおれを見る。

その視線は、本人が気づいているのかどうかは分からないが、ひどく切なげだった。

だが、おれに視線をやったのは一瞬だけのことで、再びアドニスは隊長に向き直ると、果敢に剣を打ち込み始めた。

矢継ぎ早に繰り出される剣戟にさすがの隊長も額に汗をかきはじめる。

けれど――優位に立っているアドニスの方が、なぜか苦しげな表情をしていた。

「これが憎悪なのか、子どもじみた独占欲なのか、今はもう自分でも分からない」

アドニスが大きく腕を振るう。その隙を狙って隊長がふところに飛び込みかけた。

しかしそれはブラフだったらしい。アドニスはふところに入ってきた隊長を爪先で蹴《け》り上げようとする。だが、隊長は紙一重のところでアドニスの足を躱し、さっと後ろにバックステップで引いた。

「けれど、いや、だからこそ……あいつが俺のもとから逃げるというなら、あいつを殺してでも止めてやる。無論、お前もだ」

距離をとった隊長を睨みつけると、アドニスはぴっと剣を突きつけた。

だが、隊長の反応はなぜか今までと全然変わっていた。

なんだか気勢をそがれたような顔で、ぽりぽりと頬をかいている。

そして、その表情のまま口を開いた。

「そこの聖騎士。いや、アドニス。あー、その……今の発言は自分には盛大な愛の告白に聞こえたのだが……」

「あ、愛!?」

隊長の言葉に、アドニスがぎょっとしたように目を見開いた。

というか、おれもぎょっとして硬直した。

隊長!?　お、おれが口にしないようにしていたことを、そんなあっさり言っちゃう!?

しかもこんなタイミングで!?

「た、隊長!?　いったい何を言いだすんですか!?」

慌てて隊長に向かって叫ぶが、隊長はどこ吹く風といった様子でこちらを見ようともしない。

そして、隊長と対峙するアドニスもまた、愕然《がくぜん》とした表情で硬直している。

ふ、二人が戦うのをやめてくれたのはよかったけれど、これはこれで面倒くさい事態になったような気がするんだけど……!?

「あ、愛……？」

「違うのか？」

アドニスは困惑したような、戸惑《とまど》うような顔で隊長を見ている。

対し、隊長はなぜか胸を張って自信満々に答えた。

「寝ても覚めても忘れられない者が胸の中に存在する。そして、その者のことを思うと、胸に熱い炎がぽっと灯《とも》る……それを愛と言わずして、なんと呼ぶのかね？」

「な……何を言っているんだ？」

「私もかつては貴様のように、愛を知らなかった。だが、リョウがある人物との仲をとりもってくれたおかげで、自分は愛の偉大さを知ることが出来たのだ。貴様の言葉は、私にはリョウに対する盛大な告白のように聞こえたが」

「ち、違う！　俺は……！」

アドニスは隊長の言葉を否定しようと声を荒らげた。

が、それ以上言葉を続けることはなく、ぴたりと固まる。そして、隊長とおれの顔を交互に見た。

「いや、違わないのか……？　だが、俺は……」

「た、隊長！　早く逃げないと追手が来ます！」

おれは必死に隊長に向かって叫んだ。

これ以上面倒くさいことになる前に、さっさとこの場を離れたい！

っていうか隊長、なんかキャラ変わってないか？

もしかして、あの空色の瞳の男――イェールとそんなに熱愛中なんだろうか？

考えたくないような、ちょっと気になるような……。

「隊長、アドニスなんか放っておいて早く逃げましょう！　そろそろ王国兵も立て直すでしょうし！」

「ふむ。だが、そこの聖騎士は私たちを黙って見逃してくれそうにはないが」

「当たり前だ。そこの男は見逃してやってもいいが、リョウ、お前は別だ。どうしても俺のもとから逃げ出そうというなら、俺がこの手で殺してやる」

アドニスが噛みつくような顔でおれを睨《にら》んでくるので、その迫力に思わず縮こまる。

その時、頬に冷たい風が触れた。

この季節に、しかもあちこちで火災が発生中なのに、なんで冷風が……と不思議に思った瞬間、おれの目の前が真っ白になった。

それは冷たい氷の粒だった。

ごうと音を立てて巻き上がった風は、雹《ひょう》をはらんで巻き上がる。その豪風に巻き込まれたアドニスと隊長は、一瞬で姿が見えなくなってしまった。

「ア、アドニス!?　隊長!?」

何が起こったか分からず、おれは地面にはいつくばって二人を呼んだ。

頬にあたる氷の粒がもはや凶器となっており、そのまま立っていることができなかったのだ。

「アドニスー！　隊長！」

繰り返し、二人の名前を呼ぶ。

だが、返事はない。

返事の代わりに、何かがぶつかるような鈍い音と、転がるような音が聞こえた。

かすかに人のうめき声のようなものも聞こえた気がする。けれど、すぐに風の音にかき消されてしまった。

そうこうしているうちに、氷の風は燃え上がっていた建物を巻き込み始めた。

冷たい風と氷にさらされて、炎はみるみるうちにおさまっていく。風は建物内部にも入り込んで、瞬く間に炎を鎮火させていった。

「くそっ、いったい何が……！」

建物を燃やしていた火が消えると、風はだんだんとおさまっていった。

同時に、視界も次第に晴れていく。

ようやく立ち上がると、王国兵が何人も倒れているのが見えた。

動ける人物も数名ほどいるようだが、そういった者は倒れた者たちの介抱をしているようで、こちらとは距離がある。

おれはきょろきょろとあたりを見渡し、隊長とアドニスを探した。

二人を見つけるのにそう長い時間はかからなかった。だが、最初は自分が目にしているものが信じられなかった。

おれは心臓がばくばくと鼓動を早めるのを感じながら、唇をわななかせて二人にかけよった。

アドニスと隊長は、さきほどとは立ち位置が変わっていた。

アドニスは隊長に覆いかぶさるような形で、地面に転がっている。隊長はアドニスの下敷きになっていて、二人とも意識はないようだ。

そして――アドニスの背中には、大きな氷の刃が突き刺さっていた。

切り裂かれた服からじわじわと血が滲《にじ》み、それが身体《からだ》をつたって地面に落ちていく。

おれは慌てて二人に駆け寄ると、アドニスの肩を叩《たた》いた。

「おい、アドニス!?　目を覚ませよ！」

アドニスは辛《つら》そうに顔をしかめた。額にはじんわりを脂汗をかいている。

だが、どんなに呼びかけても目は覚まさなかった。

おれは今度はアドニスの身体をおしのけると、隊長の肩を摑《つか》んで揺さぶった。

「隊長、隊長！　起きてください！」

だが、隊長も苦しそうな顔をするだけで、目を覚まそうとはしない。

ど、どうしよう……！

おれ一人では隊長は運べない。

誰か他の帝国軍兵士を呼んで、気絶した隊長をいっしょに運ぶか？

ああ、でも、それだとアドニスを見捨てることになるし……！

アドニスはこのまま放っておいたらまずいよな!?　すぐに手当しないと！

でも、王国兵を呼びに行ったらおれも隊長も捕まっちゃうし……！

どうしたものか分からず、混乱していたおれの視界に、ふと影が差した。

いつの間にか誰かがそばに近づいてきていた。

王国兵だったらどうしようと焦りながら顔を上げると、なんと、そこにいたのはドラン伯爵《はくしゃく》だった。

伯爵がここにいるということは——先ほどの氷や雹をまとった風は、ドラン伯爵の仕業だったのか。

でも、それならどうして味方のアドニスの背中に、氷の刃が刺さっているんだ？

誤爆ってことか？

おれは困惑しながら伯爵を見上げる。

ドラン伯爵はいつもの豪奢《ごうしゃ》な服を着ているが、ところどころが焼けこげている。髪や頬にも煤《すす》がついて汚れていた。

だが、それ以上に異様なのは、ドラン伯爵の表情だった。

伯爵はなんというか、いつもは偉そうながら穏やかな物腰なのだが——今はまるで能面のように無表情だった。

「ド、ドラン閣下《かっか》……？」

恐る恐る名前を呼ぶ。

だが、ドラン伯爵は無表情のままで何も答えようとしない。

次の瞬間、伯爵はいきなり右足を振るってきた。おれは蹴られるかと思い、身体をこわばらせてとっさに腕で顔を庇《かば》った。

しかし、ドラン伯爵が蹴ったのはおれではなく、アドニスだった。

横腹を蹴られたアドニスが、苦しげなうめき声をあげる。

おれはぎょっとして、慌ててドラン伯爵の片足にとりすがった。

「お、おやめください、閣下！」

「うるさい、どけ！」

ドラン伯爵は片手でおれの髪を摑み、無理やりおれを引きはがした。

ぶちぶちと髪の毛が抜けてかなり痛い。

涙目になりながら、おれは地面に膝《ひざ》をつき、アドニスとドラン伯爵の間に割ってはいった。

そして、両手を広げてアドニスを背にしながらドラン伯爵を見上げる。

ちらりと後ろを見たが、アドニスはまだ目を覚ましていなかった。

しかし、傷による出血のせいか、伯爵に蹴られたせいなのか、先ほどより顔が青ざめているように見える。

くそ、こんなことしてる場合じゃないのに……！

いったいドラン伯爵はどうしちゃったんだ!?

「ドラン閣下……い、いったいどうされたのですか？　彼は閣下の甥《おい》のアドニスですよ!?」

必死に呼びかけるも、ドラン伯爵の様子は、あまりにも普段と違っている。

本音を言えば今すぐにもここから逃げ出したい。

今の伯爵には、何をしでかすか分からない危うさがある。小指で触れただけで破裂しそうな風船のごとき危うさだ。

「ふん、そうだな。嘆かわしいことに、確かにそやつは私の甥だ」

ドラン伯爵は憎々し気な表情でアドニスを睨みつけた。

そして、怨嗟《えんさ》のこもった言葉を紡ぐ。

今まで見せていた親しげで気さくな態度は、もうすっかり消え失せていた。

「私の妹は、息子《むすこ》が呪われた忌み子であったがゆえに、婚家でひどい扱いを受け、とうとう自害してしまった。こいつさえ生まれなければ、妹は幸福な人生を歩んでいただろうに……！」

「……！」

それは、アドニスからも聞いたことがある――アドニスの母親って、ドラン伯爵の妹だったのか。

そうだよな、アドニスも〝伯父上《おじうえ》〟って言ってたもんな。

「妹の死に報いらせるため、この私が聖騎士に叙任してやったというのに、恩を仇《あだ》で返しおって！」

おれは呆然《ぼうぜん》としてドラン伯爵を見つめた。

今まで戦奴《せんど》にも気さくに対応してくれるいい人だと思っていたけれど……心の中にはこんな歪《ゆが》んだ思いを抱えていたのか。

いや、それとも……妹の自殺がこの人の心を歪めてしまったのだろうか。

それだけ妹のことを愛し、大事に思っていたのだろうか。おれには分からない。

今、おれに分かることは一つだけだ。

正直言って……そこらへんの心の歪み方がドラン伯爵とアドニス、めちゃくちゃ似てる。

こんな時になんだけれど、二人ともやっぱり血縁なんだな～と思っちゃったよ！

でも、今これを伯爵に言ったら殺されるだろうな……！

「戦場で祖国の礎となって死なせるために味方の退却の殿《しんがり》を務めさせてやったというのに……！　捕虜などになってのうのうと生き延びおって！　貴様のせいで私の研究も台無しだ！」

「だ、だめです、閣下、落ち着いてください！」

　ドラン伯爵は口から唾《つば》を飛ばしながら顔を真っ赤にして、アドニスに摑みかかろうとする。

　おれは慌ててアドニスに覆いかぶさり、ドラン伯爵から庇った。

「どけ、リョウ！」

「お、落ちついて下さい、ドラン閣下！」

　ドラン伯爵は口から唾を飛ばしながらおれの背中を殴り、蹴《け》ってくる。

　痛みと衝撃をこらえながら、おれはぎゅっと目をつむった。

　伯爵は容赦なくおれの背中を何度も蹴ってくる。けれど、彼が魔法を使ってこようとしないのは、不幸中の幸いだった。

　さっきみたいな氷の魔法を使われたら、おれなどひとたまりもなかっただろう。

　しかし、逆にどうしてドラン伯爵は魔法を使わないんだ？

　魔法はもう魔力切れとか、はたまた、魔方陣がもう在庫切れなのか？

「くそ、やはりお前など殺しておけばよかった！　忌み者に憐《あわ》れみをかけて恩情を施してやった結果がこれだ！　貴様のせいで私の研究もいちからやりなおしだ！」

　でもこのキレっぷりから察するに、やっぱり別館にはドラン伯爵の研究資料が置いてあり、伯爵は本館の火事や味方の救援を差し置いて、研究資料を救出しに行っていたようだ。

だが、時すでに遅く、あそこに保管していた魔方陣は焼失してしまったらしい。

だからドラン伯爵は魔法を使おうとしないし、こんなにもぶち切れているというわけだ。

いつも理性的で穏やかな物腰のドラン伯爵だったが、怒りで頭に血がのぼっているせいか、今や言っていることが支離滅裂である。

たとえアドニスがいたところで、火事はどうしようもなかっただろうよ！

むしろドラン伯爵こそ何をしてたんだよ。あんたが一番、消火に役立つ人物だろ！

まぁ、これを言ったらほんと殺されかねないだろうから言わないけどな……！

「閣下、おやめください……！　こんなことをしても何もなりません！」

「うるさい、いいからどけ！　お前がどかないというなら、主人もろとも処分してやる！」

アドニスを庇いながら、ドラン伯爵を振り返りつつ叫ぶ。

だが、おれの叫びはなんの効果もなかったどころか、事態はさらに最悪になった。

焦《じ》れたドラン伯爵が、とうとう懐から短剣を取り出してきたのである。

束《つか》に宝石が嵌《は》められ、金で装飾されたそれは、市場に出せばかなりの値打ちが付くだろう。願わくば、観賞用のおしゃれなペーパーナイフであってほしかったのだが、ぎらりと光る刃《やいば》は、かなり切れ味がよさそうだ。

くそ、マジかよ……！

おれは慌てて立ち上がると、腕を伸ばして乱暴にドラン伯爵の手首を掴んだ。

そしてもう一方の手で短剣を取り上げようとするが、ドラン伯爵も必死に抵抗する。

「離せ！　戦奴風情が私に触れるな！」

「っ……冷静になってください！　ここでアドニスを殺したら閣下の立場も悪くなるでしょう!?」

本当に立場が悪くなるかどうかは知らないが、ドラン伯爵を落ち着かせるためならば、どんな出まかせでも言う。こちらも必死だった。

だが、伯爵は全然冷静になってくれない。

それどころか、おれの手を乱暴に振り払った。そしてなかば体当たりするかのようにおれを地面に引き倒す。

「うわっ!?」

おれはとっさに地面に横たわるアドニスをよけようとして、バランスをくずして仰向けに転がってしまった。

慌てて立ち上がろうとするも、その前におれの上にドラン伯爵がのしかかった。

その手には、先ほどの短剣が握られている。

おれはぞっとして、ほとんど悲鳴のような叫びをあげた。

「閣下、おやめください！」

「うるさい、貴様も私の邪魔をするというなら死ね！　ああ、なんなら貴様が死んだ方がアドニスも堪《こた》えるだろうな！」

ドラン伯爵は見るに堪えない、いやらしい笑みを浮かべてそう言った。

これが——この人の本性なのか？

それとも、妹が死んでからずっと抑えつけていたものが、今になって噴き出したのか——。

だが、それを考えるよりも、この状況の打開策を考えるほうが先だ。

ドラン伯爵の持つ短剣は、刻一刻とおれの顔に迫ってきている。

おれは必死にドラン伯爵の腕を掴み、押しのけようとするが、いかんせん体勢のせいでおれの方が不利だ。

そしてとうとう、短剣の切っ先が眼球に触れるほどの距離に近づいた。

「っ、アドニス……っ」

その時、なぜかおれの口は、勝手にアドニスの名前を呼んでいた。

すぐそばには隊長もいるのに。

考えて呼んだわけではない。

ただ自然と、彼の名前がこぼれてしまっていた。

そして——アドニスを呼んだ数秒後、おれに馬乗りになっていたはずのドラン伯爵が吹っ飛んだ。

一瞬、なにが起きたか分からなくて、ぽかんと虚空を見つめる。

だがそれも数瞬のことで、おれはすぐに気を取り直して立ち上がった。そして、地面に落ちていたドラン伯爵の短剣を拾い、顔を上げる。

すると、そこにはアドニスが立っていた。呆然と彼を見上げるおれに、彼は口を開いた。

「リョウ、無事か？」

「お、おれは全然大丈夫だよ。あんたこそ、背中……！」

どうやらおれに馬乗りになったドラン伯爵を吹っ飛ばしたのは、アドニスだったらしい。

おれは急いで彼に駆け寄ると、その身体《からだ》を支えて顔を覗《のぞ》き込《こ》んだ。

出血のせいか、顔が青ざめている。

彼の広い背中に手をやると、ぬるりと生温かいものが触れた。

こんなざまでよく、おれに「無事か？」なんて聞いたなこいつ！

自分の方が重傷じゃないか。

しかも、怪我《けが》をおしてまで、おれなんかを助けるために伯爵に手を上げて……！

「あんた、馬鹿だろ！　おれのことなんか放っとけよ！」

「……助けてやったのにずいぶんな言いぐさだな」

おれが怒鳴りつけると、アドニスが不満そうな表情になった。とはいえ、おれも自分が助けた相手に、こんな風に怒鳴られたら同じ表情になるだろう。

けれど、今回は状況が状況だ。

「馬鹿に馬鹿って言って何が悪いんだよ！　あんた……誰を殴ったのか分かってるのか!?　戦奴なんかを助けるために、自分の立場が悪くなるようなことをするなよ……！」

最後まで言ったところで、おれの目からぽろりと涙がこぼれた。

慌ててアドニスから顔をそむけ、手の甲でぐしぐしと目尻《めじり》をぬぐう。

あー、くそ！

こんな風に泣くつもりじゃなかったのに……！

次々にぽろぽろとこぼれる涙を手でぬぐっていると、不意に、背後からアドニスに抱きしめられた。

そのまま彼の胸の中にぎゅうっと抱え込まれる。

「っ、おい、アドニス……？」

「泣くな、リョウ。俺は自分が最善だと思えることをやっただけだ。だから、お前は何も気にしなくていい」

「っ……」

くそ、そんなこと言うなよ。

そんな風に言われたら……泣き止《や》もうと思っても、とめられないだろ。

おれはいまだに涙の滲《にじ》む視界で、背後を振り返った。

そして、おずおずとアドニスの背中に手をやる。

「アドニス、痛くないのか？　早く医務室に行った方がいい」

「ああ。だが、行くならお前も連れていく。ここで離したらお前は俺の元を去るつもりだろう？」

そう告げたアドニスの腕の力がぎゅっと強まる。

……あ。そういやそうだった。

おれ、アドニスから逃げないといけない立場だったな。

色んな事がありすぎてすっかり忘れていたけど、ここでこんな風にアドニスに抱きしめられてる場合じゃなかった。

でも……こんな状況になったら、もうしかたないか。

おれがここに残る代わりに、せめて、隊長や、まだこの砦《とりで》にいる帝国兵や捕虜を見逃がしてもらえないか、アドニスに頼んでみようかな。

「アドニス。落ち着いて聞いてくれ。おれは――」

「……忌み者風情がずいぶんと幸せそうだな……自分の立場もわきまえずに」

アドニスに頼みごとをしようとしたおれの言葉を、怨嗟《えんさ》の声が遮った。

声のする方向にばっと顔を向ける。すると、そこには、灰と泥に汚れ、擦り傷だらけのドラン伯《はく》爵《しゃく》がいた。

その表情は憎悪に歪み切り、目に炎を燃やしてアドニスを睨《にら》みつけている。

「伯父上……」

「私の妹を殺しておいて、自分だけ幸せになるつもりか？　反吐《へど》が出る！」

「伯父上……ならばなぜ俺を今まで生かしておいたのですか。貴方《あなた》の持つ権力なら、もっと早い段階で俺を殺すこともできたでしょうに。聖騎士に叙任して帝国との前線に送り込むなどという迂遠《うえん》な方法をとったのは何故《なぜ》ですか？」

アドニスの問いかけに、ドラン伯爵は顔をぐしゃりと歪めた。

まるで、今にも爆発しそうな、泣き出しそうな表情だった。

というか正直……おれも、今のアドニスの質問は残酷だと思った。

どうしてドラン伯爵が今までアドニスを生かしておいたか――それはやっぱり、アドニスが妹の子どもだったからだろう。

妹を死に追いやった原因だから憎い。

けれど、妹がお腹《なか》をいためて産んだ子どもでもある。

ドラン伯爵が自分の手でアドニスを殺そうとしなかった理由。聖騎士に叙任して前線へ送り込むという、迂遠な方法をとった理由も、やはり、自分の手で直接的にアドニスを殺すことに罪悪感を覚えたからではないだろうか。

だが、アドニスはそこに無遠慮に突っ込んでいった。

ドラン伯爵の心の地雷原、真《ま》っ只中《ただなか》にである。

多分、他の誰に突っつかれてもドラン伯爵は爆発しただろうが、よりにもよって地雷であるアドニス本人がその地雷原へ突っ込んでいったわけである。

ああ、そういやアドニスって、コミュニケーション能力マイナスだったよね……。

さすがに今のは伯爵に同情する……と思っていたら、当然、というか案の定——ドラン伯爵は激《げっ》昂《こう》した。

見る見るうちに憤怒《ふんぬ》に顔を赤黒く染めて、アドニスに向かって怒鳴る。

「き——貴様が生きてこの世にあることにもう我慢ならん！　ここで引導を渡してくれる！」

そう言って、ドラン伯爵はズボンのポケットから何かを取り出した。

見れば、それは一枚の紙であった。

ちらりと見えた図柄——あれは魔方陣か!?

まだ魔方陣を持ってたのか！

あれがどういう魔法かは分からないけれど……この状況で出してくるんだから殺傷能力のある魔法なのだろう。

くそ、この距離じゃ魔法を避けるのも、ドラン伯爵から羊皮紙を奪うのも間に合わない！

おれが気づいたことにアドニスも気づいたのだろう。彼はハッとした表情を浮かべると、そばにいたおれを胸の中に抱き込んで、そのまましゃがみ込んだ。

おれを自分の身体で完全に庇《かば》う体勢だ。

「馬鹿、なにやってんだよアドニス！」

「いいから黙っていろ、リョウ」

「黙ってられるわけないだろこの馬鹿！」

アドニスに吠《ほ》えるが、彼は難しい表情のままおれを離そうとしない。

そんなアドニスを嫌悪を込めて睨みつけたドラン伯爵は、紙に手を触れさせて呪文を唱え始めた。

だが、それと同時に、ドラン伯爵の背後に何者かが近づいた。

そして、その人物はさっとドラン伯爵の首に腕をまわすと、その腕でぎりぎりと伯爵の首をしめあげた。

ぎょっとした表情になるドラン伯爵だが、すでに遅い。じたばたと暴れるも、顔はだんだんと紫色になり、数分も経《た》たないうちにがくりと気を失った。

ドラン伯爵が昏倒《こんとう》したのを見て、おれはその人物に駆け寄る。

「隊長！」

「リョウ。あとそこの聖騎士……アドニスといったな。悪いがこやつを捕縛しておいてくれ」

なんと、すんでのところでドラン伯爵を昏倒させたのは隊長だった。

隊長はドラン伯爵をおれたちに渡すと、ぐるりと周囲を見渡した。

氷魔法によって気を失っていた王国兵は、今や次第に目覚めはじめているところだった。

ドラン伯爵がいるのを見てこちらに来た彼らは、その伯爵が捕縛されているのを見て目を真ん丸にしていた。しかも、そのうちの一人は自分のところの聖騎士のアドニスである。

何が起きたのか分からない、といった表情を浮かべている彼らに向かって、隊長は声を高らかに告げた。

「――王国騎士どもよ、聞け！　我々はこのドラン伯爵を人質として捕縛した！　この者を無事に返して欲しければ、貴様らが捕らえている捕虜をすみやかに我々に返還せよ！」

20

「――ここでいいだろう」

隊長がそう言って御者台の方に指示をおくる。

そして、そう間を置かずに、馬車ががたんと音を立てて停止した。

馬車が止まると同時に、近くに座っていた隊長とイェールがさっと立ち上がる。

おれも続いて二人の後から馬車を下りようとしたが、隊長に手で止められてしまった。

「リョウ、貴様は残れ」

「ですが……」

「大丈夫だ。向こうも今さらおかしなことはしないだろう」

そして、隊長はすぐに前に向き直ると颯爽《さっそう》とした足取りで隣の馬車へ行ってしまった。

隣の馬車からは、ちょうどイェールが一人の男性を引きずるようにして下ろしているところだった。

馬車から引きずり下ろされた男は、豪奢《ごうしゃ》な衣装を身に着けているものの、それは今やすっかり砂《すな》埃《ぼこり》にまみれ、薄汚れている。

その瞳《ひとみ》は茫洋《ぼうよう》としており、ぼんやりと宙を見つめていた。

つい昨日、おれに食ってかかり、容赦なくこちらを殺そうとしてきた時の気迫はどこへやら、という感じである。

そう――馬車から下ろされたのは、ドラン伯爵だ。

ドラン伯爵は帝国にすらその名が轟《とどろ》いている天才魔術師だ。そんな彼がまさかの帝国軍の人質となり、王国兵たちはみるからに動揺していた。

そこで、隊長は彼らにこう告げたのである。

『――自分たち捕虜の脱出を見逃せ。そして、この砦にある馬車三台をこちらに寄越すこと。これさえ守ってくれれば、伯爵はそちらに無傷で返そう！』

最初は、おれは隊長は何を言い出すのかと驚いた。

だが、こうして意外と事はうまく運んだ。

ドラン伯爵の所有していた魔方陣は、火災で焼けてしまった上に、手持ちの魔方陣も尽きてしまったのだ。戦う術《すべ》を失った伯爵を捕縛するのは、難しいことではなかった。

王国兵たちも最初は難色を示していたが、しかし、隊長が『呑《の》めないというならドラン伯爵は処刑する』と言って剣を抜くと、すぐに顔色が変わった。

彼らとしてもドラン伯爵を失うのはかなりの痛手なのだろう。

もしも人質にとったのが伯爵ではなく、別の人物であったらこの作戦は成功しなかったかもしれない。

その後、用意された馬と馬車三台に、食料などの物資をもって、捕虜と帝国軍兵士たちは乗り込み、アンルー砦から離れた。そして、おれたちは国境沿いにある中立都市カランへと向かった。

アンルー砦から中立都市カランへと続く街道は、荒れた大地が広がり、あまり緑は見えない。

ごつごつとした茶色い切り立った岩場が多く、馬車はかなり揺れている。

もうしばらくして、中立都市カランへと近づけば景色も変わってくると聞いたのだが、本当なんだろうか。

おれは馬車からひょいと顔だけを覗《のぞ》かせて外を見た。

ここまでくればドラン伯爵を解放しても問題ないと考えたのだろう。

隊長はドラン伯爵をしばりつけていた縄をほどき、隣にいたイェールは用心のためか剣を抜いていつでもドラン伯爵へ斬りかかれるように身構えている。

そんな二人に対し、ドラン伯爵は力ない笑みを浮かべて、肩をすくめてみせた。

「おいおい、こんなところに私一人置き去りかね。野犬に襲われたらどうしてくれる？」

「どうせ王国兵の追手が来ているのだろう。大人しく待っていればすぐに助けが来るさ」

ドラン伯爵の言葉に、イェールはふんと鼻で笑った。

隊長もまた「そこまでしてやる義理はない」と冷たく答えている。

だが、ドラン伯爵は言い返すこともなく口を閉ざした。その顔が、ふいにこちらに向けられた。

馬車から覗いていたおれとバッチリと視線が合い、慌てて陰に隠れる。

今、ドラン伯爵とは顔を合わせたくない。彼には、殴られたり蹴《け》られたり、あげくには殺されかけたりしたし。

おれはしばらくの間、耳をそばだてて外の話を聞いていた。

だが、三人は馬車から少し離れた場所へ移動してしまったらしく、その会話内容を聞き取ることが出来なくなってしまった。

もう一度顔を出してみようか、と悩んでいると、馬車にさがった天幕がさっと開き、隊長が乗り込んできた。

今度はイェールも一緒だ。彼も隊長のあとに続いて馬車へと乗り込んできた。

「もういい、出してくれ」

隊長が御者台に声をかけると、返事と共に馬車ががたごとと再び動き出した。

大きく揺れる馬車にバランスをくずさないよう、さっと壁に手をつこうとする。すると、そんなおれの手をとって、支えてくれた人がいた。

顔をあげると、おれを支えてくれたのは隊長だった。

「あ、ありがとうございます、隊長」

「気にしなくていい」

頭を下げ礼を言うと、隊長は軽く手を振った。

なんか……前に比べて、隊長は人当たりが優しくなったなぁ。

昔だったら、戦奴《せんど》であるおれが転ぼうが、気にかけることなんてなかっただろうに。

以前、おれがアンルー砦《とりで》から脱出しそこねた日から、隊長の態度が変わったように思う。今回の捕虜救出作戦だって、そんなことを言いだすような人じゃなかったのに……。

あの時の出来事で、なにか心境の変化があったのかな？

でも、心境の変化といえばおれもそうだ。

おれだって、アドニスに対する気持ちは、以前と比べて変わっている。

ただ、それが具体的にどういうものか、ハッキリとした名称はつけがたいけれど――。

そんなことを考えていた時、ふと、横顔にやけに強烈な視線を感じた。

なんだろうと思いながら、視線の元を見る。

すると、そこには般若《はんにゃ》のような表情でおれをめちゃくちゃ睨みつけるイェールがいた。

どうやら、おれが隊長に助けてもらったのが気にくわなかったらしい。

慌てておれは話題を変えることにする。

「そ、それにしても本当によかったのですか？　ドラン伯爵《はくしゃく》をここで殺しておいた方が、後々、帝国軍が有利になるのでは？」

「……そうだな……だが、それは一時的なことだ。伯爵が生きていようといまいと、我が帝国の敗北が間近であることに変わりないだろう」

隊長は床に座ると、羽織っていたケープをぬいだ。

イェールはさっと隊長に近寄り、そのケープを受け取って丁寧に折りたたむ。

「となれば、最善な形で敗北を迎えることが最適だ。ここで我々がドラン伯爵を殺してしまえば、王国は復讐《ふくしゅう》のため、そして自国の威信を表明するためにすぐさま大規模攻勢に出かねん」

「さすが隊長！　そこまで長期的な視点で戦局をとらえることができるとは！　……それに、アンルー砦にあった魔方陣はすべて焼けたわけですから、ドラン伯爵がすぐに帝国軍の脅威になることはないでしょうね」

隊長の言葉にイェールがすかさず合の手を入れつつ、おれに視線を向けてフフンと得意げな表情を浮かべた。

ほれ見ろ隊長はすごいんだぞお前には分からないだろうけど自分はちゃんと理解できてるんだぞ、ということだろうか。

ドヤ顔はちょっとうっとうしいが、機嫌がなおったようならなによりだ。

「ああ……そうだな。わずかなりとも、最後に、祖国のために貢献することができてよかった」

そんなおれたちを見て、隊長は笑みを浮かべながらそんなことを言った。

その言葉に、ちょっとひっかかる。

最後に、というのはどういう意味だろう?

おれは、この馬車は中立都市カランへと行き、そこで物資を調達後、帝都へと帰還すると聞いていた。

もしかして——隊長は帝国軍を退職するつもりなのかな。

おれも今はそうしようと考えている。

まぁ、おれの場合は戦奴だから、脱走という扱いになっちゃうんだけれどね。

そう——おれはこの馬車が中立都市カランへ到着したら、隊長やイェールの目を盗んでこっそりとここから離脱し、他国へ行く商団に雇ってもらおうと考えていた。

中立都市カランなら、そこから奴隷制のない共和国や聖王国へと行ける手立てもあるはずだ。

帝国軍を脱走して他国に逃げようと考えたこともあったが、戦奴のおれは自分の財産がないため断念するしかなかった。

しかし——つい先日の、砦内のいざこざで、おれはドラン伯爵から宝石だらけの短剣をくすねることに成功したのだ！

このめちゃくちゃ高そうな短剣を売れば、当面の生活費と旅費になるだろう。

とうとうこの日が来た。

おれは他国へ行って、自由の身になって、仕事を探してまっとうな暮らしをするんだ！

いや～マジで嬉《うれ》しい。本当、さっきドラン伯爵と顔を合わせなくてよかったよ。

顔を見られたら「そういえば自分の落とした短剣はお前が持ってるな？　返せ！」とか言われかねなかったもんな。

まぁ、ドラン伯爵には殴られたり蹴られたり、あげくには殺されかけたりしたんだし！

これぐらいは慰謝料としてもらっておいてもバチはあたらないだろう。

あと一つ、他の国へと移住するにあたって、問題があるとすれば——。

「ドラン伯爵の件はともかく……まさか、隊長たちがアドニスを連れてくるとは思いませんでした」

おれは首を傾《かし》げて隊長へ尋ねた。

そう。この馬車の後方に続く馬車の一つに、傷病兵が乗っているのだが、そこにアドニスも乗っているのである。

ちなみにアドニスは、やっぱり背中の傷で血を流し過ぎたらしく、気を失ってしまったのだ。

ドラン伯爵を人質にとったあたりから、だんだんと意識がもうろうとしてきて、会話がおぼつかなくなったと思ったら、終《しま》いには倒れたもんだから、マジで焦った。

そんなわけで、アドニスはあれからずっと眠ったままだ。

つまり、その馬車に乗せたのもアドニスの許可はとっていない。

だから、この状況を王国兵から見たら、アドニスは自国を裏切って帝国につき、王国騎士団を脱走した裏切り者に映っているだろう。

そこら辺も含めて、どうして隊長がアドニスを連れてきたのか、本当に謎だった。

アンルー砦を脱出する時は必死で、とてもそんなことを聞く余裕もなかった。だから、ドラン伯爵を解放したこのタイミングでこそ、聞いておきたかったのだ。

おれの質問に、隊長は首を横にふって答えた。

「あの状況では、あやつはもう王国にはいられないだろう」

「まぁ……隊長がドラン伯爵を人質にとった時、黙って見てるだけでしたもんね」

あの時はおれもアドニスに対して、「え、いいの?」と思ったもんな。

まぁ、その後すぐにアドニスは倒れてしまったし、ドラン伯爵を助ける気力はなかったんだろう。

というか、あの様子だと状況を正確に把握してたかもあやしい。

「それに貴様を庇《かば》って伯爵を吹っ飛ばしたところも、何人もの王国兵が見ていた。あれでは、いくら聖騎士といえど軍法会議で処断されていただろう。忌み者という境遇を思えば、裏切り者として即時処刑されることは想像に難くない」

「……なるほど」

そう答えつつも、おれは心の中でかなり驚いていた。まさか隊長が、あのアドニスのことをそこまで思いやって、連れてきたとは思ってもみなかったのだ。

でも……だからって、隊長がアドニスを気遣う理由はなんだろうか。

隊長はアドニスと二度も剣を交えて戦った。しかも一度目の戦いは隊長が敗北を喫したのだ。自分を殺しかけたアドニスを恨んでいてもおかしくないぐらいなのに。それに、隊長だって最初はアドニスを忌み者だっていって敬遠していたはずだ。

それが一体、どういう心境の変化が起きたのだろうか？

おれが不思議そうな顔をしているのに、隊長も気づいたのだろう。

こほんと咳《せき》ばらいをすると、真面目《まじめ》な表情で言葉を続けた。

「それにな……あの男は、自分を庇ったのだ」

「え？」

「覚えているか？　あの伯爵が大規模な氷魔法を放った時に、自分たち二人はそれをもろに食らった。だが、あの男がこちらを庇って魔法の大半を受け止めてくれたのだ。おかげで自分は軽傷ですんだ」

そこで隊長は肩をすくめて、冗談交じりの笑みをこぼした。

「だから、自分はあの男に借りを返さねばならんと思ってな。見捨てるわけにはいかなかった」

「そんなことがあったんですね……でも、なんでアドニスが隊長を？」

思いもよらない話に、おれは呆然《ぼうぜん》とした。

確かに思い返してみれば、あの時、隊長の上にアドニスがのしかかるようにして地面に倒れていた。

あれはアドニスが隊長を庇った結果だったのか。

でも、どうしてアドニスはそんなことをしたんだろう……と考えていると、さらに思いもよらないことを言われた。

「分からないのか？　貴様のためだろう、リョウ」

「えっ」

口を開き、おれにそう言ったのはイエールだった。

彼は空色の瞳《ひとみ》で真《ま》っ直《す》ぐにおれを見据え、言葉を続ける。

「考えてみろ。隊長とあの男が二人とも死んだ場合、あの後、貴様はどうなっていたと思う？」

「どうって……」

「まず、隊長がいなければ砦からの脱出は失敗しているだろう。そして、王国へ与えた損害を鑑《かんが》みれば、砦に残った捕虜は全員処刑されていたに違いない。聞けば、ドラン伯爵は、自身の魔法研究資料が焼失して、正気を喪失するほどの怒りようだったというじゃないか。その原因となった帝国人など、生かしておくわけがない」

「…………」

おれは押し黙った。

脳裏には、かつて、散々いたぶられた上で殺された帝国兵の死にざまがよみがえる。

あの時のドラン伯爵のキレっぷりを思えば、おれがアンルー砦から脱出しそこねた場合、あの帝国兵より酷い目に遭わされた上で殺されていただろう。

「あの一瞬で、あの男は考えたのだろうさ。あの状況では、自分が魔法を受けるのは免れない……だが隊長が生き延びれば、リョウを連れて逃げてくれると。つまり、貴様の行く末を守ったのだ」

イェールの言葉に、隊長はうんうんと頷《うなず》いた。

「ああ。今まであの者を忌み者と侮っていたが、間違いだったとしみじみ感じた。愛する者のために我が身を投げ出すなぞ誰にでもできることじゃない。見事な男ぶりじゃあないか」

隊長の言葉に、間髪を容《い》れずにイェールがとびついた。

「もしも隊長が同じ状況でしたら、私も同じようにしていましたよ！」

今まで見たことがないような満面の笑みで、隊長の手を両手でぎゅっと握りしめる。

「本当に……隊長がご無事で本当によかったです。もしも隊長の身になにかあれば、後を追う覚悟でおりました……！」

「イェール……馬鹿だな、貴様を置いて自分が死ぬわけがないだろう？」

「隊長……！」

そして、そのまま手を握り合いイチャイチャしはじめる二人。

おれの視線など気にした様子もないどころか、完全におれが見えていない。すでに二人の世界に入ってしまったようだ。

おれはそんな二人からそっと離れて、今、ここにいない男のことを想った。

……おれの行く末を守った、かぁ。

そんなこと言われたら……おれも、アドニスのこれからのことを、ちゃんと考えないわけにはいかないよなぁ。

21

その日、馬車は日が暮れるまで走り続けた。

解放されたドラン伯爵《はくしゃく》が報復にくる可能性を考え、できるだけ距離をとろうと考えたのだろう。

空がだんだんと暮れなずみ、太陽が山の稜線《りょうせん》に沈みかける前に、馬車は停止した。

隊長とイェールの二人から、ここで水を調達して、明日、空が白み始めた頃合いに、再び中立都市カランへ向けて出発すると告げられた。

馬車が停止した場所は、かつては農村があったようだが、今はすっかり寂れてしまっており、家屋はなかば崩れかけていた。近づいてみれば、人が住まなくなって久しいようで、柱が腐ってしまっている。

ずいぶん前に住民も退去してしまったようで、人の気配はない。

きっと、次第に村の人口が減り、住民たちは他の町や村へ移住してしまったのだろう。

倒壊のおそれがあるため、家屋には入ることはできなかったが、それでもかつて人の住んでいた場所に降り立つと安心した。

きょろきょろと辺りを見渡すと、馬車を降りて身体《からだ》をのばすものや、近くの小川へ馬に水を飲ませに行くものなど、みんな様々なことをしていた。

隊長とイェールは、他の兵を集めて何事かを話し合っている。

だが、そのどこにも、おれの探している顔はなかった。

おれは目当ての人物が乗っていた馬車へと向かった。

そして、タラップを踏んで中を覗《のぞ》き、ようやく探していた人物を見つけた。

「アドニス……」

そっと名前を呼びながら、馬車の中に乗り込む。

アドニスは馬車の中で仰向けの状態で寝かされていた。彼以外に馬車に残っている人間はいない。

音を立てないよう、ゆっくりと近づく。

そして、彼のすぐ近くまで来た時に、アドニスの瞼《まぶた》がふるりと震え、ゆっくりと開かれた。

「っ、リョウ……？」

「よう、アドニス。怪我《けが》はどうだ？　まだ痛いか？」

アドニスはぼんやりとおれの顔を見つめたまま、何も言おうとしない。

どうしよう、誰か呼んできた方がいいんだろうか。

おれは右掌《みぎてのひら》をアドニスの額に触れさせた。

触れた感じ、熱はない。怪我のせいで最初は身体が熱っぽかったが、熱はひいたようだ。よかった。

「……リョウは、怪我は？　あれからどうなった？」

すると、アドニスの方がそんな質問をしてきた。

おれは力こぶをつくってアドニスに見せる。

「おかげさまで、おれは怪我はしてないぞ。ここは……えーっと、今は帝国の皆と一緒に、馬車で中立都市カランへ向かってるところだ。カランって知ってるか？」

「ああ……行ったことはないが、知っている」

そう言って、アドニスは上体を起こした。

おれは慌てて彼の背中に腕をまわし、身体を支える。

「おい、ひどい怪我をしたんだから、動くなよ」

「俺ならもう大丈夫だ」

確かに、アドニスの顔を見る限り強がりを言っているわけでもなさそうだ。

唇や頬の血色はよく、すっかり元の調子だ。

手で背中を触れた感じからしても、傷もふさがっているみたいだし。

これなら小川に連れてっても大丈夫かな？

「それより、中立都市カランへ向かってると言ったな。今はどういう状況なんだ？　詳しく教えろ」

「分かったよ。でも、ちょっと場所を移さないか？　近くに小川があるらしいんだ。アドニスも身体洗いたいだろ」

アドニスは昨日、怪我によって気を失ってから着の身着のままでここにいるのだ。

そのため、戦いの最中に浴びた血やら砂埃《すなぼこり》やらで汚れたままなのである。髪の一部なんか、泥で固まったままのところもある。

せっかく一休みする余裕ができたのだから、少しでも身体を洗った方がいいだろう。

おれも足とか顔洗いたいし。中立都市カランまであとどれほど距離があるかもわからないし。

「……分かった」

「よし、じゃあこっちだ」

こくりと頷いたアドニスに、おれは彼の手を掴《つか》み、馬車から下りた。

アドニスはおれの手をふりはらうでもなく、されるがままだ。でも、おれに繋《つな》がれている手をしげしげと物珍しそうに見ていた。

馬車を停車させたところから、そう遠くないところに小川があった。

水の補給をしにいった他のみんなは、もっと上流の方にいったのか見当たらない。

でも、その方がいい。おれは戦奴《せんど》だし、アドニスは敵国の人間だから、遠巻きにされているのだ。

隊長の目があるからか、いじめられるようなことは今のところないけど。

まぁ、だから周囲に人がいない方が気をつかわなくていい。

おれはアドニスから手を離すと、持ってきていた手ぬぐいを取り出した。

それを小川の水につけ、固く絞ってアドニスのところへ戻ると、そのあたりにあった岩に彼を座らせた。

そして、アドニスの背中にまわり、服をめくる。

服の下の包帯は血が滲《にじ》んでおり、真っ黒になっていた。この包帯は、意識を失ったアドニスにイエールが手当してくれたものである。

イエールは、どうやらおれより先にアドニスが隊長を助けたという話を聞いていたようだ。そのためか、アドニスに恩義を感じているらしい。アドニスが魔眼持ちだと知っても、いまのところ、彼に対する態度に嫌悪感は感じられなかった。

そっと包帯をはがしていくと、乾いた血が皮膚に張り付いていたようで、ぺりぺりという小さな音と共にぱらりと固まった血の破片が落ちていった。

汚れた包帯を地面に落とすと、覚悟を決めながらアドニスの傷を見る。

あんなに大きな氷の破片が刺さっていたのだから、ひどい傷痕《きずあと》になっているだろう。覚悟しないと……。

「あれ？」

けれど、おれの予想とは裏腹に、アドニスの傷はさほどひどくなかった。

傷はおれの掌よりも小さい。傷痕の部分はピンク色に盛り上がっていたが、すでに薄皮が張りはじめている。

これなら包帯を巻きなおす必要もないぐらいだ。

「あれ、こんなに浅い傷だったか？　でも、昨日見た時はかなり深かったような……」

首を傾《かし》げてぶつぶつと呟《つぶや》くと、アドニスが首だけでこちらを振りかえってきた。

「言ってなかったか？　俺には自己治癒能力がある」

「はっ!?」

な、なにそのチート能力!?

「えっ、なんだよそれ!?　聞いてないぞ！」

「そうだったか。俺……というより、魔眼持ちは生まれつきなにかしらの能力を持っているんだ」

なにそれ、ぜんぜん知らない。

「魔眼持ちの人は、全員、自己治癒能力を持ってるってこと？」

「いや、そうじゃない。持っている能力は、個々によって異なる。俺は自己治癒能力だが、調べたところだと、計算機を使わずとも瞬時に計算ができる者、一時的に身体能力を向上させることができるものなど、様々らしい」

「へぇ、そうなんだ」

いいなー、めちゃくちゃかっこいいじゃん！

おれもせっかく異世界に転生したんだから、そんなチート能力が欲しかったな〜〜！

そんな能力があったら、今ごろおれだって前線で無双生活を……あれ？

でも、それならおかしいな。

「えーっと、アドニス、聞いていいか？　おれ、戦奴だから常識に疎いところがあって……あ、でももしも不快な質問なら答えなくて大丈夫なんだけどさ」

「かまわない、なんだ？」

「その……魔眼持ちの人って、生まれつきそんなすごい能力を持ってる人たちなんだろ？　それなら、みんなから尊敬されて優遇されてもよさそうなものなのに、どうして忌み者って言われてるんだ？」

アドニスに手を引かれて、おれは彼の背後から隣に移った。

そのままアドニスの隣に座る。そんなに大きくない岩なので、彼とぴったり身体が密着した。

「王国と帝国で信仰されているヤゥダバト神は、水色の瞳《ひとみ》に星のごとく輝く髪を持つ神と言われている」

「へぇ、そうなんだ」

「それも知らないのか？」

「んー……おれの生まれた村には祭壇もあったけれど、それがなんの神様か聞かされる前に、帝国軍に売られたんだよなぁ。ああでも、親が食事の前になにかお祈りしてたのは見たことあるかも。でももう十年以上前のことだから、ぜんぜん覚えてないな」

「……そうか」

アドニスはちょっと複雑そうな表情だったが、こほんと咳《せき》ばらいをしてから続けた。

「その善神ヤゥダバト神と敵対しているのが、ドゥーア神であり、この神は暗黒の髪に金の瞳を持つといわれている。ドゥーア神は人を堕落させ、善良なるヤゥダバト神の信徒を誘惑する邪神だ」

「邪神、ねぇ」

「そして……このヤゥダバト神に信仰を捧《ささ》げることによって、ごくまれに祝福を授かることができる者もいる。魔法は魔方陣を使わなければ使用できないが、祝福は触媒がなくとも本人の魔力だけで発動できる。祝福を授かった彼らは、勇者や賢者などの二つ名で呼ばれている」

「勇者……」

賢者はともかく、勇者ねぇ。

なんかいきなりＲＰＧっぽくなったな。

んーと……でも、そうすると、アドニスの持っている特殊能力も、そのヤゥダバト神の祝福を得たってことか？

「じゃあアドニスも、敬虔《けいけん》な信者なんだ」

「いや……俺は違う。俺は洗礼が受けられなかったし、洗礼名もない」

アドニスは苦々しい表情で、首を横にふった。

「本来は神へ信仰を捧げることによって授かる祝福だが……生まれながらにして特殊能力を持っているものもいる。俺もその一人だ」

「うん」

「生まれながらにして特殊能力を持っているものは、皆、金の混じった瞳を持っている。だから、金の混じった瞳の赤ん坊は、生まれながらにしてヤゥダバト神への信仰を捨て、ドゥーア神に帰属した証《あかし》だといわれている」

「えっ、それだけで？」

びっくりだわ。

いや、確かに金混じりの瞳はめちゃくちゃ珍しいけれど……。

でもそんなことで、邪神に帰属した証だなんて言われちゃうのかよ？

「金の入り混じった瞳は、前世で邪神に魂を捧げて力を手に入れたものの証とされている。だから、ヤウダバト神を信仰する両国では古くから魂の穢《けが》れたものとして伝わってきた。今でも古い風習が残る村では、金の入り混じった瞳を持つ赤子が生まれたら〝浄化〟を行うところもある」

「じょ、浄化って――まさか、殺すってことか？」

「ああ、生きたまま炎にくべる」

「ひぇっ」

言葉で聞いただけでぞっとした。

あ、赤ちゃんを生きたまま――とか、想像するだに恐ろしい、というか想像したくもない。

っていうか、そんな恐ろしいことを考え出した奴《やつ》とか、それを実行する奴らこそ邪神の申し子だろ。

そんな彼らが善神の信徒でいられるなんて、なんともおかしな話だ。

あと、さっきアドニスの持ってる特殊能力に対して、めちゃくちゃかっこいいじゃんとか思っちゃったことに後悔……。

よく考えれば、アドニスはたぶん、そんな能力なんて欲しくもないし魔眼なんていらなかった、くらいには思ってそうだもんなぁ。

「アドニス、ごめんな」

「なにがだ？　これぐらいの説明なら、特に問題はないが」

「いや、その……」

「それより、そろそろ今の状況を教えてくれないか。伯父上《おじうえ》はあの後どうなったんだ？」

アドニスは焦《じ》れたような声でじっとおれを見つめてきた。

そうだ、そろそろ本題に入らないとな。

おれはアドニスに、これまでのことを説明した。

隊長がドラン伯爵《はくしゃく》を人質にとってアンルー砦《とりで》から脱出したこと。先ほどの馬車は、ドラン伯爵を人質にとった時に王国兵たちへ要求したものであること。

隊長の提案でアドニスを馬車に乗せたこと。あのままアドニスをアンルー砦に置き去りにしたら、多分、よくないことになっただろうと判断したこと。

そして、アドニスが目覚める前に、ドラン伯爵を解放したこと。

この馬車は中立都市カランへと向かう予定で、おれたち以外の避難者はそこから帝都へ帰還する計画を立てていること。

「そうか……伯父上は無事か」

おれの説明を聞き終わって、最初にアドニスの言った言葉がそれだった。

こころなしか、どこかホッと安心したような表情だ。

「……ドラン伯爵が心配だったのか？　あの人に殺されかけたのに」

恐る恐る、尋ねてみる。

それだけ意外だったのだ。

おれの問いかけに、アドニスは肩をすくめて乾いた笑いを浮かべた。

「まぁ、確かにそうだな。だが、伯父上がいなければ、俺はそもそも今日まで生きていなかったかもしれん」

「…………」

その言葉に、おれは先ほどアドニスが語った〝浄化〟の話を思い出す。

もしかして……アドニスも過去に殺されかけたことがあったのだろうか。

なんて言ったらいいのか分からなくて、言葉を探している間に沈黙が続いてしまう。

そうしたら、ますます何を言えばいいのか分からなくなって、どうしようと困っていると、アドニスの方が再び口を開いた。

「俺が今まで生かされていたのは……俺があの人の妹の子どもだったからだ」

「…………」

「けれど、俺があの人の妹の子どもだったせいで、あんなにも憎まれた。まぁ、常々、そういう気配はなんとなく感じていたが……あんなに直接的に憎悪をぶつけられたのは初めてだったな」

そう言って、皮肉気な微笑を浮かべるアドニス。

その横顔は、口調とは裏腹にさびしそうで、実年齢以上に幼く見えた。

おれはたまらず立ち上がり、アドニスの正面に来ると両腕で彼をぎゅっと抱きしめた。

身長差のせいで、ちょうどおれの胸元に彼の頭をすっぽり抱きかかえる感じだ。

見れば、アドニスが突然の抱擁にびっくりしている。

「おい、リョウ？」

「……アドニスはなにも悪くない」

おれの言葉に、アドニスの身体がぎしりと硬直した。

「母親のことも、ドラン伯爵のことも……アドニスはなにも悪くない」

おれがこんなことを言っても、なんの慰めにもならないかもしれない。

けれど、言ってやりたかった。

アドニスはしばらくおれの腕の中で固まっていたが、しばらくすると、おずおずとおれの背中に手を回してきた。

そして、ぽつりと「こんな風に、誰かに抱きしめられたのは初めてだ」と呟いた。

22

どれほどの間、そうしていただろうか。

太陽が沈み切り、空が次第に暗くなりはじめ、金色の一番星がのぼるころに、おれたちはどちらからともなく身体《からだ》を離した。

ちょっと名残惜しかったけれど……そろそろ馬車に戻らなければ。

日が落ちれば辺りは真っ暗になるだろうし、狼《おおかみ》や猪《いのしし》が出るかもしれない。

アドニスも同じ考えだったのだろう。

彼もどこか名残惜しそうにおれの手にそっと触れながら、ゆっくりと立ち上がった。

「向こうに戻るか」

「ああ。……あの、アドニス」

「うん？」

歩きかけたアドニスを呼び止める。

彼は不思議そうな顔でおれを振り返った。薄闇の中で、金の入り混じったルビーの瞳が煌《きら》めいた。

やっぱり、きれいだな。

アドニスの話を聞いた後で、こんなことを思うのは変かもしれないと思うんだけれど……でもやっぱりきれいだと思っちゃうな。

「あの……おれさ、中立都市カランに行ったら、帝都へは行かずに、別の国に移住しようかなって思ってるんだ」

「なに？　そうなのか」

アドニスはわずかに目を見開いて、驚きの表情を浮かべた。

他の皆とおなじように、おれも一緒に帝都へ帰るのだと思っていたのだろう。

「うん。このまま帝都へ戻ったところで、また別の戦場へ放り込まれるだけだしな。戦場で生き延びたとしても、このまま戦いが続けば帝国は敗北確定だろ。どっちみち、戦奴《せんど》のおれに安定した未来は待ってない」

「…………」

「だから、中立都市カランに着いたら、隊長たちを撒《ま》いて離れるつもりだ。それで、奴隷制のない他の国へ行こうと思ってる」

「どうしてそれを俺に話すんだ？」

おれは一拍置いて、ゆっくりとアドニスに切り出した。

戦場で命の危機にさらされていた時だって、こんなに緊張したことはない。

「その……アドニスも一緒に行かないか？　あんただって王国へはもう帰れない身だろ」

「――――」

「金さえあれば、中立都市カランから近隣緒国に移動できる。たとえば一番近い聖王国なら奴隷制もないし……宗派が違う国に行けば、あんただって忌み者って呼ばれることもなくなるんじゃないかと思って。だから、一緒に行かないか？」

おれにこんなことを言われるとは、予想だにしてなかったようだ。

言葉の意味を咀嚼《そしゃく》し、そして脳のすみずみまで行き渡らせているかのように、アドニスはしばらく押し黙っていた。

おれはすぐにでも答えを聞きたかったが、はやる気持ちをぐっと抑えつけて、アドニスの返事を待つ。

アドニスは何かを言おうと口を開き、そして、躊躇《ためら》うように再び口を閉じた。

その後、戸惑《とまど》うように視線をさまよわせてから、ゆっくりとおれと目を合わせる。

「どうして俺にそんなことを言うんだ？　お前一人でも問題はないだろう」

「そりゃ……」

腕の立つアドニスが一緒にきてくれたらおれも心強い、とか。

アドニスには隊長を助けてもらったから、とか。

さまざまな理由がぐるぐると頭を駆け巡る。

でも。確かにそれらも要因の一つではあったけれど、アドニスを誘う根本的な理由はそこじゃなかった。

アドニスを誘う理由、それは——。

「アドニスさ……前におれに言ったよな」

「なにをだ？」

「あの牢屋《ろうや》にいた時に、おれに〝自分の居場所がここ以外にこの世のどこにもないから、仕方がなくいる〟って言っただろ」

　あの牢屋で、アドニスとかわした会話を思い出す。

『――お前だって俺と一緒だろう』

『自分の仕事が嫌で嫌でしょうがないけれど、でも、自分の居場所がそこ以外にこの世のどこにもないから……だから、仕方がなくそこにいる。同じだろう？』

　アドニスは皮肉気な笑みを浮かべて、そう言ったのだ。

　最初は、そんな分かったようなことを言って、こちらを懐柔しようとか企《たくら》んでいるのかと思った。

　でも、そう語る声音はあまりにも切なく、真摯《しんし》な響きで――嘘《うそ》だと切り捨てることはできなかった。

「……確かに、そう言ったな」

「だろ？　なら、アドニスは王国にも聖騎士の立場にも未練はないってことだろ」

「…………」

「アドニス。多分さ、これがおれたちにとって唯一の機会だ。これを逃したら、次はいつあるか分からない」

　おれはアドニスに一歩近づいて、その右手をとって両手で握りしめた。

　説得のためにそうしようと思ったわけではなく、自然とそうしていた。

「自分の居場所を自分で選ぶことができるのは、たぶん、おれたちにとってこれが最後だと思う」

アドニスの瞳《ひとみ》にしっかりと視線を合わせながら、言葉を続ける。

「他の国に行けば、おれたちは戦奴でもない聖騎士でもない、まっさらな自分になれる。そりゃ、辛《つら》いことや面倒なこともあるだろうけど……でも、それだって自分の選んだ結果なら、選べない今よりマシだろ」

「俺は……」

「おれと一緒に行こう、アドニス」

じっと彼の顔を見つめ続けていると、アドニスは瞳をさまよわせはじめた。

珍しく動揺している。こんなに狼狽《ろうばい》した彼を見るのは初めてだった。

「……いいのか？　俺は、お前に対するこの気持ちが愛なのか、執着なのか、憎悪なのかがまだ分からない」

アドニスはおれと視線をあわそうとせず、手を握り返すこともなく、そう言った。

「だが、今この手をとったら、もう二度と離してやれないと思う。お前はそれでいいのか」

「そ、それは正直、想定外の話題だったけれど……まぁ、それも行ってみないと分からないだろ？」

そういや忘れてたけれど、隊長とアドニスの二人で、おれに対する気持ちが愛なのかどうか押し問答してたね。

……思い返したら恥ずかしくなってきた！

隊長がその話題を出さないように、なにも聞かなかったようにふるまってくれてたから、すっかり脳みそから記憶を追い出してたけれど……。

うわぁ、どうしよう。

隊長と顔をあわせたら、正気でいられる自信がないぞ。

ま、まぁ、それは置いておいて。

今はアドニスのことだ。

「もしかするとさ。他国に行ったら、可愛い女の子に『きゃー、アドニス様ー！』ってな感じでモテモテになって、おれのことなんかどうでもよくなるかもしれないぞ？」

「モテモテ？」

アドニスはきょとんとした顔で首を傾《かし》げた。その表情がかわいくて、つい笑みがこぼれてしまう。

「ああ、あんたカッコいいからさ」

「かっこいい？　俺がか？」

「そうだよ」

え、なに？　嫌み？

アドニスは容姿はかなり端麗だと思うんだけど……。

目鼻立ちははっきりしていて鼻は高いし、身体だって筋肉のついた締まった肉体だし。

あ、でもそうか。

多分こいつ、王国でずっと忌み者扱いだったから、他の誰かから容姿を褒められたことなんてないんだ。だからこんな反応なんだろうな。

「アドニスはかっこいいよ。身体《からだ》も鍛えてておれなんかとは全然違うし、正直憧《あこが》れる」

「そうなのか……？　よく分からないな。でも、お前に好ましく思われているなら、嬉《うれ》しいことのように思う」

そう言って、はにかむように顔を綻《ほころ》ばせるアドニスの笑みは、初めて見る表情だった。その顔に、なんだかこちらの方が気まずくなってしまい、ぽりぽりと頬をかく。

「いや、価値観をおれの好感度基準にされても困るんだけど……うわっ⁉」

不意に、アドニスにぎゅうっと手を握りしめられた後、身体を引き寄せられた。

アドニスの胸にとび込む形となり、彼の両腕ですっぽりと包み込まれ、力強く抱きしめられる。

「っ、アドニス……？」

「リョウ……王国人でも聖騎士でも、そして忌み者でもなくなった俺が、どんな人間になれるかは分からない」

アドニスはおれの耳元で囁《ささや》いた。

熱い吐息が耳にかかる。

「それでもお前が許してくれるなら……俺はお前と共に生きたい」

「アドニス……」

アドニスの分厚い掌《てのひら》が、おれの後頭部に回り指に髪をからめて梳《す》く。

そして、ゆっくりと彼の唇が近づいてきた。

その唇がおれの唇に重なる直前——おれはぺちんとアドニスの額を叩《たた》き、彼を押しのけた。

「な……なにをするんだ、リョウ」

「勘違いするなよ。おれはアドニスの所有奴隷じゃなくなったんだからな」

なんだかガーンとショックを受けたような表情のアドニスに、おれは右目の下を引っ張ってべーっと舌をだした。

あっかんべー、のこれ、やったの子どもの頃以来だな。

「あんたと一緒に他国へ行くし、そばにはいてやるけど……だからって今まで通りにいいように抱かれてやるわけじゃないからな！　分かったか？」

「……っ、わ、分かった……だ、だが、触ったり、抱きしめたりするくらいならいいんだろう？　さっきはお前もやってきたんだ、駄目とは言わないよな？」

アドニスは衝撃を受けたように狼狽していたが、すぐさま、矢継ぎ早に食い下がってきた。あまりにも必死な様子に、ちょっと迷ってしまう。

抱きしめるかぁ……まぁ確かに、さっきはおれも自分からアドニスを抱きしめたもんな。

前世でもこちらの世界でも、家族や友人同士でのハグくらいは一般的なはずだ。

なら、それくらいは許してもいいのだろうか。

「……分かった。まぁ、それくらいなら……って、おい！」

そう言うと、間を置かずにアドニスがおれを再び抱きしめてきた。

……はたして本当にこれは友人同士のハグなんだろうか？

分からないけれど——ま、今はおれもやりたい気分だから、いっか。

おれも両腕をアドニスの背中にまわし、抱擁を返す。

すると、アドニスの腕の力がさらにぎゅうぎゅうと強まった。

……やれやれ。

まさか、初めてアドニスと出会った時には、こんなことになるとは思ってもいなかったな。

でも——悪くないと思っている自分がいるのだから、人生って本当に分からないものだ。

エピローグ

——おれは目の前に広がる大海原を眺めていた。

波も立たず非常に穏やかな海は、どこまでも澄み切ったコバルトブルーだ。かつて日本で見た日本海とはかなり様相が違う。

けれど今思えば、あの荒々しく黒い日本海も、力強くておれは好きだった。地球の海は海洋汚染の問題などもあったものの、もう二度と見られないのだと思うとさびしいものだ。

おれたちはあの後、無事に中立都市カランに辿《たど》り着《つ》き、中立都市カランから共和国へ向かうため、内海を渡る商船に乗せてもらっている。

ただし、おれたちと一緒に馬車で逃げてきた帝国人の皆は、再び帝国へ戻るため、中立都市カランから帝都へ向かう馬車に乗った。中には中立都市カランにそのまま腰を据える者もいるようだが、多くのものは帝国へ戻る決断をしたようだ。

彼らは、たとえこの戦争で帝国が敗北を喫すると分かっていたとしても、残っている家族を見捨てられないと決断したのだ。

そこまで覚悟を決めた者たちを、引き留めることはできなかった。帝国が不利にならないうちに、王国との停戦協定が締結できればいいのだが……こればかりは帝国のお偉いさん方次第だ。願わくば、引き際を見誤らないでほしいものだ。

　とはいえ、おれも他人の心配をしていられる立場ではない。おれは身分証明書がないから、中立都市カランの警邏《けいら》隊にでも見つかれば、逃亡奴隷として捕まる可能性がある。中立都市カランは、その名前の通り王国と帝国のどちらにも味方をしない完全な中立都市だが、逃亡した奴隷に対しても中立というわけではないのだ。

　そのため、中立都市カランに到着した四日後には、おれたち一行は共和国行きの船に乗っていた。運良く、共和国に所属する商団のガレオン船に乗せてもらえることになったのだ。もちろん正規の入国方法ではないので、それなりの賄賂《わいろ》が必要だったが。

　好調なスタートだったものの、中にはそうではない者もいた。

　商船に乗った四人組のうちの一人は、今、おれのすぐ隣の手すりに掴《つか》まって必死に吐き気に耐えているところだ。

「うえぇ……」

「イエール、大丈夫か？」

　手すりにつかまっているイエールの背中をさすってやっていると、中甲板の方からアドニスが歩いてきた。その手には檸檬《レモン》とナイフを持っている。

「リョウ、これでよかったか。厨房《ちゅうぼう》に頼んで貰《もら》ってきたぞ」

「ありがとう。ほら、イエール、酸っぱいものを食べると楽になるから」

　おれはアドニスに檸檬を切り分けてもらうように頼んだが、イエールは首を横に振った。

「今はとてもじゃないが何かを食べられる気分ではない……」

今やイェールはすっかり血の気を失い、唇などは白っぽく変わっている。彼の背中をさすりながら、優しく聞こえるように声をかけた。

「胃に何も入っていない状態のほうが辛いぞ。少しでも口に入れたほうがいい」

「だが……」

「せっかく持ってきてやったんだ。ぐだぐだ言ってないで食え」

「ぐむっ!?」

突然、アドニスがナイフで切り分けた檸檬をひと切れ、しぶるイェールの口に無理矢理に放り込んだ。いきなりすぎて止める間もなかった。

「おい、アドニス」

「こいつが甘えたことを抜かすのが悪い」

アドニスを睨《にら》むも、彼は涼しい顔でふんとそっぽを向いてしまった。おれもアドニスも船酔いはしていない。乗船した四人の内、イェールと隊長の二人だけが船酔いをしてしまったのだ。

ちなみに、隊長の方は立ちあがる気力もないようで、水夫たちの寝室で横になっている。

「ん……あ、本当だ。確かに、少し気分が楽になったような気がする」

最初、イェールは目を白黒させていたが、いささか気分が落ち着いたらしい。気を取り直したようにアドニスから残りの檸檬を受け取った。

「二人共、世話をかけたな……残りは隊長に持っていって差し上げようと思う」

「ああ、ぜひそうしてあげてくれ。共和国までもう少しだから頑張って」

「うむ。感謝する、リョウ……それと、アドニスにも礼を言う」

イェールはアドニスにちょっとなにか言いたげな顔をしていたが、結局は何も言わなかった。

アドニスの方も、結局は大海原に顔を向けたままで、去っていくイェールと視線を合わそうともしなかった。

うーん、コミュニケーション能力マイナスだなほんと。

イェールの背中が完全に甲板の向こうに消えた後、おれはアドニスの隣に立って、その大きな背中をぺしりと叩いた。

「ったく……なんであんなことしたんだよ、アドニス」

「…………」

アドニスは無表情のまま答えようとしない。おれは苦笑を浮かべると、彼の隣で背中から手すりにもたれかかった。

「アドニスって、もしかしてイェールのことが嫌いなのか？」

「嫌いというわけではないが……あの二人が、まさか一緒に来るとは思わなかった」

「あ、それはおれもびっくりした」

そう、なぜか――共和国に向かうこの商船には、おれとアドニスの他に隊長とイェールも乗っていた。

おれも初めは、二人まで共和国に亡命するとは思わず、かなり驚いた。

話を聞けば、二人が共和国へ亡命するのは、先日の捕虜奪還作戦に理由があった。この作戦は国からの命令ではなく、隊長が独断で行ったものだったのだ。

このまま帝国軍に戻れば、隊長は軍規違反者として何らかの処罰が下される。現在の戦況から考えれば、責任を取らせるという名目で危険な戦線に放り込まれる可能性が大だ。

ただ、隊長個人としては「自分が行ったことの責任は取るべきだ。帝国が敗北するというのならば、帝国軍人として運命を共にするのもいい」というお考えだったようだが、イェールに大泣きされながら、軍に戻ることを反対されたらしい。「隊長が死んだら私も後を追います！」と懇願されて、目が覚めたと言っていた。

『自分が死んだらイェールを一人で残していくところだった……思えばこの方、自分は三十年以上も帝国軍に尽くしてきた。だから、残りの人生は愛した者のために尽くしても罰はあたらないかと思ってな』

『隊長……！』

隊長のそんな言葉に、イェールは目にハートマークを浮かべていた。なんというか、愛は偉大だ。

まぁ、個人的には二人はお似合いだと思う。隊長もイェールも、以前はいつもピリピリとして余裕がなく、とっつきづらかったけれど、二人が恋人同士になってからはすごく穏やかになった。

今の二人のことは嫌いじゃないし、何度も助けられたから、このまま平和に過ごしてくれればいいと思う。

なお、隊長とイェールは二人ともすでに家族と死別しているそうだ。

「いいじゃないか、隊長が賄賂を出してくれたおかげでこうして商団に乗せてもらえたんだしさ。おれたち二人だけじゃ、こんなにすんなり行かなかったぞ」

「それはそうなんだが……」

渋い顔をしている彼に、おれはからかい混じりの笑みを向けた。

「なんだよ。アドニス、もしかしておれと二人きりじゃなかったから拗《す》ねてるのか？」

すぐに反論されるかと思ったが、予想に反してすぐに返事は返ってこなかった。アドニスはすこし何かを考えるように首を捻《ひね》った後、ぽつりと呟《つぶや》いた。

「……そうかもしれない」

「えっ」

冗談かと思って、おれはアドニスの顔をまじまじと見た。しかし、彼はいたって真面目《まじめ》な面持ちで見つめ返してきた。

「以前の俺だったら……もしもお前が俺から離れていったり、他の人間のところに行こうとしても、強制的に連れ戻すことができた」

アドニスの視線は、おれの顔からすぐ下に移った。

その視線と、その言葉から、彼の言いたいことがだんだんと分かってきた。首輪のことだ。

おれの首には数日前まで、アドニスがつけた奴隷用の首輪が嵌《は》まっていた。だが、それはもうない。

おれはアドニスの所有奴隷ではなくなったし、もう二度と、戦奴《せんど》に戻る気もない。だから、中立都市カランに到着した日の夜に、彼に首輪を外してもらったのだ。

「今のお前は、俺の所有物ではなくなった。だから、もしもお前が俺から離れていこうと思ったら……お前を繋《つな》ぎ止める術《すべ》が何もない」

アドニスは首輪を外した時、何も言わなかったけれど、すこし未練のありそうな顔をしていた。やはり、本音ではとりたくなかったらしい。

「だから、お前があの二人と話しているのを見ると……どうしようもなく不安になる時がある。お前が俺以外の人間の元にいくことを選んでも、俺には引き留める術がないということを突きつけられるようで……」

「うーん……」

アドニスの言葉に、おれはちょっと呆《あき》れてしまった。

こいつ、ほんっとコミュニケーション能力マイナスだな〜！　道具に頼らないと人との関係性を維持できないと思ってんの、やばくない？

……そばにいてやるって、ちゃんと約束したつもりなんだけどなぁ。おれとの約束より、首輪のほうが信用できると思ってんなら、さすがにムカつくぞ。

まぁ、アドニスの育ち方を考えれば、そういう思考回路になっても仕方ないんだけど。多分、今まで誰かと約束とかもしたことなかったんだろうし。

おれは苦笑いを浮かべながら、アドニスの背中を再びぺちぺちと叩《たた》いた。

「心配しなくても、共和国に行ったからってアドニスを見捨てるようなことはしないよ。それよりも、お前のほうが面倒になるかもしれないぞ？　おれは手に職もないし、戦奴だったのに剣もろくに扱えないしさ」

「そんなことはない、お前は計算が早いと伯父上《おじうえ》が褒めていた。それに機転もきくし、人を見てすぐに態度を変えることができる。立場の高い者が相手なら、プライドを捨てて媚《こ》びへつらうことも恐れない人間だ」

「それ、褒めてるつもりか？」

「弱者に優しくすることや、助けることを厭《いと》わない。自分の身を犠牲にしてでも手を差し伸べることができる。俺にはないものをたくさん持っているから……ときどき、お前が眩《まぶ》しく映る」

「……アドニ……ぅわっ!?」

口を開いた時、突然、船が大きく揺れた。どうやら大きな波に当たったらしい。

バランスをくずして床に転びそうになった直前、アドニスが腕をのばしてさっとおれの身体《からだ》を抱えてくれた。

「大丈夫か、リョウ？」

「うん、平気だ。ありがとうな、アドニス」

顔をあげてお礼を告げると、彼の顔が思いがけず間近にあった。

今やアドニスの両腕はおれの腰と背中にまわされて、完全に抱きしめられている恰好《かっこう》だ。慌てて離れようとしたが、彼の腕の力がぐっと強まった。

「リョウ……」

「ア、アドニス？　あ、ちょっ……！」

紅の中に星が奔《はし》るスタールビーのような瞳《ひとみ》が、おれを覗《のぞ》き込《こ》んでくる。出会った時と変わらず、美しい瞳だった。その瞳がさらに近づき、唇がどんどんと迫ってくる。

おれは迷った。この唇を受け入れていいのか？　だって、おれたちはイェールと隊長みたいな恋人同士でもなければ、もう奴隷と主人という関係でもない。キスをする理由なんて一つもないのだ。けれど、アドニスの瞳は欲に濡《ぬ》れていて、おれもそんな彼の瞳に魅入られたのか、身体がぴくりとも動かない。

混乱している間に、とうとうあと一息で唇が重なる距離まで近づいた。

その時、アドニス越しに、イェールが中甲板を上がってこちらにやってくるのが見えた。

檸檬の効果があったのか、それとも隊長と会っていたからなのか、先程と比べてずいぶん顔色もよくなっている。

イェールの存在を認めた瞬間、おれはハッと正気に戻り、とっさにアドニスの顎《あご》先に掌底を食らわせた。

「ぐっ!?」

たまらず、アドニスはよろめきおれの身体を抱きしめていた腕を離した。

おれは彼から瞬時に距離を取ると何事もなかったかのような顔で、イェールに向かって右手を振った。

「イェール、すこしはよくなったみたいだな。何かあったのか？」

「何かあったのか、は完全にこちらの台詞《せりふ》なんだが……どうしてアドニスは顎を押さえながら私を睨んでいるのだ？」

「気にしないでくれ、何も問題はない」

「そ、そうか？　えっと、実は隊長がリョウを呼んでいてな。なんでも、共和国に到着する前に話しておきたいことがあるそうなんだ」

「おれに？　分かった、行ってみるよ」

渡りに船だ。おれはアドニスの方には決して顔を向けず、足早に隊長の元へと向かった。

幸いにも、アドニスがおれの後を追ってくる気配はなかった。まぁ、イェールの言葉からして隊長はどうやら二人きりでおれに話したいことがあるようだ。アドニスにもそのニュアンスが分かったのだろう。

「……にしても、さっきは危なかった……！」

何を考えてるんだおれは！　さ、さっさと抵抗するか逃げ出せよ！

もうおれはアドニスの奴隷じゃないんだから、アドニスのキスに応じたり、抱かれたりする必要はないのに……！

くそ、顔が熱い。今、鏡を見たら、きっと耳まで真っ赤になった間抜け面の自分を見ることができるだろう。

おれは立ち止まると、きょろきょろと周囲を確認し、あたりに誰もいないのを確認してから自分の唇にそっと指で触れてみた。

イェールが来る直前に掌底を食らわせたものの、実はほんの少しだけ、アドニスの唇とかすかに触れ合っていたのだ。久しぶりのキスだった。

「……アドニスのばか」

八つ当たりをするように、彼の名前を呟く。

しかし、もちろんそんなことをしたって胸の中のモヤモヤは晴れない。唇に残る、かさついた彼の唇の感触さえも、どうしたって消えそうにはなかった。

■

おれたちがこれから向かう共和国は、正式にはベイレム共和国という。

このベイレム共和国は、隣り合った他のアセラス共和国、クーラル共和国とあわせて共和三国とも呼ばれる。

共和三国はもともと一つの大国だったが、百五十年前に、信仰の違いを理由にレガノス帝国に攻め込まれ、一時は植民地支配を受けていた。しかし、その後の革命でとうとう六十年前に帝国の支配から脱却することに成功、三国に分かれての独立に至った。

レガノス帝国やカイネン王国は一神教であり、他の神や信仰を異端として認めていなかったが、共和三国はもともと多神教が信仰されていた国で、現在でも信仰の自由が認められている。

それに加えて王政が革命と共に廃止され、現在は評議会制を敷いて多様性を受け入れる土壌が培われているそうだ。


「やっとついた……！」

「もう船での移動は懲《こ》り懲《ご》りだ……」

船のタラップから下りた直後、快哉《かいさい》を叫んだのはイェールと隊長だった。二人は最初から最後まで船酔い状態だったため、五日ぶりに船を下りられてホッとした表情だ。

なお、アドニスは最初から最後まで船酔いはしなかったが、少し違和感があるらしく、隣で「まだ地面が揺れているような気がする」と呟いている。

そしておれはといえば、たぶん、この場にいる誰よりも感動に包まれながら、周囲の光景に息を呑《の》んでいた。

商船が到着したのは、ベイレム共和国の港町、都市ティルトゥだった。港湾には大きなガレオン船が何台も停まり、白い羽根のカモメが何十羽も飛び交っている。

建物はそのほとんどが淡いオレンジ色で壁と屋根を統一されており、港から進んだ先のメインストリートは石畳できれいに整備されていた。大通りの左右には市場が並び、そこには魚介類の他にも陶製の壺《つぼ》や皿、人形、服やドレスにアクセサリーなど、多種多様な商品が並んでいた。中には、鳥かごにいれた小鳥や、おれの顔ほどの大きさもあるトカゲなんかを売っている店もあった。

「うわぁ……！　すごいな、こんなに活気のある町は初めてだ！」

「レガノス帝国の帝都もこんなものじゃないのか？」

　感極まるおれに対し、アドニスの反応は薄い。多分、彼はこういう都会や繁華街などは王国で行き慣れているんだろう。

「そうかもしれないけれど……おれ、戦奴だったから町に出たことないんだよな。戦奴になる前は農村に住んでたし。アドニスは？」

「王都に住んでいたが、このような港町に来たのは初めてだ。話には聞いていたが、潮の匂いとはこういうものなんだな」

「おい、二人とも。話すのは後にしてまずは宿を探すぞ」

　アドニスとそんな話をしていたら、イェールがそう告げてきた。おれはあることを思い出して口を開く。

「あ、じゃあ水夫さんたちから教えてもらった宿屋に行ってみないか？　食事が美味《おい》しくて部屋もそこそこだし、自分たちの紹介で来たって言えば安くしてくれるはずだってオススメしてもらったんだよな」

「ほう、ならさっそく行ってみるか」

「リョウ……お前、いつの間にそんなことを？」

「え？　だって同じ船に乗ってたんだし、話くらいするだろ？」

おれがそう言うと、アドニスはなんだか呆然《ぼうぜん》とした表情をしていた。そして、首を横に振ってから尊敬するような眼差《まなざ》しを向けてきた。

「やっぱりお前はすごい奴《やつ》だな。俺にはせいぜい、暴力で相手を屈服させて情報を吐き出させることしかできない」

「……その手段がこの町で必要にならないことを願うよ。と、とりあえず、まずは宿に行ってみようか」


そういうわけで、まずおれたち四人は水夫さんお勧めの宿屋へと向かった。

前情報以上に、そこはなかなかいい宿だった。夫婦二人と息子《むすこ》の三人でやっている宿屋で、大通りから外れた閑静な住宅街にある。

通りに面した正面玄関から中へ入ると、宿泊客以外の客も利用できる食堂になっていた。宿の奥には小さな庭があり、そこでは身体が洗えるように井戸と洗い場が設けられていた。庭は茂みと塀に覆われて、周囲から中が見えないようになっている。

おれたち四人はひとまず宿を三日分予約すると、まずは食事と洗い場の利用を頼んだ。中立都市カランからベイレム共和国まで船で五日かかったのだが、そのおかげで身体がかなり潮でベタベタとしていたから、身体を洗うことができるのはなによりもありがたかった。

頭から爪先まで全身を洗って、宿屋に着く前に購入した服に着替えると、気分がすっきりと晴れ晴れしていた。他の三人もすっかり見違えるようにきれいになっていた。

　ちょうど四人が着替え終わったタイミングで、食事の用意ができたとお呼びがかかったので全員で食堂に移動した。

　水夫さんのおすすめだけあって、さすがに食事が美味しい。

　ムール貝と赤エビを蒸したスープ、あさりと白身魚のアクアパッツァ、たらのフリット、生ハムとサラミの盛り合わせ……個人的には、マグロとクリームチーズのパテを堅焼きパンにたっぷりとのせて食べたのが一番美味《うま》かった。

　おれたち四人とも、美味しい料理やベイレム共和国に無事到着できて気持ちがほっとしたこともあいまって、かなり早いピッチで酒を飲んだ。酒がまたパテとあうのだ。

　酒のおかげで緊張が緩んだのか、珍しく隊長とアドニスは二人で色々と話をしていた。ちなみにイェールは疲れが出たようで早々にテーブルに突っ伏して寝ていた。

　こうしてみると、なんとも感慨深いものだと思う。つい先日までは、二人とも戦場で剣を振るって殺し合いをしていたのに……。

　それにアドニスがおれ以外の人間と交友を深めているのが、素直に嬉《うれ》しい。今まで環境に恵まれなかった分、これからはもっと様々な人間と関わりを作ってほしいものだ。

　……その結果、もしかするとアドニスはおれになんか見向きもしなくなるかもしれないけれど……まぁ、そうなったらその時の話だな。ちょっと寂しいけれど、仕方がない。

　二人が何事かを話し込んでいるのを眺めながら、ちびりちびりと酒を呑む。すると、隊長がこちらに顔を向けて、イェールがすっかり眠りに落ちている様子に気がついた。

「――うむ、では話の続きはまた明日にするとしよう。イェールがすっかり眠ってしまったようだからな、このままでは風邪《かぜ》をひいてしまう。二人はまだ飲んでいくかね？」

「いや、俺たちも引き上げる」

「イェールを運ぶの手伝いましょうか？」

「ははは、これくらい大丈夫だ。では、二人共ほどほどにしたまえよ」

隊長はそう言うと、言葉通りイェールを軽々と抱き上げて、そのまま部屋へと戻っていった。

なお、宿代節約のために、個室ではなくツインを二部屋借りている。隊長とイェールが同室、おれとアドニスが同室という組み合わせだ。

隊長の背中を見送ると、おれとアドニスも席を立って部屋へ戻ることにした。久しぶりに腹がはち切れそうなほど食事をとり、酒もたらふく飲んだので、すごく幸せだ。

こんなに満足いくまで食事をとったのは、前世ぶりかもしれない。

「いやぁ、やっぱり港町は魚が美味いなー！　飯が美味いと幸せだな、ほんと」

満ち足りた気持ちのまま部屋に戻ると、ベッドへ直行して靴を脱ぎ、そのままごろんと横になった。ベッドに仰向けに寝転がったまま、窓に顔を向ける。

バルコニー越しに見える空はすっかり太陽が沈み、明るい紺碧《こんぺき》に染まっていた。目を閉じて耳をすませると、潮騒の音が耳に響く。

しばらくそうして身体《からだ》を休めていると、窓から入り込む風が冷たくなってきた。身震いすると、アドニスが来て窓を閉めてくれた。おれは彼に顔を向けながら尋ねる。

「そういや、さっきは隊長と何を話してたんだ？　明日からのことか？」

「ああ、その話もした。この町でしばらく何かしらの仕事でもして路銀を稼ぎながら、他の都市へ行くのか、それともアセラス共和国、クーラル共和国へ向かうのかを決めようということだった」

「そうか。アドニスと隊長は剣の腕が立つから、仕事を探すには困らなさそうだな」

「俺と隊長殿は、明日は傭兵《ようへい》組合に行く予定だ。リョウはイェールと共に商業組合に行ってほしいということだったが、問題なさそうか？」

「ああ、大丈夫だよ」

　そう答えるも、アドニスはどこか心配気な表情をしていた。なお、彼はどうやら着替えをしている最中だったようで、シャツを脱いで上半身をあらわにしている。

　しっかりと筋肉のついた胸筋と張りのある皮膚がうっすらと汗に濡《ぬ》れた姿は、ひどく扇情的で、思わず目をそらしてしまった。

「リョウ。くれぐれも肉体労働の仕事は避けておけよ。身体を壊して医者にかかる羽目になったら、元も子もない。それと、報酬が前払いになっている仕事も、詐欺の可能性が高いか、実際には危険性の高い仕事の可能性もあるからな、注意しろよ」

「う、うん。分かった」

「仕事先で何か困ったことがあったら、すぐに俺に言え。いや、別に仕事先でなくとも、何かあればすぐに俺に言え。なんだったら、別にお前は仕事なんてしなくてもいいんだ。いつでも俺が責任をもって養ってやる」

「あ、あのー、アドニス？　なんか話がズレてないか？」

　ベッドから上体を起こしてアドニスに向き直ると、彼は気まずげな表情になった。床に立ちすくんだまま、所在なげに視線を揺らす。

「……すまん。仕方がないとは分かっているが、不安なんだ」

「昼間に言ってたやつか？」

「ああ。お前が……約束を反故《ほご》にするような人間じゃないことは分かっている。だが、こうして行動を別にするのはこれが初めてだから、気分が落ち着かないんだ」

　どうやらアドニスは、以前おれが告げた言葉を忘れたわけではなかったらしい。

　そういえば――彼の言う通り、出会ってすぐにおれは王国騎士団の捕虜となり、アドニスの所有奴隷になった。それからはずっと二人一緒に暮らしていたし、首輪もつけていたから彼はおれの居場所も把握できていた。

　それがここに来て、いきなり行動が別になり、首輪もなく居場所も把握できないとなって、にわかに不安になったらしい。

「お前は以前、襲われている女を助けるために、兵士たちに無謀に挑んでいったことがあるだろう？　またあんな無茶な真似《まね》をするんじゃないかと思うと……今度、お前に何かあっても俺はそばにいないし、すぐに助けに行くこともできない」

「うっ」

アドニスの言葉に、今度はおれがいたたまれない気分になった。

彼が言っているのは、アンルー砦《とりで》での出来事だ。

あの時、おれは女性が困っているのを見捨てることができず、兵士たちに勝ち目のないケンカを売りに行った。で、案の定、返り討ちにあったわけだ。

つまり、アドニスが不安になっているのは、おれにも原因があることだった。

もちろん根本的な原因は、アドニスがおれに向けている執着心ゆえなのだが……。

「それにお前は一度は、俺の元から逃げ出そうとしただろう？　それは仕方のないことだと理解はしているのだが……あれから、お前が視界に入らない場所にいると、つい不安になってしまう」

「うぐっ！」

アドニスが言っているのは、言わずもがな、先日の捕虜奪還作戦の時のことだ。

あの日、おれはアドニスともう二度と会わないつもりでいた。だが、彼が自分の任務を投げ捨ててまで追いかけてきたので、とうとう逃げ切ることは出来なかった。

どうやら、あの時のことがアドニスにとって、ちょっとしたトラウマになっているらしい。まぁ、彼から見たら、おれはアドニスに別れの言葉すら言わずに隊長と逃げようとしたんだもんな……。

おれはがりがりと頭をかきながら、しばし悩んだ。

黙ったまま灰色の脳細胞をフル回転させること十数秒。おれは思い切って、昼間の会話の時から考えていたことを、恐る恐る口にした。

「アドニスがそんなに不安なら、あの首輪、またおれにつけるか？」

「……なに？」

「あ！　でも電流は流さないって約束してくれるならだけど」

アドニスはルビーの瞳《ひとみ》を真ん丸に見開いた。理解し難いものを目の当たりにしたような表情のまま、恐る恐るおれの座るベッドに腰掛ける。

「いったい、どういう風の吹き回しだ？　お前は戦奴《せんど》に戻りたくはないんだろう？」

「別に、戦奴に戻るわけじゃなくてさ。アドニスがそんなに不安なら、首輪くらいつけててもいいぞ。手首とか足首に巻けば、服で周りには見えないしな」

首輪といっても、別に首に巻く必要はないのだ。ちなみに今は、おれの鞄《かばん》の中に入れてある。

あの首輪の機能は、着用することは誰にでもできるが、外す場合は、主人として首輪に登録された人間しかできないようになっている。この場合はアドニスだ。

なお、着用者の居場所を把握するのも、主人として登録された人間のみが可能だ。着用した者に電流を流せるのも主人だけが可能だ。

逐一、アドニスに居場所を把握されるというのは微妙な気分になるが、ＧＰＳ機能だと思えばそこまで違和感はない……気がする。どうせその機能も、アドニスと距離がひらけば使えなくなるしな。

それに、おれもアドニスほどではないが、不安はあるのだ。

見知らぬ国、見知らぬ町で、頼れる者はアドニスたち以外にいない。今はアドニスが身元保証人になってくれているけれど、元戦奴のおれは身分証明書も持っていない。

アドニスがおれの居場所を把握できるようにしておいてくれれば、なんらかのトラブルに巻き込まれた時でも心強い。

そんな自分の考えをアドニスに語り、再度、彼の顔を見た。

「どうだ？　それでアドニスの不安がなくなるなら、おれは別にいいぞ」

「だが……それではまるで、またお前を戦奴扱いしてるようだ」

提案にのりたい気持ちが半分、罪悪感が半分といった表情のアドニスに、安心させるように微笑《ほほえ》んでみせた。そして、手をのばして彼の頭に触れると、優しく髪の毛を撫《な》でてやる。

「アドニスの気持ちはちゃんと分かってるよ。ただ、目に見える形でおれを縛り付けておけば、安心できるんだろ？　いや、それもどうかとは思うけど」

「……でも、お前は……本当にそれでいいのか？」

「まー、他の奴が相手なら絶対ごめんだけどな。でも、アドニスならいいよ」

なにせ、アドニスは生まれも育ちも特殊だからなぁ……。

目に見える形のものしか信じられず、それに頼ろうとするのは、多分、幼少期に親から無条件で愛された経験がないからだと思う。目に見えない信頼や愛情というものを自身に与えられたことがないから、信じられないのだ。

そう考えると、本当につくづく面倒な男だが、まぁ、そんな面倒な奴だと分かっていながら、彼に一緒に亡命しようと誘ったのだから、おれも大概だ。

そんなことを考えながらアドニスの顔をぼんやりと見つめていたら、いきなり天地がひっくり返った。え、なに、敵襲？

「お前は……どうしてそういうことを、躊躇《ためら》いなく言えるんだ？」

ようやく状況が把握できたのは、アドニスの顔が間近に近づいてからだった。彼の熱い吐息が顔にかかり、思わずぴくりと身体が震える。

気がつけば、いつの間にかおれはベッドに仰向けに押し倒されていた。身体の上には、上半身裸のままのアドニスがのしかかっている。慌てて身体を起こそうとするも、分厚い筋肉をまとう身体はびくともしなかった。

「ア、アドニス？」

「以前から、お前の言動には感心していた。どうしてこの状況でそんなことが言えるんだろうかとか、自分の身体や命が惜しくないのか、本当に状況が理解できているのか実は何も考えてないんじゃないかと、何度も思った」

「それ、感心じゃなくて呆《あき》れてるんじゃ？」

「今もそうだ。お前は今、自分がどういう状況にいるのか分かってるのか？」

「……どういう状況……？」

えーっと？　ご飯をお腹《なか》いっぱい食べてお酒も飲んで、ベッドもふかふかですごくハッピーな状況だけれど……でも、きっとアドニスが言いたいのはそういうことじゃないな、うん。

「今、ここは俺とお前の二人きりだ」

「そりゃあ二人部屋だしな。誰か他の奴《やつ》がいたら、それは泥棒の類いっていうか」

おれが答えると同時に、アドニスの右手がするりとシャツの裾《すそ》から入り込んできた。

「お前がどんなに声を出しても誰も助けに来ないし、お前の力じゃあ俺に抵抗することはできない」

「ア、アドニス……ひゃッ!?」

シャツの裾から入り込んだアドニスの指が、おれの胸の上をゆっくりと撫でさする。乳首をひっかけるような撫で方に、背筋がぞくぞくと震えだす。

「ぁ、それやだっ……!」

「そして……俺はお前の弱いところはもう全部知ってる。お前自身が知らないようなところもな」

「っ、ア、アドニス……ん、ぅっ」

制止の声をあげたおれの唇を、アドニスの唇が塞《ふさ》いだ。かさついた唇が覆いかぶさるように重ねられ、肉厚の舌がぬるりと口内に入り込んでくる。

慌てて舌から逃れようと、首を横に振る。すると、シャツの中に侵入してきたアドニスの指が、おれを窘《たしな》めるように乳首をきゅっと摘《つま》んできた。そのまま、親指と人差し指でくにくにと敏感なそこを揉《も》み始める。

「んっ、っ、ぅっ……!」

乳首からぴりぴりとした快楽が生まれ、全身をじんわりと焦がしていく。

その間にも、アドニスの舌はおれの口の中で縦横無尽に、好き放題に動いていた。舌先で歯列をなぞったかと思えば、おれの舌の上をぬるぬると這《は》い、絡みついてくる。

久しぶりに与えられる快楽はあまりにも鮮烈すぎて、だんだんと頭がぼうっとしてくる。

「ふっ、は、ぁっ……」

ようやくキスが終わり、アドニスの唇が離れていくと、おれは肩で息をしている有様だった。口内にはもはやどちらのものか分からない唾液《だえき》が溜《た》まり、唇の端からとろりとこぼれていく。

そんなおれを見下ろして、アドニスはくくっと喉《のど》の奥で笑うと口角を上げた。

「あいかわらず、お前はここが弱いんだな」

「っ……ア、アドニス。おれ、前に言ったよな？　もうおれはあんたの所有奴隷じゃないんだから、こんなことはしないって……」

なんとか息を整えながら、アドニスを睨《にら》みつける。しかし、彼は悪びれもせずに肩をすくめてみせた。

「言われたな。でも、お前があまりにも無防備なのが悪い。それに思い返せば『大人しく抱かれてやるつもりはない』とは言われたが、抱くなとは言われていなかった」

「どんな理屈だよ!?」

だが、冗談抜きにアドニスは止まるつもりはないようだ。シャツから手を引き抜くと、両手でおれのシャツを脱がせ始めた。シャツの前をはだけさせると、今度はズボンの前をくつろげる。

「……お前が悪いんだ。二人きりの部屋であんなことを言うなんて、誘っているのと同じだ。それとも、本当に俺を煽《あお》っているのか？」

「っ、ぁ」

「あんな風に優しくされると……俺はお前を、ますます手放せなくなるのに」

アドニスはおれの胸に顔を寄せると、ぺろりと舌先を這わせた。先ほどから指で摘まれ、いじくられたそこは、すっかりピンと硬く勃《た》ち上がっている。

「ぁ、アドニス、だめだって……ん、ひぅっ」

「お前のここは嫌とは言ってないようだが？」

「ふぁっ、ぁ、ァっ」

乳首を口にふくまれ、時には舌の腹で乳輪を舐《な》められる。それだけでは飽き足らず、アドニスはもう片方の乳首に手をのばすと、その先端を指でクニクニとこねくり回し始めた。

乳首はこりこりと弾力を増していき、身体《からだ》が熱くなってくる。

「ぁ、そこ、ほんとだめ……ぅあっ！」

「嘘《うそ》を吐《つ》け、気持ちいいんだろう？　ほら、お前の胸はもうこんなに真っ赤になって悦《よろこ》んでいるじゃないか」

「ひっ、ぁ、引っ張るな……！　ぃ、ひぁ、あッ！」

アドニスの指が、ふっくらとした乳輪ごと乳首を引っ張ると、思わず腰がびくんと大きく跳ねた。

親指と人差し指で乳首を挟み、そのままグニグニさらに強く揉むと、そこはさらに弾力を増していった。

「ぁっ、あっ……んぁ、ぁっ！」

「ふ、前と比べるとずいぶんと胸が敏感になったな。すぐに乳首が硬くなるようになって、いじりやすくなった。色付きもよくなったしな」

「へ、変なこと言うなよ……っ、ぁあ、あッ！」

「事実だろう？　それに、こちらも勃ってきたぞ？」

アドニスがおれの股間《こかん》を、膝《ひざ》でグイと押し上げてきて、おれの喉から悲鳴がこぼれた。

彼の指摘通り、胸に与えられた刺激によって、陰茎は今やすっかりと頭をもたげている。

「ひぃ、ぅ、ひぁっ、あッ」

胸の上で尖《とが》り切った乳首を揉みしだかれ、いじくりまわされ、同時に股間を何度も何度も膝でぐっ、ぐっ、と押し上げられる。

アドニスが全体重をかけてのしかかってくるせいで、ベッドから逃げるどころか、身体をよじることすらままならない。

先ほどから必死に両手で彼の肩や頭を押しのけようとしているのだが、びくともしなかった。今や、おれにできる抵抗は、首をいやいやと横に振って、足の指をくの字に丸める程度だ。

「いい声だな」

おれのそんな無様な様子を見下ろして、アドニスは満足気に笑った。

この状況でそんな嬉《うれ》しそうな微笑みが出てくるあたり、やっぱこいつ頭イカれてる。

そんな言葉すら唇にのせる余裕すらなく、おれは腰をかくかくと揺らして、必死に与えられる快感に耐える。

「ひぁ、ぁ……ぁ、あッ、ぁあッ！」

だが、とうとうアドニスが胸に顔を寄せて乳首を食《は》んだ。前歯に挟まれた乳首がぐにゅりと形を変えた瞬間に、おれは引《ひ》き攣《つ》れた悲鳴をあげて、身体をがくがくと震わせた。

彼の膝に押し潰されているままの陰茎から、どくどくと粘ついた精液が吐き出される。勢いもなく、発射の際に感じる瞬間的な快感もない射精だった。そのくせ、精液を吐き出してもなお身体からちっとも熱が引かず、ベッドの上で身もだえしながら快感の余韻に必死に耐えた。

「はぁ、はっ、はーっ、はッ……」

「なんだ、もうイったのか？　まだ序の口なんだがな」

アドニスの言葉に、おれはカッと顔が一気に真っ赤になった。

「っ、う、うるさいっ！　お、おれだって、最初はこんなんじゃなかった……！　ア、アドニスのせいだからな！　おれの身体がおかしくなったのは、あんたがいつも変なとこばっかり触るから……ん、ぅっ」

言葉の途中で、アドニスの唇が深く重ねられた。

いまだに絶頂の余韻が残る中で、ふたたび舌が口内に割り入ってくる。慌てて顔を逸《そ》らそうとすると、アドニスは片手でおれの乳首を摘んで自分の方へとグイと引っ張ってきた。強制的に乳首が伸ばされ、自然と身体がアドニスに寄ってしまう。

すると、おれも自ら舌を絡めるような恰好《かっこう》になってしまい、キスがさらに深いものに変わった。

「ん、ぅ、うッ……ん」

「はっ……だからお前は、もう少し考えて発言をしろと言っているだろう。わざと俺を煽っているのか？　もっと酷《ひど》くされたいのか？」

「え、ええ……？　な、なんでおれが怒られてるの……？」

なんだか怒ったような表情のアドニスに見下ろされて、おれは困惑しきりだった。

おれ、今自分を無理やり襲ってきた男に説教されてるんだけど。理不尽すぎない？

けれどアドニスは本当に怒っているわけではなく、むしろ、そのルビーの瞳には情欲の炎が燃え盛っていた。気がつけば、おれの太股《ふともも》にあたる彼の股間も、布越しにすっかり屹立《きつりつ》している。熱杭《ねっくい》のような彼の剛直の存在に、耳まで顔が熱くなる。

「ア、アドニス……おれ今イったから、もう終わりに……ひっ、ぁ」

「このまま終わらせるわけがないだろう。お前だって、本当はまだ満足しきれてないだろう？」

「ぁ、やだっ、おれもう本当に無理だって……ふぁっ、アッ！」

アドニスはおれの片足を摑《つか》んで無理やりに割り開かせた。そして、射精直後で敏感になっている陰茎に手を這わせる。

陰茎に掌《てのひら》が添えられ、真っ赤になっている亀頭に指の腹がぬるんと這うと、おれは喉を仰《の》け反《ぞ》らせて悲鳴をあげた。

「ア、あッ、アドニスっ！　おれ、そこイったばっかり……ぁ、あッ！」

「ああ、イったばかりのお前は、どこを触ってもよく鳴くな」

シーツを両手で握りしめてのたうち回るおれとは対照的に、アドニスは批評家じみた口調でそう言った。彼が先ほど言っていた通り、たしかに、もはやアドニスの方がおれの身体のことをよく分かっているのかもしれない。

　その証拠に、おれはもはや抵抗もままならず、甲高い嬌声《きょうせい》をあげるばかりだ。

「ぁっ、アドニス……ひゃっ!?　あ、そこ、だめっ……ぁッ！」

「でもお前が一番感じるのはこっちだろう？　安心しろ、最近しばらくしていなかったからな、ゆっくり慣らしてやる」

「ぜ、全然安心できない……！　く、ぅ、んぅっ！」

　陰茎をいじられて身体の力がぐったりと抜けたところで、アドニスの指は、おれの後ろにのびてきた。片手で足を掴んで割り開かせ、もう一方の手が尻《しり》の狭間《はざま》の後孔へと触れる。

　アドニスは、おれの吐き出した精液を人差し指にまとわせると、さわさわと後孔をやさしく撫《な》でさすり始めた。皺《しわ》の一つ一つをなぞるように撫でられて、甘い刺激におれは子犬の鳴き声みたいな甘い声をあげてしまう。

「ぅ、んくっ、くぅっ……ひ、んぅっ」

　宣言通り、後孔をマッサージするかのように撫でるだけで、いきなり指を挿入しようとはしなかった。先ほどとは異なり、陰茎や乳首など、直接的な場所にはちっとも触れてこようとしない。

　最初は、ようやく与えられた小休止に、内心でホッと息を吐いていた。だが、それも最初の間だけで、おれの身体にはだんだんと熱がこもりはじめた。

　おれは先ほど射精は迎えたものの、それは精液をゆっくりと吐き出すようなもので、勢いのある射精をすることができなかった。たぶん、直接的に陰茎をいじられたわけではないからだ。

そのせいで、身体の内には熾火《おきび》のような快感がいまだに燻《くすぶ》りつづけていた。それがアドニスの後孔への愛撫《あいぶ》によって強制的に火をつけられて、たまらなく身体が疼《うず》きはじめてしまった。

「ふっ、んぅっ、ふぅッ……く、ぅ」

「どうした、リョウ？　腰が揺れてるぞ？」

アドニスが唇の端を吊《つ》り上《あ》げて、揶揄《やゆ》するような笑みを向けた。はっと気がつけば、おれの腰は勝手にかくかくと揺れていた。

恥ずかしすぎる痴態に、顔といわず首まで真っ赤になる。今すぐシーツをかぶってアドニスから隠れたかった。

「っ、こ、これは……っ」

「やはりな。だから言っただろう？　お前はあれぐらいじゃ満足できないはずだ、とな」

「ひぁっ、アッ!?」

アドニスはくつくつと嗤《わら》いながら、とうとう後孔へ人差し指をつぷりと挿《い》れた。そのまま挿入した人差し指が後孔の中でぐりん、ぐりんと回されると、おれの身体は電流が奔《はし》ったようにがくがくと震え始めた。

「あっ、あっ、ひあッ、んぁッ！」

久しぶりに与えられる前立腺《ぜんりつせん》への刺激。中をこじ開けられ、拓《ひら》かれていく感覚。

「ふむ。やはり、ここしばらく触っていなかったから、だいぶ締まりがきつくなったな……ああ、でも、この前立腺だったか？　これを触っていると、中が少しずつほぐれていくな」

「っ！　や、やだっ、そこ押すな……ふァッ、ぁあ！」

「嘘を吐け。お前はここをいじられるのが一番好きだろう？　前もそうだったよな、ちゃんと覚えているぞ」

アドニスはそう言って一人で頷《うなず》きながら、まるで地獄のような前立腺責めを開始した。肉襞《にくひだ》をこじ開けるように、人差し指が前立腺の上を、円を描いて蠢《うごめ》く。同時に、親指の腹で後孔の皺を一本ずつなぞられる。

与えられる快感に、おれの陰茎ははしたなくも、再び勃起《ぼっき》し始めた。天井に向かってぴんと張り詰め、先端からとぷりと先走りを漏らす。

透明な玉をこぼすそこを、アドニスは時おり、遊ぶように口を寄せてふーっと吐息を吹きかけた。そんな些細《ささい》な刺激にすら、おれは身体を震わせて、みっともない声をあげてしまう。

「ひっ、ぁ、あアッ!?」

「今度も、こちらを触らずとも射精できそうだ。試してみるか？」

「ぜ、ぜったいやだっ……ひ、ぁっ、あっ！」

顔を青ざめさせながら必死に首を横に振ると、アドニスは楽しそうに笑った。その笑みにうすら寒いものを覚え、背筋がぞくりと粟立《あわだ》つ。

「そうか。でも、俺がそうせずとも勝手にそうなるかもしれんぞ？」

「ひぁっ!?」

後孔へ挿入していた指が引き抜かれたかと思えば、今度は人差し指と中指の二本がまとめて挿入された。

　そして、今度は中を慣らすようなマッサージ的な愛撫ではなく、ダイレクトに前立腺をいじり始める。二本の指で前立腺をグリグリと押し潰したかと思えば、爪先でかりかりと引っかく。

　敏感なしこりに容赦なく与えられる愛撫に、ひと時の間、呼吸もできなくなった。

「ぁっ、ぁあッ……あァッ、ぁっ、ふ、あぁっ！」

　立て続けに与えられる快感に、頭の中でばちばちと火花が弾《はじ》けるような錯覚を覚える。

　脳みそがめちゃくちゃになりそうな快感に、おれはとうとうアドニスに両腕をのばして抱きついた。彼の胸元に顔をうずめて、ぐすぐすと涙をこぼす。

「ア、アドニスっ、おれ、もうだめ……アドニス……」

「っ、リョウ……」

　アドニスがごくりと喉《のど》を慣らして唾《つば》を飲み込む音が聞こえた。同時に、おれの腹にあたっていた彼の陰茎がどくりと脈打ち、さらに大きさを増したのを感じた。

「リョウ……ッ！」

「ぁっ……！」

　獲物を前にした肉食獣のように瞳《ひとみ》をぎらつかせながら、アドニスは後ろから指を抜くと、自身の下衣をくつろげ、その剛直を取り出した。

　彼の陰茎は、おれのものと比べると血管の凹凸《おうとつ》も反り返り具合も、大きさも太さも何もかも違う。

　まるで大人と子どもくらい差がある。だというのに、おれは今や恐怖を上回る興奮さえ感じていた。

「ッ、アドニス……ぁッ、んぅ……くぅ！」

後孔へ押し当てられた陰茎が、ぐぷんっと肉を割り開いて押し入ってきた。

アドニスの陰茎は熱く、その先端が入ってきただけでとてつもない圧迫感があった。しかし、何よりも耐え難いのは陰茎が中へ押し進められる度に、前立腺がぞりぞりと削られることだった。

「ひぁ、あッ……ぁあッ、ふぁ、ァっ！」

後孔は、先ほどの丁寧すぎる開拓によってすっかりと拡がり、なんなくアドニスの陰茎を受け入れていた。痛みはないが、痛いほどの快感が今の自分には辛《つら》すぎた。だというのに、おれの中は勝手にアドニスの陰茎をきゅうきゅうと締め付けてしまう。

「っ、熱いな、お前の中は……！」

アドニスは額に汗を浮かべながら、快感に耐えるように顔をしかめ、腰を打ち付け始めた。

「ぁ、ふぁ、ああッ、あッ！」

彼の陰茎がゆっくりと引き抜かれたかと思えば、今度は一気に奥まで突き入れられる。

その度に、エラのはったカリ首に前立腺をガリガリと削られ、かと思えば、張り詰めた先端による叩《たた》きつけがくる。

「ふぁ、ああッ、あ、ァっ！」

アドニスがピストンをする度に、おれの陰茎からは、白濁交じりの露をどろどろとこぼした。腹の上には、先走りと汗によってちいさな水溜《みずた》まりができている。

部屋の中には腰を打ち付ける音と、いやらしい水音、そして、おれの嬌声とアドニスの吐息が絶え間なく響く。

「アドニスっ、あっ、おれ、もう……ひ、ぁあッ！」

自分に限界が近いことをアドニスに訴えた。彼は視線でおれに頷いた後、顔を寄せて唇に優しく啄《ついば》むようなキスをした。

「リョウ……っ、好きだ、リョウ……！」

キスの合間に囁《ささや》かれた言葉に、おれは目を見開いた。熱のこもったルビーの瞳がこちらを見つめている。

アドニスがおれに対して、そういう言葉をハッキリと口に出したのはこれが初めてだった。思わず聞き返そうと口を開いたが、その瞬間、肉壁を抉《えぐ》るような突き上げがきた。

「ぁ、ひ、あッ、ァああ、ぁッ!?」

「くっ……！」

アドニスは両手でおれの腰をがしりと鷲掴《わしづか》むと、叩きつけるように激しく腰を打ちつけた。じゅぷっ、ぐぷっという水音に交じって、肉のぶつかる音が響く。

「はっ、ぁっ、アドニスっ、あッ……ぁっ、あああッ！」

「リョウ……ッ！」

腰を一気に押し進め、剛直を腹の一番深いところに叩きつけられた瞬間、おれは全身を仰け反らせて絶頂していた。

腰がびくびくと震え、陰茎からはぴゅるぴゅると白濁液を噴く。だが、それは色も薄く、潮なのか精液なのかよく分からない代物だった。

「ひっ、ぁ……ぁっ、ぁ、ア……！」

後孔はアドニスの陰茎をきゅうううっと今まで以上に締め付けた。まるで精液をねだるような動きに、アドニスは低いうめき声を漏らした後、おれよりも一拍遅れて精液を吐き出した。

「くっ……」

びゅるびゅると、身体《からだ》の中にアドニスの精液が広がっていく感覚に、おれはぶるりと身体を震わせた。

あまりの快感に視界が真っ白になり、思考がまとまらない。おれはしばらくの間、全身で息をしながら、ぼーっとアドニスを見つめていた。

「リョウ……大丈夫か？」

「……ぜんぜん大丈夫じゃない」

しばらくして、アドニスが陰茎をゆっくりと引き抜くと、おれはぶるりと身を震わせた。

今まで剛直で穿《うが》たれていたそこは、今や閉じ切ることができず、うっすらと口を開けてアドニスの白濁液と腸液が入り混じったものをトロトロとこぼし続けている。

あまりに恥ずかしい姿に泣きたくなるが、アドニスが足の間にいるため、足を閉じることができない。

そんなおれを見て、彼は一転してすまなそうな顔を向けてきた。

「悪い。本当はもっと慣らすつもりだったが、我慢できなかった」

「……それは怒ってないから大丈夫だよ。っていうか、おれを殺す気か？」

あれ以上の前立腺責めをされてたら、たぶんおれはアドニスに泣きながら許しを請うはめになっていた。なんならその一歩手前に近かった。

アドニスには色々と文句を言いたいところだが、身体の熱がいまだにひいていかず、その気力もなかった。ぐったりと身体を投げ出して、息を整える。もう指一本動かすのも億劫《おっくう》だった。

すると、ふいにアドニスがおれの背中と膝《ひざ》に腕をまわして身体を抱き上げた。何をするのかと身構えたが、アドニスはおれを隣にある未使用のベッドへと移動させ、きれいなシーツの上に横たわらせてくれた。そして、部屋の窓を開けて換気を行い始めた。

しかし、当のアドニスもこちらに来るのかと思えば、彼は汚れたままのベッドへ行こうとする。おれは思わず、手をのばして腕を摑《つか》んだ。すると、アドニスは不思議そうな顔で見つめ返してきた。

「リョウ、どうかしたか？」

「いや、それはおれの台詞《せりふ》だって。なんだよ、そっちで寝るのか？」

「そのつもりだが……」

「ベッド広いし、こっちに二人で寝たらいいだろ。汚れたシーツとかは……明日、おれが洗い場に持って行って洗うからさ」

おれが洗わずとも、明日の外出後にベッドメイキングで新しいシーツに交換してくれるとは聞いている。だが、さすがに宿の人にこのシーツの後始末をさせるのは気まずすぎる。かといって、今は洗い物をする気力はない。

おれはアドニスにそう説明すると、身体をずらしてスペースをあけて、こちらに手招きをした。

「ほら、こっち来いよ」

「……いいのか？」

「何を今さら。ちょっと前までは同じベッドで寝てただろ」

アンルー砦《とりで》で二人で過ごしていた時は、おれはいつもアドニスと一緒に眠っていたのだ。

だが、おれの提案に、なぜかアドニスは憮然《ぶぜん》とした表情を浮かべた。

「え。どうかしたか、アドニス？」

「……お前は、俺の言葉をちゃんと聞いていたのか？　俺のことを煽《あお》るような真似《まね》はするなと今しがたさんざん忠告したつもりだが、理解してないのか？　やはり、このまま俺の所有奴隷に戻しても問題ないのではないか？」

「なんか怖いこと言ってる!?　な、なんだよ、おれと一緒に寝るのが嫌ってことか？」

「……そういうわけじゃない」

アドニスは首を横にふると、いそいそとおれの隣にやってきた。

なんなんだよ、まったく……拒否されたのかと思ってちょっと傷ついちゃっただろうが。

しかし、ベッドが広いとはいっても、大人の男二人が入ると、身体を密着せざるを得なくなった。

性交の直後のためか、隣にいるアドニスの体温はやけに高い。まるで子どもみたいにぽかぽかとしている。

おれは隣のアドニスの存在を意識しながら、彼に先ほど告げられた言葉を思い返していた。確かにさっき、おれはアドニスから好きだと言われた。でもアドニスは、おれの返事を求めようともせず、先ほどの言葉の意味を口に出す気配もない。もしかすると、本人も自分の意志で言おうと思ったものではなく、熱に浮かされたように口からまろび出てしまった言葉だったのかもしれない。

おれは……彼のことをどう思っているのだろう？

正直言うと、アドニスに対して感じている思いがなんなのか、自分自身でもよく分からないのだ。世話のやける弟みたいに感じる時もあれば、一蓮托生《いちれんたくしょう》の相棒のように頼もしく思う時もある。もちろん嫌いじゃないけれど、この気持ちが恋愛感情かどうかと聞かれると、よく分からない。

おれはちらりと隣のアドニスを見た。すると、彼のルビーレッドの瞳とばちりと視線がかち合った。

どうやらアドニスはベッドに入った時から、ずっとおれを見つめていたらしい。目を逸《そ》らすこともできず、おれは正面から彼の瞳を見つめ返した。

「……アドニス。その、さっきの……」

おれはそこまで言いかけて、すぐに口を閉ざした。

自分の気持ちが自分自身でもよく分かっていないのに、何を言えばいいのか分からなかった。ただ、アドニスの瞳を見つめていると、胸の内から切ない気持ちがこみあげてきた。アドニスはいつになく優しい微笑をたたえておれを見つめている。慈しむような眼差《まなざ》しにいてもたってもいられず、おれは衝動的に彼の方へと身体を寄せた。

「リョウ？」

アドニスは呆気《あっけ》にとられたような声をあげたが、おれは何も答えなかった。代わりに、彼の身体にすり寄ると、鼻先が埋まるほどぴったりと密着した。

驚きのあまりか、最初は身体を硬直させていたアドニスだったが、すぐにおれの背中に彼の腕がまわされた。力強い腕に抱きしめられながら、おれはしばらくの間、瞼《まぶた》を閉じていた。

耳にはアドニスのかすかな呼吸音と、遠くから響く潮騒が静かに聞こえてくる。窓から入ってくる夜風が、火照《ほて》った身体に心地いい。

どれほどそうしていただろうか。ようやく身体の昂《たかぶ》りが落ち着いてきた頃、おれはぽつりと口を開いた。

「えっと……その、さっきの首輪の話なんだけどさ。しばらくの間は、足首に巻きつけておくよ。それでも効果はあるんだろ？」

「……分かった、感謝する」

「その代わりっていうんじゃないんだけれど……おれからアドニスに一つ、お願いしたいことがあるんだ」

「お前が俺に？」

アドニスが不思議そうな声をあげた。おれはこくりと頷《うなず》くと、おずおずと口を開き、続きを話し始めた。

「おれにはラウロっていう友達がいるんだ。元はアンルー砦で、帝国軍に拷問吏を任されていた男なんだけれど……あんたが捕虜として捕まる前に、急ぎの仕事ができて別の砦に移動したんだ」

「なるほど、もともとはそのラウロという男が正規の拷問吏だったのか」

「うん、実はそうなんだ。おれは彼の代理だったんだ」

「どうりでな。お前はどう見ても拷問吏には向いてないし、適正もまるでない。どうして帝国軍はこんな奴《やつ》に捕虜の尋問を任せているのかとずっと不思議だった。よほど人材不足なんだろうと思っていたのだが、そういう理由だったのか」

「あんたは相変わらず一言多いな！　……まぁ、向いてないのはおれが一番よく分かってるけどさ」

　おれはため息を吐《つ》きながら、続きを語り始めた。

「今日、隊長に教えてもらって、初めて知ったんだけどさ。ラウロも帝国軍から脱走して、今はこのベイレム共和国に来ているらしいんだよ」

「ふむ」

「彼はおれのことをずっと気にかけてくれていたらしくて……アンルー砦での捕虜解放作戦の時に、隊長たちに武器や食料、資金の手配をしてくれたのもラウロだったらしいんだ。それに、隊長が商船に支払った賄賂《わいろ》も、もともとはラウロが用意してくれた資金だったんだって」

　そう。隊長から二人になった時にこの話を打ち明けられて、おれはすごく驚いた。

　隊長とイェールが仲間と共にアンルー砦から逃げた先の砦は、ラウロが上級騎士の捕虜の尋問のために派遣されていた砦だったらしい。

　アンルー砦が陥落した知らせを聞いたラウロは、慌てて隊長のところにきて、事の次第を尋ねてきたそうだ。そして、おれがアンルー砦に取り残されたこと、王国騎士団の捕虜になっただろうことを聞いて、なかば土下座しながら隊長に頼み込んだという。

『――おねげぇします……！　どうかリョウを助けてやってくだせぇ！　あ、あいつは、おいらのたった一人の友達なんです……！』

　そう言って、涙を流しながら必死に頼み込んできたのだという。

　しかし、隊長はそこですぐに頷くことはできなかった。

　なにせ隊長もアドニスによって怪我《けが》を負わされていたし、武器も何もない。人手に関しては砦にいる兵士の中から希望者を募ることはできるだろうが、武器がなければ話にならない。

　迷う隊長に、ラウロは次にこう告げたらしい。

『隊長さん……資金や武器、食料については、おいらがなんとかいたしやす……砦から物資をちょろまかすくらいは、わけもありませんし、おいらにはちょっとした伝手《つて》があります。だからどうか、リョウを助けてやってください……！』

『しかし、そんなことをしてはすぐにこの砦の管理官に気づかれるだろう。無論、自分はリョウに恩義があるから、彼を助けにいくのに異論はないが……貴様はどうなる？　リョウを助けたところで、代わりに貴様が処罰されては元も子もない。あれも悲しむだろう』

『お、おいらは大丈夫です。おいらは、隊長さんに物資を渡したらすぐにベイレム共和国に亡命します……本当なら、リョウと一緒に逃げたかったんですが』

『ベイレム共和国か。あそこなら医療魔術も発達しているから、貴様の身体ももしかすると治療する術《すべ》があるかもしれんな。しかし、資金の伝手といい、亡命の手筈《てはず》ができていることといい……もしかして貴様は、ベイレム共和国と個人的なつながりがあるのかね？』

『…………』

隊長の問いに、ラウロは何も答えなかったという。

けれど、答えないというのは、もはや答えているのも同然だ。どうやらおれの友達は、おれの想像以上に大きな秘密を抱えていたらしい。

とはいえ、そんなことよりも、おれは純粋にラウロの気持ちが嬉《うれ》しかった。

自分の身を第一に優先して逃げることもできただろうに、彼は自分のできる以上のことをしてまで、おれを助けてくれたのだ。彼がベイレム共和国に逃げてきているというなら、もう一度会いたかった。元気でいてくれているのかを確認したいし、お礼も言いたい。それに……おれの大事な友達を、アドニスに紹介したかった。

ひとまずは、ラウロがベイレム共和国の間諜《かんちょう》をしていたのではないかという話は伏せつつ、彼の身体的特徴や、訛《なま》りについてアドニスに説明した。そして、こういう人物を見かけるか、噂話《うわさばなし》を聞いたら、おれに教えて欲しいと頼んだ。

アドニスは、おれの願いに快く頷いてくれた。

「そのぐらいわけはない。お前の友人だというなら、俺にとっても重要な人物だ。あらゆる方法を尽くし、見つけ出せるように尽力しよう」

「う、うん。穏便な方法で探してくれよ？　ほんとに頼むからな？」

なにはともあれ、おれはアドニスの返答に安心して肩の力を抜いた。

よかった。こんなこと、隊長とイェールには頼みづらいからな。

当面、食うに困らない資金はあるものの、明日からは職探しの日々だ。さすがにそんな時に、個人的な頼み事まではお願いしづらい。あと、あの二人は最近ラブラブすぎて、ちょっと間に入っていけない時がある。

「俺への頼み事というのは、その程度でいいのか？　もっと他にはないのか？」

「ん？　うーん……」

アドニスはおれから頼みごとをされたのが嬉しかったようで、顔を覗《のぞ》き込《こ》んできた。まるでおあずけ中に待ちきれなくなった犬みたいな反応だ。

そんな彼に、思わずくすりと笑みをこぼしながら、おれは小首を傾《かし》げた。

「おればっかりじゃなくて、アドニスは何かないのか？」

「俺か？」

「聖騎士だった時、やりたくてもやれなかったこととか、ないのか？　たとえば葉巻を吸ってみたいとか、釣りをしてみたいとか、二度寝して昼過ぎまでベッドで眠っていたいとか」

アドニスは黙ったまま何か考え込んでいたが、しばらくして、首を横に振った。

「分からない。まるで想像できないな」

「そっか」

「俺が憧《あこが》れていたものは……もう、ぜんぶお前から貰《もら》うことができた。誰かとこうして抱きあって眠ることなんて、お前と出会う前の俺は想像もしていなかった」

アドニスはそう言って、おれを抱きしめる腕の力を強めた。おれはその言葉に虚を衝《つ》かれたが、次の瞬間には、思わず涙が滲《にじ》んでしまった。それを慌てて隠すように、自分から彼の背中に腕をまわした。

彼に抱きつきながら、胸に顔をぴったりと押し当てると、とくとくと心臓が脈打っているのを感じた。

「じゃあさ……思いつく限り、色んなことやってみようぜ。仕事が見つかったら、また今日みたいに美味《おい》しいものを食べてお祝いしよう」

「ああ」

「あと、せっかく港町に来たんだし、海で遊びたいよな。アドニスは海で泳いだことってあるか？」

「いや、ないな」

「おれはやりたいことがいっぱいあるんだ。馬鹿みたいなこと、二人でいっぱいしよう。つきあってくれるだろ？」

「……ああ、もちろん」

アドニスは優しい眼差しでおれを見つめた。紅玉の中に星が輝いている。忌み者だと呼ばれた彼の瞳は、やっぱりいつ見てもこんなに美しい。

その瞳に吸い込まれるように、おれは自然と顔を寄せていた。いつの間にかアドニスの顔も近づき、お互い、どちらからともなく唇を触れ合わせて口づけていた。

——きっと、明日はいい日になる。

そんな希望を無条件に信じられるような、じんわりと胸の奥があたたかくなるような、やさしいキスだった。

あとがき

この度は「うちの捕虜だった聖騎士様の執着が怖いんですが自業自得ですか？」をお読み頂き、誠にありがとうございます。秋山龍央と申します。

この小説はもともとアルファポリス様とムーンライトノベルズ様にそれぞれWEB投稿していたものとなります。ありがたいことに、そちらでたくさんの読者様から反響を頂き、こうしてルビー文庫のご担当者様からお声がけを頂きまして書籍化することができました。これも全て応援してくださった皆様のおかげです。本当にありがとうございます！

また、もしもWEB小説からではなく、この小説を読んだのはルビーコレクション版の書籍が初めて……という読者様がいらっしゃいましたら、はじめまして改めて秋山と申します。この超長いタイトルの書籍を手に取って頂いたばかりか、小説を読了いただいた上に、よもやこのあとがきまで目を通して頂けているとしたら、それはもう、本当に書き手冥利《みょうり》につきます！　とってもとっても嬉《うれ》しいです、ありがとうございます！

そして、書籍化のご提案をして下さいましたルビー文庫のご担当者のI様、本作のキャラクターデザインとイラストをご担当頂きました逆月酒乱先生、誠にありがとうございます！

逆月酒乱先生のキャラデザは、ほわほわ〜っとした自分の中のリョウとアドニスを見事に具現化してくださいました！　また、特にカバーデザインの二人のイラストが大のお気に入りです♡　アドニスが口で首輪を引っ張っているの、めちゃくちゃどエロいです……！　自分がたとえ異世界転生したとしても思いつかない構図で、初めてラフ画を拝見させて頂いた時に「こんな発想、いったい何度転生すれば思いつくんだ……」と大変感動しました……！

　この場を借りて改めてお二人にお礼申し上げます。素敵な本にして下さって、本当にありがとうございました！

　なお、本作には、ＷＥＢ公開時にはなかったリョウとアドニス＋二人が帝国脱出をした後日談も書き下ろしをさせて頂きました。この後日談はずっと自分の頭の中にあったのですが、なかなか出せる機会がなかったので、こうして皆さんにお披露目出来て嬉しいです！

　執着心がどちゃくそに強い攻めや、相手のことが好きだけれどなかなか言葉にはっきりと出せない受けのカップリングが昔から大好物なので、後日談編はそんな自分の趣味を三百パーセント詰め込みました！

　でも、こういうカップリングは自分だけが好きなわけではなくて、日本人は古来からそういう恋愛話が好きなんじゃないかなぁと思っています。古事記のイザナギやイザナミなんか、まさに執着心バリ強な恋愛話ですよね。怪談の牡丹燈籠《ぼたんどうろう》なんか特に大好きです。健気《けなげ》で一途《いちず》なヒロインが頑張って彼氏の元へ通い続けて、最終的にその努力が報われ、かつての約束を果たして二人が一緒になるハッピーエンド……素晴らしいですよね。なので、日本人は古来から執着心の強いヤンデレが出てくるカップリングが好きな民族なんだと思います。

　そんなわけで、自分の書く小説は、執着心がどちゃくそに強い攻めが出てきがちなのですが、これはもう先祖から受け継がれた習性なんだと考えて今後もあたたかく応援頂けると嬉しいです。

なんだか自分の性癖を公開しただけで、あまり締まらない落ちになってしまいましたが、今回はこの「うちの捕虜だった聖騎士様の執着が怖いんですが自業自得ですか？」をお読み頂いて、本当にありがとうございました！

また、どこかであなたにお会いできる機会がありましたら、とっても嬉しいです！

Ruby collection

うちの捕《ほ》虜《りょ》だった聖《せい》騎《き》士《し》様《さま》の執《しゅう》着《ちゃく》が怖《こわ》いんですが自《じ》業《ごう》自《じ》得《とく》ですか？

2023年12月28日　初版発行

著者　秋山龍央

発行者　山下直久

発行　株式会社KADOKAWA
〒102-8177
東京都千代田区富士見2-13-3
電話：0570-002-301（ナビダイヤル）
https://www.kadokawa.co.jp/

印刷所　株式会社暁印刷

製本所　本間製本株式会社

デザインフォーマット　内川たくや（UCHIKAWADESIGN Inc.）

イラスト　逆月酒乱

初出：本作品は「ムーンライトノベルズ」（https://mnlt.syosetu.com/）掲載の作品を加筆修正したものです。

ISBN 978-4-04-114496-1　C0093　Printed in Japan